Perry Rhodan

Im Netz der Nonggo

Perry Rhodan

Im Netz der Nonggo

von

Arndt Ellmer

VPM Verlagsunion
Pabel Moewig KG, Rastatt

www.moewig.de
Redaktion: Klaus N. Frick/Sabine Bretzinger
Titelillustration: David Martin, Agentur Thomas Schlück, Garbsen
Druck und Bindung: GGP Media, Pößneck
Printed in Germany 2000
www.perry-rhodan.net
ISBN 3-8118-4073-8

1.

Rückblick:
Die Schiffbrüchige Stadt

Eine Skyline aus gläsernen Türmen mitten im Zentrum, durchzogen von gewundenen Straßen; darüber ein diffuser, von irisierenden Lichtgewittern erhellter Himmel, hinter dem das flammendrote Auge des Sterns Teuller brennt – das ist die Schiffbrüchige Stadt. Niemand liebt sie so wie die Menschen, die in ihr wohnen. Sie ist ihnen zur Rettungsinsel geworden, zur letzten Planke im schwarzen Ozean des Alls. Manche verschanzen sich in ihr wie hinter den Mauern einer Festung. Für alle jene aber, die sich hinauswagen in die Fremde, ist sie der rettende Hafen, in den sie sich bei Sturm zurückziehen.

Die Schiffbrüchige Stadt trägt noch immer ihren alten Namen: Kalkutta-Nord.

Loura Gaikunth nach vier Wochen auf dem Riff

Am 29. April 1291 Neuer Galaktischer Zeit suchte Trini Madang zum ersten Mal seit zwei Wochen wieder den zehnten Stock des Gläsernen Turmes auf. Für den Aufstieg benutzte sie die Treppe. Der Antigrav erschien ihr nach den jüngsten Erfahrungen nicht sicher genug. Er stotterte in unregelmäßigen Abständen. Über zweihundert Menschen in der Schiffbrüchigen Stadt waren den plötzlichen Aussetzern bisher zum Opfer gefallen, abgestürzt in den gewöhnlich risikolosen Schächten ihrer Häuser.

Gravitationsschwankungen, Ausfälle in allen auf 5-D-Technik basierenden Aggregaten sowie überraschend einsetzende Erdbeben versetzten die Bewohner von Kalkutta-

Nord in den Zustand permanenter innerer Anspannung. Trini ertappte sich dabei, daß sie immer wieder hektische Blicke durch die gläserne Fassade auf die Stadt warf. Vierzig Prozent der Kalkuttani, vor allem Techniker und Ingenieure, hatten Kalkutta-Nord bereits verlassen. Sie waren dem Ruf der Bürgermeisterin auf die Außenseite des Kenteullen-Rades gefolgt. Und sie kümmerten sich um die Nonggo dort sowie auf den übrigen Sphärenrädern.

Vielleicht erhofften sie sich »draußen« mehr persönliche Sicherheit als in den Häusern und den engen Straßenschluchten ihrer Stadt.

Atemlos erreichte die Neurologin das persönliche Labor Fharen Loy Meveds. Es lag ganz hinten am Ende des Korridors. Vor der Tür mit den kunstvollen Nod-Schnörkeln blieb sie stehen. Der Syntron hatte sie längst identifiziert und öffnete.

Eine innere Stimme hielt Trini davon ab, einfach hineinzugehen. Hinter der Türschwelle lag eine andere Welt. Die Nonggo waren äußerst sensibel gegenüber der Mentalität anderer, und sie respektierten deren Intimsphäre rückhaltlos. Trini kam sich schäbig vor, in Fharen Loy Meveds Abwesenheit und ohne sein Wissen diesen einen Schritt nach vorn zu tun.

Der Automat nahm ihr die Entscheidung ab.

»Komm ruhig herein«, sagte er mit seiner tiefen und murmelnden, dem Gehör des Nonggo angepaßten Stimme. »Es ist in Fharen Loy Meveds Sinne.«

Immer noch zögernd, trat sie ein. Die brokatverkleideten Möbelstücke lagen umgeworfen am Boden, eine Folge der letzten Beben. Von den grazilen Skulpturen mit Darstellungen vom ehemaligen Planeten Ongg existierten nur mehr Splitter, sie waren fast geometrisch über die hintere Hälfte des Labors verteilt. Trini kannte den starken persönlichen Bezug Fharen Loys zu den Kunstwerken. Sie empfand eine

Mischung aus Mitleid und Trauer. Der ideelle und seelische Verlust für den Nonggo ließ sich kaum abschätzen.

Trini trat an das Terminal und betrachtete die dreidimensionalen Holofelder. Die Anordnung in Form eines Achtecks war die alte. Sie zeigten verschiedene Muster des Chip-Prototyps, den sie in den obersten Etagen des Gläsernen Turmes testeten und aufbewahrten. Die Hologramme waren auf dem Stand von Mitte April eingefroren. Warum der Syntron sie aufrechterhielt, war ihr ein Rätsel.

»Wie geht es Fharen Loy Meved?« fragte sie. »Hast du endlich Kontakt zu ihm herstellen können?«

Sie wußte, daß das syntronische Netz des Neuron-Spezialisten es von Anfang an ununterbrochen versucht hatte.

»Tut mir leid, es funktioniert noch immer nicht«, antwortete der Automat. »Die Botschaften erreichen Kenteullen nicht. Sie kehren in korrumpiertem Zustand hierher zurück.«

Daran trug die Kosmische Fabrik KYMBRIUM unter ihrem Kommandanten Parr Fiorano ebenso die Schuld wie an allen anderen Gefahren und Bedrohungen der letzten vierzehn Tage. Der Diener der Materie war Mitte April mit dem Sechzig-Kilometer-Koloß aufgetaucht und über dem Teuller-System in Stellung gegangen. Die Fabrik hatte systematisch damit begonnen, das sensible System der Sphärenräder zu stören.

In der vergangenen Nacht war der Koloß übergangslos verschwunden, förmlich aus dem Stand, wie die teilweise verzerrten Ortungsbilder ergaben. Geändert hatte sich seither nichts. Die Nonggo verharrten nach wie vor in Lethargie, und eine brauchbare Kommunikation mit ihren Neuronen kam bisher nicht zustande.

»Irgendwo muß doch eine Spur der Besserung zu erkennen sein!« beharrte die Wissenschaftlerin. »Wie sieht es zum Beispiel auf dem innersten Rad aus? Was berichten unsere Leute von dort?«

»Es liegt ein Zustandsbericht vom zwanzigsten April vor, weiter nichts.«

Die Meldungen glichen sich und waren dazu angetan, Menschen wie Trini Madang langsam, aber sicher in die Verzweiflung zu treiben. Die Einflußnahme der Kosmischen Fabrik stellte alles in Frage, was Menschen und Nonggo in den letzten zwölf Monaten gemeinsam aufgebaut hatten. Das gemeinsame Forschungsprojekt »Ein Netz für alle« hing an dem Wissen von Spezialisten wie Fharen Loy Meved und den Daten der Neurone des Sphärenrades.

Wenigstens blieben sie mit den Vorbereitungen für die Trainingssimulationen des menschlichen Gehirns im Zeitplan.

Dazu benötigte Trini dringend die Daten aus dem persönlichen Syntronsystem des Nonggo.

Der Automat konnte ihr allerdings nicht weiterhelfen.

»Wenn sie existieren, dann in seinem Kopf«, erklärte er auf ihre Frage. »Zeit für ein Diktat oder eine Niederschrift blieb ihm keine. Wie du weißt, verließ Fharen Loy Meved Kalkutta-Nord überstürzt.«

Trini nickte schwer. Sie hatte die Aufzeichnungen seiner Flucht mehrfach studiert. Sie zeigten den Nonggo, der mitten in der Bewegung erstarrte, als habe man ihn schockgefroren. Der Zustand hielt mehrere Minuten an. Als endlich wieder Bewegung in Fharen Loy Meved kam, wankte er hinaus zum Antigrav, so schnell es sein langer, dürrer Körper zuließ. Er warf sich kopfüber in den Schacht, rollte im Erdgeschoß umständlich heraus und kroch auf allen vieren ins Freie. Draußen raste sein persönlicher Gleiter heran und nahm ihn auf. Schlingernd gewann das Fahrzeug an Höhe und verschwand kurz darauf aus den Blickfeldern der Aufzeichnungsgeräte.

Seither hatten sie in den Gläsernen Türmen nichts mehr von Fharen Loy Meved gesehen und gehört. Sie wußten nicht einmal, ob er noch lebte oder zu den Opfern der Kosmischen Fabrik zählte. Aber das galt für alle Nonggo, die sich zu diesem Zeitpunkt in der Schiffbrüchigen Stadt aufgehalten hatten.

»Dann führen wir die Simulationen auf eigene Faust durch«, entschied sie. »Wir sind jedoch auf das Syntronnetz Fharen Loys angewiesen.«

»Es existiert eine Sonderschaltung für Notfälle. Sie ist von diesem Augenblick an aktiv. Du hast Zugriff auf alle Daten und Funktionen des Systems, soweit sie das Projekt betreffen.«

Trini bewunderte die Weitsicht des Nonggo.

»Ich kann also mit dem Check für die erste Simulation beginnen?«

»Selbstverständlich.«

Trini hatte selbst an dem Programm mitgearbeitet. Es prüfte die angeschlossenen Syntronsysteme des Netzes im Upjhar-Verwaltungszentrum und konditionierte sie für die Anforderungen der Simulation.

Die Neurologin gab den Aktivierungsbefehl. Eines der Hologrammfelder dehnte sich aus und bildete das Verwaltungszentrum mit den Gläsernen Türmen und den umliegenden Gebäudekomplexen ab. Ein Raster legte sich darüber und zeigte all jene Koordinaten, an denen sich Knotenpunkte und Schnittstellen des syntronischen Netzes von Upjhar befanden. Die Wissenschaftler und Wissenschaftlerinnen des Projekts bezeichneten es augenzwinkernd als Meso-Neuron von Kalkutta-Nord. Es existierte seit dem Beginn des Forschungsprojekts und der Gründung der »Freunde des Meso-Neurons«. Bis zum Eintreffen der Kosmischen Fabrik hatten sie es systematisch ausgebaut.

Zusätzlich zeigte das Raster die Standorte der Spezialisten, die an der Vorbereitung der Simulation arbeiteten.

Der grüne Punkt im Zentrum war identisch mit dem

Gläsernen Turm Nummer Vier, in dem die Zentrale und alle wichtigen Labors lagen.

Das Ergebnis des Checks erleichterte Trini. Es lagen keine Störungsmeldungen vor. Das Zusammenspiel der einzelnen Syntrons funktionierte reibungslos. Die Simulation konnte starten.

»Madang an Hauptlabor«, sagte sie in das Funkgerät ihres Multifunktionsarmbands. »Aktiviert den Imager! Wir projizieren das Raster in den Simulator.«

Die syntronische Simulation eines Meso-Neurons mit all seinen syntronischen Nachteilen wie geringen Informationsmengen, vergleichsweise schleppender Datenübertragung und den energetischen Schwankungen, die seit Mitte April an der Tagesordnung waren, brachte sie einen entscheidenden Schritt vorwärts. Am Ende aller Tests würde sich der erste Mensch in das Netz der Nonggo einklinken – irgendwann gegen Ende des Jahres. Ausführliche Trainingseinheiten und Erfahrungen im Syntronnetz Upjhars bildeten die Voraussetzung dafür.

Trini übertrug dem Syntron Fharen Loy Meveds die Oberkontrolle über die Simulation und suchte das Hauptlabor im achten Stock auf.

Ein leichtes Rütteln durchlief das Gebäude. Zum dritten Mal seit Tagesanbruch bebte der Untergrund und mit ihm ganz Kalkutta-Nord. Aus dem Funkgerät drang eine Meldung von außerhalb. Im Süden der Stadt bildeten sich schmale Risse im Erdreich.

Es wird bald nachlassen, sagte Trini sich. *Morgen oder spätestens übermorgen ist es hoffentlich vorbei.*

Die durch die Kosmische Fabrik ausgelösten Störungen würden sich irgendwann totgelaufen haben. In den technisch hochentwickelten Nonggo-Netzen ging es mit Sicherheit schneller als in einem terranischen Syntronsystem.

Die Männer und Frauen im Hauptlabor empfingen sie mit

bedenklichen Mienen. Ihre Blicke ruhten auf den Tischen und Stühlen, die sich mit leisem Schaben quer durch den Raum bewegten.

»Laßt sie wandern«, sagte die Neurologin.

Solange sich die Konsolen der Steuerterminals nicht rührten, stellte es keine Beeinträchtigung ihrer Arbeit dar.

Sören Bornegod kam zu ihr herüber. Das schlohweiße Haar wehte um seinen Kopf.

»Der Imager hat seine Arbeit abgeschlossen«, berichtete der alte Mann. »Die Simulation steht bereit. Soll ich es tun?«

»Ich mache es selbst.«

Er zuckte mit den Achseln und trollte sich.

Trini sah ihm nach. Sören war der einzige Mensch in Kalkutta-Nord, der noch die Gewaltherrschaft des Wesens Monos über die Milchstraße miterlebt und die Wirkung der Traumvernetzung Simusense am eigenen Leib verspürt hatte. Wenn jemand sich in den Simulationen zurechtfand, dann er.

Vielleicht war es ein Fehler, daß sie ihn abgewiesen hatte. Aber Trini brachte es einfach nicht übers Herz, den Alten mit Dingen zu belasten, die die verheilten seelischen Wunden wieder aufrissen.

Die Neurologin richtete ihren Blick auf den Sessel am Hauptterminal. Aus dem Nichts entstanden farbige energetische Felder und bildeten einen Helm. Er erinnerte stark an die SERT-Hauben von Emotionauten, mit deren Hilfe sie Schiffe per Gedankenbefehl steuerten.

»Nimm Platz«, empfing der Syntron sie. »Vorsichtsmaßnahmen sind keine zu beachten, da es sich um eine reine Projektion handelt.«

Sie nickte und ließ sich in die weichen Polster sinken. Aus nächtelangen Besprechungen wußte sie bis ins kleinste Detail, was sie erwartete. Dennoch beschleunigten sich ihr Atem und die Pulsfrequenz, als würde sie mit etwas völlig

Neuem, Unbekanntem konfrontiert. Womöglich rührte dieser Eindruck von dem ungewohnten Anblick des Energiehelms her. Vielleicht produzierte dieser Schwingungen, auf die sie besonders empfindlich reagierte.

Aus weit geöffneten Augen sah sie zu, wie er sich auf sie herabsenkte und ihren Kopf im Abstand von zehn Zentimetern umgab. Vor ihren Augen und Ohren entstanden winzige Projektionsfelder, die unmittelbar auf die Trommelfelle und die Netzhaut einwirkten. Diese Methode ermöglichte ihr ein möglichst wirklichkeitsgetreues Erleben dessen, was sie hörte und sah.

»Entspanne dich«, sagte der Syntron. »Du bist viel zu nervös.«

»Ja«, krächzte sie. Ihr Gaumen fühlte sich übergangslos rauh und ausgetrocknet an. »Ich versuche es.«

Sie dachte an ihren Lebenspartner. Wenn ihm draußen nur nichts zustieß. Gisolf weilte seit einer knappen Woche auf der Außenseite des Kenteullen-Rades. Zusammen mit Loura Gaikunth und dreitausend anderen Wissenschaftlern und Technikern versuchte er, die Nonggo aus ihrer Lethargie zu holen, damit sie ihnen Hinweise zur Bedienung der Anlagen lieferten. Bisher ohne Erfolg.

Gisolf hatte sich spontan für den Einsatz auf der Außenseite des Kenteullen-Rades gemeldet, ohne Trinis Wissen und mit einem mehr als dürftigen Abschiedsbrief.

»Dir fehlt seit Monaten die Zeit für uns«, hatte er geschrieben. »Du verbringst Tag und Nacht in den Labors und mit diesem Nonggo zusammen. Wenn er Dir so wichtig ist, dann heirate ihn doch.«

Eifersucht – mit allem hatte sie bei Gisolf gerechnet, nur nicht damit. Sie zweifelte noch immer daran, daß er es ernst meinte und nicht bloß einen Vorwand suchte, um nicht ständig allein herumsitzen zu müssen.

Gisolf hatte sich verändert. Seit jenem Tag, als die Stadt

auf dem Sphärenrad strandete, war er nicht mehr der Gisolf, den sie vor fünf Jahren auf Terra kennengelernt hatte. Sie hielt ihm zugute, daß es ihm nicht allein so erging. Sie alle hatten sich durch das Ereignis verändert. Und jene Menschen, die es nicht mehr in der Fremde ausgehalten hatten, waren Anfang April mit den drei Schiffen in die Milchstraße zurückgekehrt, die im Auftrag Perry Rhodans zur ihrer Unterstützung ins Teuller-System gekommen waren.

»Entspanne dich«, hörte sie den Syntron erneut sagen. »Wenn es nicht geht, solltest du die Simulation verschieben oder eine andere Testperson bestimmen.«

»Es geht schon«, murmelte sie und konzentrierte ihre Aufmerksamkeit auf den Helm.

Endlich – nach ihrem Zeitgefühl waren Stunden vergangen – entstanden auf ihrer Netzhaut Bilder, mit klareren Konturen und intensiveren Farben als die, die sie im Alltag wahrnahm. Sie zeigten Terrania, die Hauptstadt der Erde, zu dem Zeitpunkt, als das Heliotische Bollwerk eingetroffen war und sein erstes Faktordampfelement projiziert hatte. Damals, das wußte sie aus den Nachrichten, war ein Stück der Wüste Gobi gegen Steppe vom Sphärenrad ausgetauscht worden. Die ersten Delegationen der beiden Völker waren sich begegnet.

Die Stereo-Flüsterstimme in ihren Ohren lieferte ihr detaillierte Informationen, unterlegt mit elektronischer Sphärenmusik, wohl in Anlehnung an das Sphärenrad. Der Programmierer mußte ein Komödiant gewesen sein.

Trini erfuhr alles über die Heliotischen Bollwerke, was in ihrem Stadtteil zum Zeitpunkt der Versetzung auf das Sphärenrad bekannt gewesen war. Ein paar zusätzliche Daten der Nonggo und eine Computergraphik ergänzten die Informationen. Sie zeigten Kalkutta ohne den »herausgeschnittenen« Stadtteil. Dort lag jetzt jene Landschaft des Sphärenrades, auf der Kalkutta-Nord stand.

»Es sieht gut aus«, wisperte der Syntron. »Es findet keine erhöhte Reizung der Seh- und Hörnerven statt. Wir gehen auf Stufe zwei.«

Stufe eins stellte die Eingewöhnungsphase dar. Stufe zwei beschleunigte die Informationen kontinuierlich bis an die Wahrnehmungsgrenzen ihrer Sinne. Der Syntron projizierte Daten aus der Vergangenheit der Erde, sowohl zu LFT-Zeiten als auch aus der Epoche des Solaren Imperiums.

Zuerst verschwammen die Animationen auf ihrer Netzhaut. Der Automat fror die Beschleunigung dicht unterhalb der kritischen Grenze ein. Die Ohren hielten ein wenig länger durch. Ihre Empfindlichkeit war nicht so groß, sie reagierten träger. Aber irgendwann begannen sich die akustischen Informationen zu überschlagen.

Sie bekam Ohrensausen. Der Syntron drosselte auch hier.

Nach einer Weile gewöhnten sich ihre Sinne an den Zustand. Ein halbes Prozent höher erreichte die Simulation die endgültige Obergrenze dessen, was ihre Augen und Ohren an Geschwindigkeit vertrugen.

»Bereite dich auf Stufe drei vor!«

Das war die Zuschaltung des Upjhar-Netzes. Sie würde von mehreren hundert Syntrons gleichzeitig Informationen empfangen, sollte sie sortieren, bewerten, die wichtigsten herausfinden und entsprechend reagieren.

Über die Probleme einer solchen Informationsflut hatten sie wochenlang und unter Einbeziehung aller möglichen organischen Reaktionen diskutiert. Trini hatte sich gegen Fharen Loy Meved durchgesetzt und sich gegen den anfänglichen Einsatz von Filtern ausgesprochen.

Die Systeme überwachten ihren Organismus bis in die tiefsten Hirnströme. Entdeckten sie auch nur ein Anzeichen einer Gefährdung, brachen sie den Test sofort ab. Diesem Argument hatte der Nonggo nichts entgegenzusetzen gehabt.

»Achtung, jetzt!«

Obwohl sie wußte, was sie erwartete, versetzte ihr die plötzlich auf sie einströmende Datenfülle einen Schock. Hunderte oder Tausende von Bildern und Animationen überlagerten sich. In ihren Ohren hörte sie ebenso viele Kommentare. Sie nahm lediglich ein fürchterliches Chaos wahr und bekam Kopfschmerzen.

»Aufhören!« ächzte sie.

Der Automat hatte die Übertragung bereits gestoppt. Übergangslos erloschen die Eindrücke. Stille trat ein, es wurde dunkel. Dennoch irrlichterten die Nachwirkungen der Animationen noch minutenlang auf ihrer Netzhaut.

Als die Haube sich endlich hob, leuchteten ihr die weißgelben Beleuchtungskörper an der Decke wie Regenbögen entgegen.

Trini schilderte ihre Eindrücke und ließ einen Medoroboter kommen. Er verabreichte ihr ein Injektionspflaster zur Entspannung.

Der extreme Streß ihrer Sinne führte zu einer schnell und heftig auftretenden Müdigkeit. Sie zog sich in einen Ruheraum zurück und schlief übergangslos ein. Als sie nach zwei Stunden erwachte, fühlte sie sich frisch und fit wie nie zuvor.

»Der nächste Test findet erst gegen Abend statt«, meldete sich der Syntron Fharen Loy Meveds bei ihr. »So lange braucht dein Körper, um die Streßsymptome vollständig abzubauen und deine Nerven zu regenerieren.«

Die menschliche »Hardware-Peripherie« arbeitete zu langsam und zu ungenau. Das Gehirn an sich wäre durchaus in der Lage gewesen, mehr Informationen in dieser Geschwindigkeit und Dichte zu verarbeiten. Fharen Loy Meved hatte das von Anfang an erkannt und in seiner unaufdringlichen Art in die Diskussion eingebracht. Seine Argumente und

Trinis Traum von einem Netz für Kalkutta-Nord, in das sich jeder Kalkuttani je nach Bedarf einblenden und aus dem er sich wieder ausblenden konnte, hatten zur Konstruktion eines Chips geführt, der inzwischen als Prototyp N-219 vorlag.

N stand für Nano.

Der N-219 basierte auf dem nonggischen SBS-Chip, reduziert auf die Anforderungen und Fähigkeiten eines menschlichen Gehirns. Von dem der Nonggo unterschied er sich durch sein kleineres Volumen und seine geringere Leistungskraft. Diese Aspekte spielten eine nicht zu unterschätzende Rolle. Da Kalkutta-Nord von den Datenbanken Terras und der Supersyntronik NATHAN auf dem Erdmond abgeschnitten war und selbst über keine Daten der Hirnforschung aus den letzten drei Jahrtausenden verfügte, mußten sich die Wissenschaftler alles erst erarbeiten. Die Kapazitäten der Neurone des Teuller-Systems und das Wissen der Einheimischen bildeten die Voraussetzungen dafür, daß sie das Projekt überhaupt in Angriff nehmen konnten.

Der Diener der Materie mit seiner Kosmischen Fabrik hatte die Arbeiten zum Erliegen gebracht. Trini hoffte, daß sie es mit Hilfe der Simulationen schafften, diesen Nachteil auszugleichen, die menschlichen Sinne auf die Gegebenheiten in einem Computernetz zu trainieren und gleichzeitig erste rudimentäre Erfahrungen mit einem Neuron zu sammeln.

Die Neurologin wartete darauf, daß der Syntron Stufe drei fortsetzte, die sie am Morgen unterbrochen hatte. Diesmal würde der Automat Filter einblenden und die Informationsdichte auf ein erträgliches Maß einpendeln.

»Du kannst Wünsche äußern, was du wissen möchtest«, informierte er die Projektleiterin. »Am besten wird sein, du entscheidest spontan. Es ist sinnlos, dir zwei Stunden lang die wichtigsten Themen zur Auswahl vorzutragen.«

Trini wollte mehr über die Vergangenheit der Nonggo wissen. Die Informationen stammten aus dem persönlichen Syntronnetz Fharen Loys im zehnten Stock. Wozu er es trotz seiner ständigen Verbindung mit den Neuronen errichtet hatte, konnten die Kalkuttani nur ahnen. Vielleicht kompensierte er damit die räumliche Trennung von Kenteullen.

Menschen konnten sich nur sehr schwer vorstellen, was im Innern eines Nonggo vor sich ging. Wenn die Anbindung des Upjhar-Netzes an das Makro-Neuron des Kenteullen-Rades erst einmal Wirklichkeit war und Menschen für Minuten oder Stunden zu einem Teil davon werden konnten, würde sich das schnell ändern. Selbst die Kritiker des Projekts konnten dann nachvollziehen, wie ein Nonggo von Geburt an mit und in den Neuronen lebte.

Der Syntron startete die Datenübertragung. Die Nonggo hatten von ihrer Intelligenzwerdung bis zur Entwicklung einer eigenen Raumfahrt kaum zehntausend Jahre benötigt. Da es auf ihrem recht kargen Planeten Ongg wenige natürliche Feinde gab und der Druck zu neuen Erfindungen gering blieb, wunderte dies. Die Biologen erklärten es mit der von Anfang an länglichen Schädelform und einer damit einhergehenden hochkomplexen Gehirnmasse.

Seine hohe Intelligenz schließlich war es auch, die das Volk aus dem Teuller-System schnell in der Galaxis Gorhoon bekannt machte. Nonggo-Technologie unterlag keinen Handelsbeschränkungen. Da die Nonggo zudem zu den ersten raumfahrenden Völkern dieser Evolutionsperiode gehörten, fehlte anderen Völkern der Anreiz, Kriege wegen dieser Technologie zu führen. Sie erhielten sie auf friedlichem Weg. Gorhoon brachte dieser Umstand eine lange Zeit des Blühens und Gedeihens ein, auf deren Höhepunkt die Helioten erschienen und das Volk von Ongg zum vierten Thoregon-Volk beriefen.

Im Unterschied zu den Terranern hatten die Nonggo keine Probleme mit dieser Auszeichnung. Ihr kollektiver Individualismus, wie ein Soziologe im Westteil von Kalkutta-Nord es einmal bezeichnet hatte, verstand den Auftrag als Anstoß zu einer neuen Epoche.

Trini stellte fest, daß sie schwitzte. Kleine Perlen liefen an ihrem Nacken hinab und zogen eiskalte Spuren. Die Informationen in ihren Augen und Ohren versiegten nach und nach, bis sie ganz aufhörten.

Um sie herum war es übergangslos still, als habe jemand ein Schallschutzfeld errichtet.

»Was ist los?« fragte sie. »Ich sehe und höre nichts mehr.«

Sie bewegte die Lippen, konnte aber ihre eigene Stimme nicht wahrnehmen. Instinktiv wollte sie den farbigen Helm vom Kopf schieben. Ein Kribbeln lief durch ihre Finger und die Arme bis hinauf zu den Ellbogen. Es stammte von den energetischen Feldern der Projektion.

Jemand legte ihr die Hand auf die Stirn und an die Halsschlagader. Kräftige Arme richteten sie auf.

Es war stockfinster, und noch immer hörte sie nichts.

»Ich bin blind und taub!« rief sie. An den Vibrationen ihrer Stimmbänder erkannte sie, daß sie sich wenigstens noch verständlich machen konnte.

Wohlige Wärme hüllte sie übergangslos ein. Sie verspürte den leichten Druck eines Injektionspflasters am Hals und kurz darauf den kaum schmerzhaften Einstich einer Nadel in der rechten Armbeuge. Jemand hielt ihre rechte Hand und drückte sie immer wieder zum Zeichen, daß alles in Ordnung war.

Trini rätselte, was los war. Der Syntron maß während der gesamten Simulation ihre Hirnströme und erkannte jede auch noch so kleine Veränderung. Der energetische Helm über ihrem Kopf projizierte nicht nur die Daten, er kontrollierte die Muskulatur der Augen, den Augendruck, die Blutgefäße der Augäpfel und das Innenohr.

Ein leichtes Schwanken deutete an, daß ein Transportfeld sie umfing und sie aus dem Hauptlabor brachte. Der Gedanke an einen Operationssaal jagte ihr einen Schauder über den Rücken. Sie wartete auf das Rieseln von Desinfektionsspray auf ihrer Haut, Blutentnahme oder einfach nur eine Berührung.

Ihre Glieder wurden schwer. Bleierne Müdigkeit senkte sich über sie.

Sie schicken dich in den Heilschlaf, waren ihre letzten bewußten Gedanken. Sie zog Arme und Beine an den Körper und überließ sich ganz der Wirkung des Schlafmittels, das sie ihr injiziert hatten.

Wie lange sie schlief, vermochte sie im nachhinein nicht zu sagen. Sie empfand es, als sei sie im nächsten Augenblick schon erwacht.

Trini blinzelte. Neben dem Bett brannte eine Leselampe, und auf einer Konsole lag eine Folie. Die Wissenschaftlerin hustete und nahm erleichtert zur Kenntnis, daß ihre Sinnesorgane wieder einwandfrei funktionierten.

»Wieviel Uhr ist es?« fragte sie heiser.

»Kurz nach Mitternacht«, lautete die Antwort eines Akustikfeldes irgendwo über dem Bett. »Du solltest weiterschlafen.«

Trini tat es bis am frühen Morgen. Als sie zum zweiten Mal die Augen aufschlug, war es draußen hell. Sie lag noch immer auf derselben Seite. Die Folie fiel ihr wieder ein. Mit zwei Fingern zog sie das dünne Blatt herbei.

»Nach Aussage des Syntrons handelt es sich um eine Ermüdungserscheinung«, las sie. »Wir sollten das nicht zu oft machen. Eine mehrfache Überbelastung führt zu einer dauerhaften Schädigung der betroffenen Organe. Bis bald, Sören.«

Trini ließ die Folie einfach fallen. Sie landete mit einem kaum hörbaren Klatschen auf dem Fußboden.

»Syntron, ich möchte aufstehen.«

»Deine Werte sind in Ordnung, Trini«, lautete die Antwort. »Augen und Ohren haben sich regeneriert. Gegen deinen Wunsch ist nichts einzuwenden.«

Sie richtete sich vorsichtig auf und setzte sich auf den Bettrand. Ein leichter Duft nach Rosen breitete sich aus, ihr Lieblingsduft. Der Automat hatte wirklich an alles gedacht. Trini erhob sich und strich ihre Kombination glatt. Sie setzte sich mit dem Hauptlabor in Verbindung.

»Sören, ich wünsche dir einen guten Morgen«, sagte sie. »Ich weiß nicht, ob du schon wach bist. Ich möchte, daß wir uns in einer Stunde zu einer Besprechung im Hauptlabor treffen.«

Hernaño Mauritz meldete sich.

»Morgen, Trini. Ich hoffe, du hast die Nacht einigermaßen verdaut. Sören hat durchgemacht, ich löse ihn gerade ab. Er ist auf dem Weg zu seiner Wohnung. Willst du ihn sprechen?«

»Ja.«

Sie wies den Syntron an, eine Konferenzschaltung zur Verfügung zu stellen. Neben Sören Bornegod, Pen Stobbe und Hernaño Mauritz waren die zwanzig wichtigsten Abteilungsleiter zugeschaltet.

Während sie auf die Hologramme wartete, sah sie sich die Daten der abendlichen Simulation an und kommunizierte mit Fharen Loys Syntron.

»Ähnliche Probleme sind uns aus der Vergangenheit bekannt«, eröffnete ihr der Automat. »Die Gehirne von Menschen und Nonggo stimmen so weit überein, daß sie einen Schutzmechanismus besitzen. Wenn die Überlastung zu groß wird, schaltet das Gehirn die Verbindung einfach ab und schützt seine Nervenbahnen. Allerdings kann es zu Schädigungen der beteiligten Sinnesorgane kommen.«

»Was empfiehlst du uns?«

»Keine Simulationen dieser Art mehr. Konzentriert euch in eurer Arbeit auf die Entwicklung des Chips.«

Das klang wie aus dem Mund Fharen Loy Meveds.

Trini wandte sich an die in der Zwischenzeit entstandenen Hologramme ihrer Mitarbeiter und Mitarbeiterinnen. »Ihr habt es gehört«, sagte sie. »Ich würde gern eure Meinung wissen.«

Sie stimmten ohne Ausnahme für den Abbruch. Damit lag das Forschungsprojekt vorerst auf Eis.

»Seit gestern vormittag hat es keine Beben und keine Gravitationsschwankungen mehr gegeben«, fügte Sören Bornegod hinzu, als könne er ihre Gedanken lesen.

Die durch die Kosmische Fabrik ausgelösten Störungen waren vorüber. Das bedeutete, die Chip-Fabrikation in Karabani konnte bald fortgesetzt werden. Trini spürte übergangslos neue Kraft durch ihren Körper strömen.

»Wir holen Fharen Loy so schnell wie möglich aus Kenteullen heraus«, sagte sie. »Ich brauche zwei Freiwillige, die mich begleiten.«

Pen und Hernaño meldeten sich.

»Ich danke euch. Wir treffen uns nach dem Frühstück am Gleiterparkplatz.«

2.

Rückblick: Auf dem Sphärenrad

Der Gleiter flog in fünfzig Metern Höhe durch die Mahatma Road, die den Platz des Himmlischen Auges mit der nördlichen Peripherie der Schiffbrüchigen Stadt verband.

Trini musterte die Fassaden. Ein Teil der Häuser stammte aus der Zeit unmittelbar nach Monos und war originalgetreu wiederhergestellt worden. Acht- bis zwanzigstöckige Bauwerke säumten die Straße. Dazwischen lagen kleine, parkähnliche Viertel mit zwei- und dreigeschossigen Häusern. Prunkvoll verzierte Fassaden und Pagodendächer verliehen der Mahatma Road das Gepräge eines historischen Viertels.

In dieser Gegend wohnten viele Techniker und Ingenieure. Entsprechend standen die meisten Wohnungen zur Zeit leer. Loura Gaikunth hatte die Männer und Frauen auf die Außenseiten der Sphärenräder geschickt, damit sie sich um die Nonggo und die technischen Anlagen kümmerten.

»Immer geradeaus«, sagte Trini zu Pen Stobbe.

Der rotblonde Hüne füllte den Pilotensessel mehr als reichlich aus. Er steuerte das Fahrzeug manuell und schickte einen Peilstrahl nach Norden. Am Ende der Ebene zwischen Kalkutta-Nord und Kenteullen traf er auf die Nonggo-Stadt.

»Vierter Südost-Quadrant«, stellte Pen fest. »Was ist das? Ein Techniker-Viertel wie die Mahatma Road?«

»Nicht ganz. Eher ein Neuron-Spezialisten-Viertel. Aber es leben auch Diplomaten und Historiker der Nonggo dort.«

Nicht zu vergessen die fünftausend Männer und Frauen aus der Schiffbrüchigen Stadt, die sich in Kenteullen aufhielten und sich um die apathischen Nonggo kümmerten. Sie fütterten sie und gaben ihnen zu trinken. Und sie sorgten dafür, daß sie nicht stürzten und sich verletzten.

Trini bedauerte, daß sie nicht mehr tun konnten. Die Steueranlagen der Bewohner des Teuller-Systems verhielten sich nicht gerade kooperativ, und den Kalkuttani fehlten die Kenntnisse, um sie richtig zu bedienen.

»He!« machte Hernaño plötzlich. »Paß auf!«

Stobbes Hand ruhte auf der Steuerleiste und fuhr hastig nach rechts. Der Gleiter beschrieb einen Bogen und wich den Dächern aus, die nach ihm zu schlagen schienen. Gleichzeitig verlor er an Höhe. Stobbe knurrte etwas und hieb auf das Sensorfeld für die Automatik.

Der Syntron meldete eine vorübergehende Störung und gab anschließend eine Warnung aus.

»Defekt im Antigravsystem.« Automatisch öffneten sich Klappen in den Sesseln. Gurte schlossen sich um die Körper der Insassen. Rosarot flimmernde Prallfelder bauten sich auf. »Notlandung wird eingeleitet.«

Die Flughöhe sank auf unter dreißig Meter und nahm rasch ab.

Trinis Finger klammerten sich instinktiv um die Armlehnen ihres Sessels. Der Gleiter neigte sich im Zeitlupentempo zur Seite. Eine Landung auf der durchsichtigen Kanzel gehörte bei derzeit hundert Stundenkilometern Geschwindigkeit nicht gerade zu den Dingen, die sie sich besonders intensiv wünschte.

Pen Stobbe fluchte leise vor sich hin und schaltete zurück auf Handsteuerung. Es gelang ihm, das acht Meter lange und vier Meter breite Gefährt etwas aufzurichten. An der Kontrolleiste blinkte ein roter Doppelkreis und meldete den vollständigen Ausfall des Antigravsystems.

Der Hüne startete das Feldtriebwerk. Er drückte das Fahrzeug nach links, während es wie ein Stein in die Tiefe fiel. Eines der schrägen Pagodendächer tauchte vor ihnen auf. Das Fahrzeug prallte gegen den Rand, hüpfte in die Höhe und knallte dann endgültig auf das Dach. Draußen stoben Funken. Ein schrilles Kreischen kündete davon, daß das Fahrzeug das Dach ähnlich durchpflügte wie ein Rennboot das Wasser. Wie ein Kieselstein auf der Wasseroberfläche hüpfte es hinüber auf das nächste Dach und von dort auf ein Vordach. Inzwischen betrug die Höhe über dem Boden gerade noch sechs Meter.

Für die Insassen bedeutete es die Rettung. Mit dem letzten Rest kinetischer Energie und einem für Sekunden wieder arbeitenden Antigravsystem hüpfte der Gleiter in die Tiefe und schlug mit einem mittelmäßigen Knall auf den Straßenbelag. Das demolierte Fahrzeug wackelte kein bißchen. Wie ein geknautschtes Kissen lag es da. Die übrigen Kontrollichter sprangen auf Rot und flackerten für ein, zwei Sekunden. Dann stellte Pen Stobbe die Energiezufuhr ab. Die Prallfelder um ihre Sessel erloschen.

»Uff«, seufzte er. »Wir haben mehr Glück als Verstand gehabt.«

Trini löste den Gurt und sprang auf. Ihr Gesicht drückte Entschlossenheit aus und wirkte beinahe angriffslustig. Vergeblich versuchte sie, die Tür zu öffnen. Der Rahmen hatte sich verzogen, sie klemmte.

»Kanzel absprengen«, sagte sie.

Der Mechanismus versagte den Dienst. Stobbe öffnete ein Notfach in der Wand und verteilte drei handliche Impulsstrahler mitsamt Holster.

Sie schmolzen einen Teil der Tür weg und drückten sie mit vereinten Kräften nach außen.

Ein Knirschen und Knacken empfing sie. Im Straßenbelag bildeten sich Risse. Die Gebäude auf beiden Straßenseiten schwankten deutlich sichtbar.

Das war kein leichtes Beben der Stärke zwei oder drei, wie sie es in den letzten Tagen mehrfach erlebt hatten. Trini schätzte, daß es auf der Richter-Skala mindestens den Wert sieben erreichte.

Sie sprangen aus dem Gleiter. Der Boden unter ihren Füßen hob und senkte sich um gut einen Viertelmeter. In das Knirschen der Fassaden mischte sich das Splittern hochwertiger Plastolit-Fensterscheiben. Sie hielten der übermächtigen Spannung nicht mehr stand und zerplatzten. Tonnen von Stahlplastikscherben regneten auf die Mahatma Road herab.

Vergeblich versuchten die drei Kalkuttani, die Individualschirme ihrer Einsatzanzüge zu aktivieren.

Störungen im 5-D-Bereich, das hatte ihnen gerade noch gefehlt.

»Sagt mir, daß ich träume«, stieß Hernaño Mauritz hervor und balancierte mit ausgestreckten Armen sein Gleichgewicht aus.

Terranische Städte waren eigentlich bebensicher – auf Terra und unter terranischen Bedingungen. Neben mechanischen Schwingungsdämpfern existierten in jedem Gebäude Stabilisator-Systeme mit Prallschirmen, die einen Einsturz verhinderten und ein Gebäude im Notfall so lange zusammenhielten, bis es restlos evakuiert war.

Im Fall der historischen Häuser in der Mahatma Road schien das System nicht mehr zu funktionieren.

Über den Dächern heulten Alarmsirenen und mischten sich in das Tosen und Krachen, mit dem das erste zwanzigstöckige Gebäude in sich zusammenstürzte.

Trini und ihre zwei Begleiter brachten sich mit ein paar waghalsigen Sprüngen in einen Hauseingang in Sicherheit.

Die Gedanken der Wissenschaftlerin überschlugen sich.

Entweder war die Kosmische Fabrik zurückgekehrt und zerstörte das Sphärenrad, oder es handelte sich um einen Zwischenfall von anderer, aber nicht unbedingt geringerer Tragweite.

Ein minutenlanger Hagel aus scharfen Splittern ging über der Straße nieder. Ein paar Querschläger verfehlten sie um Zentimeter. Fassadenteile stürzten herab und begruben den Gleiter unter sich. Mitten in der Straße schichteten sie sich zu einem regelrechten Wall auf.

Aus dem Innern des Gebäudes, in dessen Eingang sie Schutz gesucht hatten, drang Staub. Einer Lawine gleich quoll er durch den Korridor, versperrte ihnen die Sicht auf Antigrav und Treppenhaus und trieb sie zurück auf die Straße.

So schnell, wie das Bersten und Krachen begonnen hatte, endete es. Trügerische Stille legte sich über die Mahatma Road.

Trini kämpfte mühsam ihre Erregung nieder. Sie stützte sich an der Fassade ab und hielt den Blick unverwandt auf den winzigen Ausschnitt des Himmels gerichtet. Dort oben zuckten im Dutzend grellweiße Blitze entlang. Lautlos und gefährlich suchten sie sich ihren Weg.

Auf keinem Trivid-Kanal trafen bisher Meldungen ein, worum es sich dabei handelte.

Hernaño Mauritz zog sie am Ärmel.

»Wir sollten verschwinden«, klang es krächzend aus dem staubtrockenen Mund.

»Warte, ich höre etwas.«

Pen Stobbe lauschte auf das erneut einsetzende Knirschen der Gebäude.

»Das Stahlplastzeug gibt nach.«

Wieder bebte der Untergrund. Im Gebäude gegenüber bildeten sich fingerdicke Risse.

»Da ruft jemand«, stellte Trini fest. »Ein Kind!«

»Wir hören nichts.« Mauritz zuckte mit den Schultern. Er trat ungeduldig von einem Fuß auf den anderen und gab ihr zu verstehen, daß er den Auftrag so schnell wie möglich hinter sich bringen wollte.

»Da drüben.«

Sie warf ihren Begleitern einen durchdringenden Blick aus den türkisfarbenen Augen zu. Er wirkte. Beinahe roboterhaft setzten sie sich in Bewegung und folgten ihr über die Straße. Jetzt hörten auch sie es. Irgendwo hoch über ihnen in dem knirschenden Gebäude rief eine helle Stimme laut und deutlich: »Hallo, hallo!«

Trini spurtete los.

»Bleibt unten am Eingang!« rief sie den beiden Männern zu. »Wenn der Kasten in sich zusammenfällt, dann bringt euch in Sicherheit.«

Sie erreichte den Eingang und stürmte ins Treppenhaus. Auf den Einsatz ihres Antigravgürtels oder die Benutzung des Antigravschachts verzichtete sie.

Die Nottreppe wies bereits Risse auf, und die Neigung der Stufen veränderte sich unter ihren Füßen. Die Konstruktion gab nach, das Gebäude stand kurz vor dem Einsturz.

Wieder rief das Kind. Trini antwortete, um es zu beruhigen. Zwei Stockwerke, schätzte sie, lagen noch zwischen ihnen.

Es waren vier. Zwischen den Geländerstäben der Nottreppe hindurch entdeckte die Wissenschaftlerin das kleine Kind, ein Mädchen. Es stand in der offenen Wohnungstür und winkte ihr.

»Mama und Papa arbeiten!« klang es aus dem schmalen Mund.

Mit einer letzten Kraftanstrengung erreichte Trini Madang das Mädchen. Der Atem der Wissenschaftlerin ging ruckartig, der Puls raste in ihren Schläfen und am Hals.

»Wie heißt du, Kleines?« keuchte sie.

»Jacqueline!« kam prompt die Antwort. »Automat Feierabend!«

Die Neurologin warf einen Blick in die Wohnung. Von einer eingestürzten Wand halb begraben, entdeckte sie den

Babysitter, einen Daniel-Roboter mit der typischen menschlichen Bioplastmaske.

»Bin defekt. Funkgerät kaputt«, rasselte der Automat, der in der Vorstellung des kleinen Mädchens Feierabend gemacht hatte.

»Wo stecken die Eltern?«

»Einsatzgruppe Grendiss-Rad. Kein Kontakt mehr ...«

Kein Kontakt zum Nachbar-Rad? Die Neurologin wollte es einfach nicht glauben. Sie verlangte von dem Daniel-Roboter eine genaue Erläuterung seiner Aussage. Die Maschine produzierte lediglich ein paar Qualmwölkchen und schwieg.

»Komm, Kleines.« Hastig nahm Trini das Mädchen auf den Arm. So schnell es ihre bleischweren Beine und die einseitige Gewichtsverteilung zuließen, rannte sie mit ihm die Treppe hinab.

»Spielen gehen«, jauchzte es neben ihrem Ohr. »Garten.«

»Ja, das tun wir. Unten warten zwei neue Freunde auf dich.«

Das Gebäude schüttelte sich. Irgendwo hinter den Wänden stürzten Möbel um.

Pen und Hernaño warteten in den Mitte der dreißig Meter breiten Straße.

»Paß auf!« riefen sie ihr zu. »Da kommt was herunter.«

Sie duckte sich und sprang rückwärts. Ein Stück Fassade rauschte herunter und knallte dicht neben dem Eingang zu Boden. Trini drehte sich um, damit das Mädchen die Katastrophe nicht mit ansehen mußte.

»Jetzt!« hörte sie Hernaño. »Mach schnell!«

Sie rannte hinaus und zu ihnen hinüber. Aus den Augenwinkeln nahm sie wahr, daß sich die Fassade des Gebäudes gefährlich neigte. Trini schlug einen Haken und hetzte die Straße entlang.

»Nach rechts«, rief Pen. »Vorsicht!«

Das letzte Wort drang als langgezogener Schrei aus seinem Mund.

Trini rannte weiter. Sie spürte instinktiv die Gefahr und sah den Schatten, der die Straße verdunkelte. Hernaño kam ihr plötzlich entgegen. Er gab ihr einen Schubs und rannte weiter. Sie strauchelte dem Gebäude auf der anderen Straßenseite entgegen, prallte gegen die Wand und verlor den Boden unter den Füßen.

Um sie herum brach die Hölle los. Ein fürchterlicher Knall ließ die Straße erzittern. Eine Staubwolke breitete sich aus und nahm Trini übergangslos die Sicht. Das kleine Mädchen auf ihrem Arm hustete und fing an zu weinen.

»Still, meine Kleine«, ächzte die Wissenschaftlerin. »Es ist gleich überstanden.«

Erneut schrie Pen eine Warnung. Sie konnte nicht genau sagen, aus welcher Richtung sie kam. Hernaño brüllte wie am Spieß und verstummte dann plötzlich.

Ein gefährliches Singen erklang. Es kam von oben und näherte sich rasend schnell. Trini preßte das Kind enger an sich und barg es im Schutz der Hauswand. Undeutlich erkannte sie etwas Großes, Dunkles. Es schlug in den Straßenbelag ein, stand für einen Augenblick still und neigte sich ihr dann im Zeitlupentempo entgegen.

Verzweifelt rannte sie weiter. Sie schaffte es nicht. Kurz vor dem nächsten Hauseingang holte das Ding sie ein. Trini hörte ein Krachen über sich und spürte einen Schlag gegen den Hinterkopf. Vor ihren Augen wurde es schwarz. Sie merkte noch, wie ihre Knie nachgaben. Mit dem Kind vor der Brust brach sie zusammen.

Jemand hatte sie in einen Gefrierschrank gesperrt. Es war eiskalt, sie fror. Gleichzeitig stach ein Folterknecht sie mit glühenden Dolchen in den Kopf. Auf ihrem Bauch räkelte sich ein riesiges Reptil.

Trini benötigte eine Weile, bis sie merkte, daß sie nicht tot und auch nicht in eine andere Welt verschlagen worden war. Das Atmen fiel ihr schwer, und das Gefühl des Erfrierens breitete sich über ihren gesamten Kopf aus. Das Reptil hustete.

»Komm zu dir, schnell«, krächzte der Folterknecht und traktierte sie weiter mit seinen Spießen. »Sonst stirbt er.«

Sie wehrte sich gegen die Einflüsterung. Zu allem Unfug rief das Reptil auf ihrem Bauch: »Spielen. Sonst stirbt er.«

Mit Mühe und Not fand ihr Bewußtsein in die richtigen Bahnen. Trini schlug die Augen auf. Sie starrte in das Gesicht des hünenhaften Folterknechts.

»Pen?«

»Endlich. Du liegst seit zwei Minuten bewußtlos hier herum. Ist das die feine Art?«

»Art«, plapperte die Schlange auf ihrem Bauch nach und sagte dann: »Hallo.«

Trini richtete sich vorsichtig auf und betastete ihren Kopf. Sofort stachen glühende Dolche in ihr Gehirn. In der Mitte des Hinterkopfes wuchs eine beachtliche Beule. Pen Stobbe hatte eine Kühlkompresse darauf geklebt. Am Hals spürte die Neurologin den Widerstand eines Injektionspflasters.

»Du hast Glück gehabt. Das Fassadenstück fiel gegen die Wand und hat dich nur leicht getroffen. Andernfalls hätte es dir den Schädel zertrümmert.«

»Pen, bitte!«

Sie kam auf die Knie und betastete das Mädchen.

»Alles in Ordnung mit dir, Kleine? Tut es irgendwo weh?«

»Jacqueline kein Aua hat«, erklärte das Mädchen tapfer.

Trini stand auf und drückte sie Stobbe in den Arm.

»Wo steckt Hernaño?«

»Unter der eingestürzten Fassade dort drüben.«

Der dichteste Staub verzog sich mit dem aufkommenden Sturmwind. Undeutlich erkannte Trini, daß von dem Haus nur noch die untere Hälfte stand. Die obere war auf die

Straße gestürzt. Die Mahatma Road bot ein Bild der Verwüstung.

Sie stiegen über die Trümmer und hielten nach dem Kameraden Ausschau. Schließlich entdeckten sie ihn zwischen zwei Mauerteilen. Nur der Kopf ragte heraus. Dicker Staub lag auf seinem Gesicht. Darunter schimmerte es naß vom Blut. Zwischen den scharfkantigen Bruchstücken ragten ein rosaroter, verschmierter Fetzen und die Spitze eines Stiefels hervor.

»Zu spät«, ächzte Pen und drehte das Gesicht der Kleinen nach hinten, damit sie den Toten nicht sah. »Er ist zerquetscht oder erstickt. Was tun wir?«

Trini musterte den Liegenden eindringlich. Ein Zucken glitt über ihr Gesicht.

»Am besten lassen wir ihn liegen und kümmern uns nächste Woche um ihn«, antwortete sie.

Pen starrte sie an, als sei sie ein Gespenst. Noch schlimmer jedoch reagierte der »Tote« selbst.

»Dann soll euch der Teufel holen«, sagte er und spuckte eine Ladung Staub von den Lippen. »Hättet ihr die Güte, mein Gesicht zu reinigen, damit ich wenigstens die Augen aufmachen kann?«

»Du lebst?« ächzte Pen Stobbe. »Dem Himmel sei Dank.«

Trini öffnete die rechte Gesäßtasche und zog eines der Feuchttücher hervor, mit denen der Einsatzanzug ausgestattet war. Sie wischte Hernaño Mauritz das Gesicht ab. Die Feuchtigkeit unter dem Staub erwies sich als Schweiß. Der Kalkuttani blinzelte.

»Mir tun alle Knochen weh. Ich glaube, sie sind gebrochen.«

»Das sehen wir gleich.«

Stobbe setzte die Kleine ab. Gemeinsam versuchten sie das Trümmerteil ein Stück nach oben zu stemmen. Sie schafften es ein paar Millimeter. Hernaño gelang es, den ins

Freie ragenden Stiefel zu drehen und unter das Fassadenstück zu ziehen. Millimeter um Millimeter robbte er ins Freie.

Gemeinsam stellten sie ihn auf die Füße und tasteten ihn ab. Es fehlte ihm nichts. Ein paar Prellungen im Becken- und Rückenbereich kümmerten ihn wenig.

»Drei Wunder in so kurzer Zeit«, stellte Pen fest. »Wir haben wirklich mehr Glück als Verstand. Unser Kontingent Schutzengel ist garantiert verbraucht.«

»Bei deinem Anblick haben sie die Flucht ergriffen«, foppte Mauritz ihn.

So schnell ihre Beine sie trugen, zogen sie sich aus der Gefahrenzone zurück. Der Untergrund kam langsam zur Ruhe.

Die ersten Bodenfahrzeuge mit Hilfsmannschaften trafen ein. Der Katastrophenschutz riegelte das Gelände weiträumig ab. Trini entdeckte die orangeroten Leuchtanzüge der Seuchenkommandos.

Aus sicherer Entfernung musterten sie die Mahatma Road oder vielmehr das, was in ihrem mittleren Streckenabschnitt übriggeblieben war. Hinter den beiden eingestürzten Häusern lag ein unversehrter Abschnitt. Weiter in Richtung Zentrum und Platz des Himmlischen Auges war eine ganze Häuserzeile umgefallen, sechs oder sieben Gebäude am Stück.

Fassungslosigkeit machte sich in Trini Madang breit. Das konnte doch alles gar nicht sein. Ein Alptraum hielt sie gefangen. Wenn da nur nicht der Schmutz auf ihrer Kleidung und die Beule am Hinterkopf gewesen wären ...

»Wie verfahren wir weiter?« wollte Pen wissen.

»Was hast du gesagt? Ach so. Natürlich trennen wir uns.« Sie erntete verständnisloses Kopfschütteln. »Ich führe unseren Auftrag allein durch. Ihr bringt die Kleine in Sicherheit.«

»Und wohin?«

»Zum Platz des Bolanpur.«

Er lag im Zentrum und trug seinen Namen von einem Raumadmiral der Terranischen Flotte, der um das Jahr 2700 n. Chr. gelebt hatte und aus Kalkutta stammte. An Rand des Platzes ragte der Pilzdom der Nonggo auf.

Bisher war der Platz von allen Erschütterungen und Beben auf dem Kenteullen-Rad verschont geblieben. Die Störungen durch die Kosmische Fabrik waren an ihm und dem Pilz abgeglitten, als hätte es sie nicht gegeben.

»Nehmt den Umweg über die Nepal Avenue. Die ist breit genug, um ungefährdet durchzukommen«, fuhr Trini fort.

»Na gut, wenn du meinst.«

Pen Stobbe nahm das Mädchen wieder an sich und barg es zwischen den Armen.

»Garten spielen«, jubelte die Kleine, während sie mit ihr davonrannten. »Au fein! Tschüs!«

»Tschüs, Kleine.«

Trini Madang wartete, bis sie aus ihrem Blickfeld verschwanden. Sie wandte sich um und setzte ihren Weg im Laufschritt fort. In ihrem Innern herrschte ein merkwürdiges Chaos. Sosehr sie sich Mühe gab, es zu ordnen, es geriet immer wieder durcheinander. Das plötzliche und heftige Beben widersprach allem, was sie über die physikalischen Gegebenheiten auf den Sphärenrädern wußte.

Mit einem flauen Gefühl im Magen unterquerte sie mehrere Hochstraßen. In schwindelerregender Höhe arbeiteten Roboter. Sie versuchten, die Hochstraßen zu sichern und so zu präparieren, daß sie im Fall eines Einsturzes möglichst wenig Schaden anrichteten. An den schrägen Fassaden der Wohnpyramiden von Klein-Katmandu hangelten sich Reinigungsmaschinen abwärts. Diesmal führten sie allerdings keine Putzarbeiten aus. Dem Geruch nach trugen sie eine Art elastisches Kunstharz auf, das die Fassadenverkleidung vom Abrutschen in die Straßenflucht abhalten sollte.

Ein leichtes Nachbeben erschütterte den Untergrund. Es richtete keinen Schaden an.

Trini richtete den Blick nach vorn. Weit voraus tauchten wuchtige Quaderbauten auf, flankiert von siloähnlichen Verwaltungstrakten. Das war Karabani, die Syntronfabrik. Sie säumte den nördlichen Stadtrand und trennte die Parks im Nordwesten vom Raumhafen im Nordosten.

Zwischen ihnen endete die Mahatma Road, und dort lag das erste Etappenziel auf ihrem Weg nach Kenteullen.

Bis zum äußeren Stadtring benötigte die Wissenschaftlerin eine halbe Stunde. Am Rand eines Parkdecks entdeckte sie einen Jet-Ski mit vollen Batterien und einem funktionsfähigen Gleitfeld. Sie berührte das Sensorfeld.

Der Syntron meldete Einsatzbereitschaft.

»Trini Madang vom Forschungsprojekt ›Ein Netz für alle‹«, sagte sie. »Erlaubt mir der Eigentümer, sein Gefährt für eine Fahrt nach Kenteullen zu benutzen?«

»Die Eigentümerin heißt Miranda Kartauschen. Sie befindet sich auf dem Meved-Rad und ist nicht erreichbar. Auf Grund der besonderen Umstände erteile ich dir die Erlaubnis.«

»Danke. Was heißt, Miranda ist nicht erreichbar?«

»Derzeit ist kein Funkkontakt mit den anderen Sphärenrädern möglich. Die Gründe sind nicht bekannt.«

Es betraf also nicht nur das Grendiss-Rad.

Sie schwang sich auf das Sitzpolster und schnallte sich mit dem Kreuzbandgurt an. Der Syntron löste die Verankerung mit dem Boden und gab den Start frei. Ein leichter Druck auf das Beschleunigunspedal genügte. Der Jet-Ski glitt auf die Straße hinaus. Seine Gleitfläche besaß die Ausmaße eines traditionellen Surfbretts. Auf der Unterseite bildete sich ein energetischer Gleitfilm, der sich bis auf zwanzig Zentimeter Dicke »aufblasen« ließ. Er arbeitete ähnlich wie ein magnetisches Laufband.

Trini beschleunigte auf hundert Stundenkilometer und erreichte fünf Minuten später die Peripherie.

Am nahen Himmel des Kenteullen-Rades tobten energetische Entladungen, die nichts mit dem Irrlichtern des üblichen nonggischen Himmelszaubers gemeinsam hatten. Soweit Trini erkennen konnte, erstreckten sie sich über Hunderte von Kilometern. Konnten das alles wirklich noch die Nachwirkungen des Angriffs Parr Fioranos mit seiner Kosmischen Fabrik sein? Immer dringlicher empfand sie die Notwendigkeit, Fharen Loy Meved aus Kenteullen herauszuholen und in die Gläsernen Türme zu bringen.

Sie überquerte jene imaginäre Grenze zwischen den Feldern, wo die Faktordampf-Barriere Kalkutta-Nord von der Umgebung der Gesamtstadt abgeschnitten und auf das älteste Sphärenrad der Nonggo versetzt hatte. Nach über eineinhalb Jahren existierte keine sichtbare Trennung zwischen dem terranischen Gras und dem spärlichen Bodenbewuchs Kenteullens mehr. Die Schlingengewächse des ehemaligen Planeten Ongg drangen immer weiter in Richtung Kalkutta-Nord vor; im Gegenzug wuchs das kurze, gelbgrüne indische Steppengras der Hauptstadt des Sphärenrades entgegen. Vielfältiges mikrobisches Leben begleitete es und bereitete den Nonggo ein gewisses Kopfzerbrechen.

Die Neurologin schaltete das Funkgerät ihres Multifunktionsarmbands ein und setzte sich mit den Gläsernen Türmen in Verbindung. Sören Bornegod wartete darauf, daß sie ihre erste Positionsmeldung durchgaben.

Es rauschte im Empfänger. Trini zappte durch alle Kanäle und anschließend durch die Bänder bis hinauf ins SHF-Band. Ein Kontakt kam weder im Normal- noch im Hyperfunkbereich zustande.

Es paßte zu dem, was der Syntron über die Erreichbarkeit der Sphärenräder gesagt hatte. Etwas war ganz und gar nicht in Ordnung.

»Sören, vielleicht hörst du mich trotzdem«, sagte sie laut. »Ich bin außerhalb der Stadt und auf dem Weg nach Kenteullen. Pen und Hernaño bringen ein kleines Mädchen zum Platz des Bolanpur und kehren anschließend in die Labors zurück.«

Undeutlich vernahm sie ein paar Stimmfetzen. Sie mochten von irgendwoher kommen, nur nicht aus Kalkutta-Nord. Während sie den Jet-Ski über das Gras jagte, probierte sie es weiter. Jedesmal knatterte eine verzerrte Stimme Wortfragmente aus dem Empfänger.

Sie gab es auf. Unter diesen Umständen ließ sich kein Gespräch führen.

Trini richtete ihren Blick auf die jetzt noch dreißig Kilometer entfernte Stadt. Im diffusen Licht der roten Sonne Teuller und der Sauerstoffatmosphäre unter ihrem Prallschirm zog sich Kenteullen den Horizont hinauf. Die Blitzgewitter gewaltiger Entladungen am Firmament hoben die gewöhnlich verwaschenen Umrisse deutlich hervor und vermittelten ihr ein scharf begrenztes Bild von der Ausdehnung der Stadt.

Kenteullen nahm die gesamte Breite des Sphärenrades von 112 Kilometern in Anspruch und erstreckte sich 75 Kilometer entlang dem Rad. Verteilt auf das gesamte Rad, existierte in etwa gleichmäßigen Abständen ein Dutzend weiterer Städte mit fast identischer Architektur.

Die junge Terranerin empfand noch immer dasselbe Staunen über die Technik und Ingenieurskunst der Nonggo wie vor eineinhalb Jahren. Hätte es so etwas wie die sieben Wunder des Universums gegeben, die künstlichen Lebensräume der Nonggo mit ihrem Alter zwischen viereinhalbtausend und siebentausend Jahren hätten dazugezählt.

Entstanden waren sie aus dem Material des ursprünglich einzigen Planeten Ongg. Damals hatten die Nonggo beschlossen, dem planetengebundenen Leben den Rücken zu kehren und den eigenen Lebensraum umzugestalten. Sie hatten den Planeten zerlegt und mit Hilfe ihrer überragenden technischen Möglichkeiten Kunstwerke geschaffen: die Sphärenräder.

Anschließend hatten sie diese neuen Welten in Rotation versetzt und mit einem gewaltigen Computernetz verbunden, wie sie es von Ongg her gewohnt waren. Sie integrierten sich selbst darin und verschmolzen so zu einer Einheit mit ihrer eigenen Schöpfung.

Anfangs hatten die Nonggo ihr ältestes Rad nach dem ursprünglichen Planetennamen als Ongg-Rad bezeichnet. In der Neuzeit gingen sie dazu über, es nach der Hauptstadt zu benennen: Kenteullen-Rad. Es besaß einen Durchmesser von 799 Kilometern. Der Umfang auf der Innenseite betrug 2509, der Außenumfang 2540 Kilometer. Die Dicke des Rades lag bei fünf Kilometern. Ein derart zerbrechliches Gebilde aus ehemaliger Planetenmasse konnte nicht aus eigener Kraft existieren. Es benötigte riesige Maschinenanlagen, die es zusammenhielten.

Die Fliehkraft auf der Innenseite des Kenteullen-Rades erzeugte 0,7 Gravos. Auf der Außenseite, wo der Raumhafen, die technischen Anlagen und die Fabriken lagen, sorgten Schwerkraftgeneratoren für einen identischen Andruck. Materieverdichter komprimierten die Materie des Rades derart, daß es den Rotationskräften standhielt.

Trini wurde den Eindruck nicht los, daß zumindest die Schwerkraft auf der Innenseite des Rades nicht mehr mit dem üblichen Wert übereinstimmte. Etwas zog ihren Körper immer stärker nach unten. Die Gleitfläche des Jet-Skis drückte sich in das Gras und hinterließ eine deutliche Spur. Das Fahrzeug wurde langsamer. Augenblicke später verlor es den Kontakt zum Boden und stieg auf zwei Meter Flughöhe an. Die Gleitfläche sirrte im Leerlauf, der Steuersyntron schaltete den Antrieb aus.

Die Wissenschaftlerin klammerte sich am Lenker fest und versuchte, das Gleichgewicht zu halten.

»Antigravsystem einschalten!«

Der Syntron verweigerte die Ausführung.

Das plötzliche Einsetzen stark überhöhter Schwerkraft riß Trini abwärts. Das Fahrzeug prallte gegen den Boden, schlitterte seitlich weg und überschlug sich. Ohne den Kreuzbandgurt hätte sie den Sturz vermutlich nicht überlebt. Sie wäre aus dem Sattel geflogen und vom Jet-Ski erschlagen worden. So aber krümmte Trini den Oberkörper nach unten und nahm die Arme über den Kopf.

Der Andruck preßte ihr die Luft aus den Lungenflügeln. Sie keuchte und sah bunte Ringe vor ihren Augen tanzen. Dreimal überschlug sich das Fahrzeug, bis es liegenblieb und sie mit ihm.

Trini versuchte, den rechten Arm in Richtung Jackentasche zu bewegen, wo sie die Sauerstoffpatrone wußte. Es ging nicht. Sie brachte die Hand keine zehn Zentimeter weit.

Die Schwerkraft lag inzwischen schätzungsweise bei zehn Gravos oder mehr. Vor ihren Augen wurde es schwarz.

Als sie bereits glaubte, das Bewußtsein zu verlieren, wich der Andruck übergangslos. Sie schnappte nach Luft, ihr Blick klärte sich im Zeitlupentempo.

Noch mal Glück gehabt, dachte sie und schnallte sich los. Sie betastete ihre Glieder und stellte erleichtert fest, daß Pen Stobbe mit seiner Aussage zu den Schutzengeln unrecht gehabt hatte. Zumindest ihr eigener schob Überstunden.

Sie richtete den Jet-Ski auf. Die Lauffläche war verbogen. Das Fahrzeug war nur noch eingeschränkt benutzbar, wenn überhaupt. Der Syntron führte einen Check durch und empfahl ihr, nicht schneller als dreißig Stundenkilometer zu fahren und auch das nur für maximal eine halbe Stunde.

Vorsichtshalber wartete Trini eine Weile. Als sich die

Schwerkraft nicht mehr änderte, setzte sie ihren Weg fort. Der Jet-Ski holperte unter ihr mehr schlecht als recht dahin und versetzte ihrem Rückgrat immer wieder schmerzhafte Stöße. Sie suchte sich eine einigermaßen erträgliche Sitzposition bei kräftigem Aufstützen auf den Lenker.

Statt rund zehn Minuten mußte sie für die zweite Hälfte der Strecke eine halbe Stunde veranschlagen. Genug Zeit also, um die immer höher vor ihr aufragende Stadt eingehend zu betrachten.

Kenteullen glich einem Moloch, einem riesigen Organismus aus Metall und Kunststoff. Kein menschlicher Architekt hätte es fertiggebracht, ein derartig verschachteltes Gebilde ohne definierbare Grenzen zwischen den einzelnen Gebäuden zu schaffen. Leicht drängte sich die Vorstellung auf, daß unter den Kuppeln und Zinnen ein einziger durchgehender Lebensraum existierte.

Trini wußte, daß dem nicht so war. Das Innere der nonggischen Hauptstadt bot sich dem fremden Besucher als unüberschaubares Labyrinth aus Korridoren, kleinen und großen Räumen, halben, ganzen und doppelten Etagen dar. Tautmo Aagenfelt, dem terranischen Wissenschaftler, war Kenteullen beinahe zum Verhängnis geworden.

Den farblichen Grundton der Stadt bildete ein gedämpftes, helles Ockergelb, von dem sich Millionen blitzende Aufbauten, Aggregate und bewegliche Objekte abhoben. Trini sah rotierende Halbkugeln, sich gemächlich bewegende Antennen und Schüsseln, auf und ab fahrende Spindeln sowie Stangen- und Gitterkonstruktionen, die sich hin und her schoben. Was zu Maschinenanlagen gehörte und was Kunstwerk war, konnte sie als Laie in Sachen Nonggo-Technik nicht sagen.

Die Wissenschaftlerin stellte fest, daß sich die Gestänge immer schneller bewegten. Die Spindeln zuckten hektisch auf und ab. Die Halbkugeln beschleunigten mit wahnwitzigen Werten. Sie entfesselten einen Geräuschorkan, der das heftigste Gewitter übertönt hätte. Die Mechanismen rasselten und kreischten.

Fassungslos verfolgte Trini, wie sich die ersten Gestänge verbogen und mit lautem Krachen auseinanderbrachen. Die Trümmer rutschten an den Dächern und Kuppeln abwärts. Eine der rotierenden Halbkugeln sprang mit einem hellen Klingen von ihrer Achse ab und raste schräg in den Himmel hinein. Mindestens zehn Tonnen bewegten sich mit hoher Beschleunigung nach Südwesten und schlugen keinen halben Kilometer vom Jet-Ski in den Boden. Der Untergrund bebte schlimmer als in Kalkutta-Nord. Eine Wolke aus Gras, Dreck und Staub stieg empor, durchsetzt von Metalltrümmern.

Weitere Teile lösten sich von Kenteullen und jaulten davon. Manche stürzten auf die Stadt und schlugen Dellen in ihre Oberfläche. Andere brachen einfach ab und rutschten in irgendeinen Zwischenraum, wo sie liegenblieben.

Ohne Rücksicht auf ihren Rücken erhöhte Trini das Tempo. Im Innern Kenteullens war sie vor den Geschossen einigermaßen sicher.

Erneut versuchte sie, per Funk jemanden zu erreichen. Es war aussichtslos. Außer einem häßlichen Rauschen drang nichts aus ihrem Empfänger. Sie kam sich vor, als sei sie allein auf dieser in Auflösung begriffenen Welt.

Statt nachzulassen und aufzuhören, nahmen die Störungen auf dem Kenteullen-Rad zu. Irgendwie gewann Trini den Eindruck, daß sie sich alle gewaltig irrten, was die Einschätzung der Lage anging. Was war, wenn die Kosmische Fabrik des Parr Fiorano nicht abgezogen war, sondern nur eine andere Position bezogen hatte, um ihr Zerstörungswerk fortzusetzen? Aber warum hatten dann die beiden Space-Jets draußen im Teuller-System keinen Alarm gegeben?

Aus brennenden Augen musterte sie die Stadt. Weitere

Geschosse aus Richtung Kenteullen zwangen sie, von ihrem bisherigen Weg abzuweichen. Je näher sie Kenteullen kam, desto gefährlicher wurde es. Ihr Blickfeld auf die Dächer schrumpfte immer mehr. Ausweichmanöver mit dem Jet-Ski waren nur noch eingeschränkt möglich.

Sie hielt sich stärker nach rechts. Dort schien ihr die Gefahr nicht ganz so groß zu sein. Die Gleitfläche des Fahrzeugs fing an zu stinken, ein deutlicher Hinweis auf einen Fehler im Projektor. Der Jet-Ski begann zu schlingern, seine Geschwindigkeit sank rapide. Starke Hitzeentwicklung an der Projektionsfläche ließ das Gras darunter verschmoren. Gestank und Rauch hüllten Trini ein und raubten ihr den Atem.

Dreihundert Meter vor der Stadt versagte das Fahrzeug seinen Dienst. Der Syntron gab eine Reihe von Fehlermeldungen aus und schaltete anschließend wegen eines Eigendefekts ab.

Die Wissenschaftlerin rieb sich den schmerzenden Rükken. Den Blick unverwandt auf die Dächer gerichtet, lief sie los. Mehrere der schnell rotierenden Objekte lösten sich von der Stadt und schossen in verschiedene Richtungen davon. Trini entdeckte Aufbauten, die in sich zusammenstürzten oder abbrachen und an den Außenflächen der Stadt herabrutschten.

In dem Kreischen des Metalls und dem Toben der Aufbauten kostete es alle ihre Nervenkraft, nicht einfach stehenzubleiben oder sich ein Loch im Boden zu suchen. In der diesigen Luft kaum zu erkennen, schoß eine dünne Spindel heran und schlug, keine zweihundert Meter entfernt, in den Boden ein. Die Wissenschaftlerin warf sich im Laufen herum, fixierte das Teil und duckte sich, als könne sie der Gefahr auf diese Weise entgehen.

Glücklicherweise fiel die Spindel nicht um. Sie blieb schräg im Untergrund stecken und zitterte, neigte sich jedoch nicht nach einer bestimmten Seite.

Trini machte, daß sie weiterkam. Die Strecke bis zur Stadt betrug noch knapp zweihundert Meter. Von ihrem ursprünglichen Ziel war sie inzwischen fast einen Kilometer entfernt.

Erste Hoffnung keimte in ihr auf, daß sie es schaffen könnte. Immer höher wuchs die Stadt vor ihr auf. Sie aktivierte ihre letzten Kraftreserven und rannte auf die Metallwandung und das nächstbeste Tor zu. Unter dem hohen Torbogen hielt sie an und musterte die breite Straßenschlucht, die nach Kenteullen hineinführte und irgendwo zwischen den verschachtelten Gebäuden verschwand. Links und rechts reihten sich im Abstand von fünfzig Metern Eingänge in das Innere der Gebäudefluchten.

Trini entdeckte einen Roboter. Die Maschine schoß aus einer Tür und raste die Straße entlang.

»Warte!« rief Trini ihr erst in Interkosmo und dann in Nod zu. Sie hetzte hinter ihr her. »Ist Fharen Loy Meved am Leben? Wenn ja, wie komme ich am schnellsten zu seiner Wohnung?«

Die Maschine reagierte nicht. Sie hielt auf einen Eingang zu und verfehlte ihn um einen halben Meter. Es krachte, als sie mit hoher Geschwindigkeit gegen die Fassade prallte. Der Roboter drehte sich zur Seite und fiel nach hinten. Seine Lichter blinkten unentwegt und zeigten größere Fehlfunktionen an.

Trini ließ ihn liegen. Umständlich fingerte sie an ihrem Armband. Fünftausend Kalkuttani hielten sich in Kenteullen auf und leisteten den Nonggo Hilfe. Wenigstens einer von ihnen mußte ihr doch helfen können.

Die Störungen im Äther machten ihre Hoffnung zunichte. Es rauschte und knatterte im Empfangsmodul des Armbandes, als tobe unmittelbar um sie herum ein elektromagnetischer Sturm.

Mutlos machte sich die Wissenschaftlerin auf die Suche.

Kenteullen hatte sich in eine Geisterstadt verwandelt. Türen öffneten und schlossen sich grundlos. Lichter gingen an und aus. Holoprojektoren lieferten verrückte 3-D-Darstellungen aus ihren Speichern. Ein Sammelsurium aus allen möglichen Daten brach über Trini herein. Doppelrumpf-Schiffe rasten auf sie zu. Dazwischen entdeckte sie den KONT, jenen Kristallcomputer der Superintelligenz Kaiserin von Therm, der sich mit hoher Geschwindigkeit auf eines der Sphärenräder stürzte, hindurchraste und in den Weiten des Alls verschwand.

Nonggo tauchten in ihrem Blickfeld auf. Sie umringten einen Artgenossen, den Trini als Zenndicyl Pervorat Zeun identifizierte. Er hielt einen langen Stab in der Hand und schlug unentwegt damit auf die Umstehenden ein. Der Stab glitt durch ihre Körper hindurch.

Felsbrocken schossen plötzlich aus der Höhe herab. Trini wollte es nicht darauf ankommen lassen. Sie rannte los. Eine Rampe hinab und einen Korridor entlang floh sie in die sich anschließenden Räumlichkeiten. Das Fehlen von Einschlägen und dem nachfolgenden Zittern des Untergrunds zeigte ihr, daß sie vor einem Hologramm geflohen war.

»Du bewegst dich in die falsche Richtung«, meldete sich der Minisyntron ihres Einsatzgürtels. »Wieso merkst – du ...« Er setzte für einige Sekunden aus. »... du das nicht? Wo sind wir?«

Sie ignorierte es und lief weiter. Mehrfach stand sie vor verschlossenen Türen, deren Öffner nicht reagierten. Sie zerschoß den Mechanismus und schob die schweren Platten aus Metallplastik zur Seite. An Fenstern hielt sie an und versuchte sich zu orientieren. Jedesmal sah sie Kuppeln aufragen, als bewege sie sich ständig im Kreis. Wenigstens unterschied sich das Ockergelb in winzigen Nuancen. Umkehren hätte keinen Sinn ergeben, also entschied sie sich weiterzusuchen.

Fremde kamen ihr entgegen, vermutlich Angehörige ihr unbekannter Gorhoon-Völker. Einige von ihnen sahen menschenähnlich aus, nur waren ihre Gesichtsflächen ebenmäßig glatt und schimmerten wie blauer Lack. Andere erinnerten Trini an steinerne Mäntel, die vorn offenstanden und Einblick gewährten in ihr wimmelndes Innere. Zahllose silbrige Kleinstlebewesen, erkannte Trini und dachte, daß sie vielleicht eine Kolonie bildeten zur Erzeugung einer Gemeinschaftsintelligenz. Sie konnte nicht erkennen, wie sie sich fortbewegten. Einer der Steinmäntel hielt an, und das Innere begann, sich aus der Mantelöffnung hervorzustülpen. Die Ausstülpung gab einen beruhigenden Summton von sich und näherte sich ihr rasch. Trini erstarrte.

Das Hologramm brach zusammen, kurz bevor es sie erreichte. Und wieder meldete sich ihr Syntron.

»Angriff«, plärrte er und schaltete den Individualschirm ein und aus. »Du wirst von Galornen attackiert.«

Sie sah keine Galornen, und es hielten sich auch keine in ihrer Nähe auf. Der Orter ihres Gürtels bewies es. Den Syntron kümmerte es wenig. Er gab ein Lallen von sich und schaltete sich endlich selbst ab.

Trini blieb stehen. Sie mußte längst die Gegend erreicht haben, in der Fharen Loy Meved wohnte. Sie entdeckte eine Halle und einen Ausgang zur Straße. Die Ockerfarben der Fassaden erschienen ihr vertraut. Sie ging hinaus und schlug den Weg ein, den sie in Erinnerung hatte. Wieder blockierten Türen den direkten Zugang. Sie öffnete sie auf bewährte Weise, fand die Balustrade und den Steg, der hinüber auf die andere Seite des riesigen Quaderbaus führte. Hunderte von Türen reihten sich an den Wänden der großen Halle. Jede davon konnte es sein.

Trini hatte nie mitgezählt. Bei früheren Besuchen hatte sie sich an den Hologrammen über der Tür orientiert. Sie existierten nicht mehr. Im Prinzip konnte es jede sein.

Daß sie den Nonggo ohne langes Suchen fand, verdankte sie dem Zufall. Seine Wohnungstür stand offen. Sie trat ein. Er war es tatsächlich. Sie hätte ihn unter Tausenden seiner Artgenossen erkannt.

»Fharen Loy!«

Der Nonggo reagierte nicht. Er stand am Fenster und starrte hinaus zu den Fassaden der umliegenden Gebäude.

Bedächtig trat Trini ein und blieb in drei Metern Entfernung stehen.

»Fharen Loy Meved. Ich bin es, Trini Madang. Verstehst du mich?«

Der Neuron-Spezialist rührte sich noch immer nicht. Sein schmaler Körper erinnerte an eine Stange, die aus dem Boden ragte. Bei vielen Nonggo war der Leib gerade so dick wie eine menschliche Faust.

In dem langen, schmalen Gesicht arbeitete es. Die Muskeln unter der halb durchscheinenden Haut befanden sich in unablässiger Bewegung. Sie zeigten die komplette Mimik, die ein Nonggo beherrschte. Alle Gefühle und Empfindungen, zu denen dieses Wesen fähig war, spiegelten sich gleichzeitig darin.

Trini verstand es als höchstes Alarmzeichen.

Sie nestelte an ihrem Einsatzgürtel. Zu ihrer Überraschung reagierte der Minisyntron sofort und signalisierte Bereitschaft.

»Ich brauche einen Körperscan des Nonggo«, sagte sie hastig.

Der Scanner baute ein Datenhologramm auf und lieferte die Werte.

Trini stöhnte auf. Das Körpergewicht Fharen Loy Meveds war von achtundzwanzig auf fünfundzwanzig Kilogramm gesunken. Das zwei Meter und zehn große Wesen schwebte in Lebensgefahr. Ein oder zwei Kilo noch, dann traten erste Funktionsstörungen der inneren Organe auf.

Zum Glück hatten sich die Mediziner von Kalkutta-Nord in den eineinhalb Jahren intensiv mit dem Metabolismus der Nonggo auseinandergesetzt. Ohne diese Kenntnisse hätte sie nicht gewußt, wie sie sich in diesem akuten Fall verhalten sollte.

Entschlossen ging sie hinüber zum syntronischen Terminal des Wohnungsinhabers und legte die Fingerspitzen ihrer rechten Hand auf das Testfeld.

»Du bist Trini Madang aus der Schiffbrüchigen Stadt«, meldete sich eine Stimme in Nod. »Hast du einen Wunsch?«

»Fharen Loy Meved benötigt dringend einen Medorobot. Er droht zu verhungern.«

»Alle Versorgungseinheiten in erreichbarer Nähe sind ausgefallen. Ich kann Fharen Loy Meved nicht helfen. Hast du sonst noch einen Wunsch?«

»Wo liegt das nächste Lebensmitteldepot?«

»Die Daten liegen mir nicht vor. Wende dich an das Meso-Neuron.«

»Nenne mir wenigstens den Aufenthaltsort der Kalkuttani in der Nähe.«

»Nach meinen Informationen hält sich außer dir kein Fremder in der Stadt auf.«

»Deine Informationen sind falsch.«

Eine derart hochtechnisierte Stadt war, wenn nicht einmal mehr der Informationsfluß zwischen einzelnen Computern funktionierte, unbewohnbar. Sie mußten die Bewohner dringend evakuieren und an einen sicheren Ort bringen.

Das Terminal gab ihr keine Antwort mehr. Wütend aktivierte sie ihr Armband.

»Egal wie, ich brauche eine Funkverbindung mit Kalkutta-Nord«, zischte sie.

»Tut mir leid«, erwiderte ihr Syntron. »Kalkutta-Nord ist nicht zu erreichen. Aber es kommen Meldungen aus den Anlagen des Kenteullen-Rades herein.«

»Durchstellen.«

Undeutlich vernahm sie eine Stimme, die in monotonem Singsang Daten herunterbetete.

»Hier Trini Madang. Wer spricht da?«

Die Übertragung lief weiter und gewann an Deutlichkeit.

»... treten unerklärliche Störungen auf. Aus diesem Grund hat Loura Gaikunth den Rückzug aus den Energiedepots angeordnet. Tragbare Schirmprojektoren verhindern das Schlimmste. Es ist damit zu rechnen, daß die Speicher explodieren ... Die Space-Jets sind endlich vor Ort und bringen weitere Kontingente Spezialisten von Kalkutta-Nord auf die Außenseiten der Räder.«

»Loura, Gisolf«, versuchte sie es noch einmal. »Hört ihr mich? Antwortet!«

Wieder knackte und rauschte es. Diesmal verstummte die Stimme des Sprechers.

»Trini?« erklang es einigermaßen verständlich. »Bist du das?«

Es war unverkennbar *seine* Stimme. Bei ihrem Klang wurde ihr abwechselnd heiß und kalt.

»Ja, Gisolf. Ich bin in Kenteullen. Hier geht alles drunter und drüber. Nichts funktioniert mehr. Was wißt ihr darüber? Ist die Kosmische Fabrik zurückgekehrt?«

»Nein. Das wüßten wir. Die Space-Jets hätten es bemerkt.«

»Kannst du Kalkutta erreichen?«

»Kalkutta? Ich versuche eine Verbindung. Aber es geht nur, wenn ein paar Minuten Ruhe im Hyperäther herrscht. Natürlich muß ich erst ins Freie. Die Terminals hier sind überlastet. Die kommen mit der Menge an Fehlinformationen nicht zurecht. Millionen Terabytes faule Daten.«

»Bornegod soll mir einen Wagen schicken. Ich muß einen Kranken nach Kalkutta bringen.«

»Krank? Bei Wischnu, halte durch, ich komme! Rühr dich

nicht von der Stelle, ja? Ich bin schon unterwegs.« Nach einer kurzen Pause fügte er hinzu: »Es tut mir leid. Ich kann nicht kommen. Wir haben derzeit keine Möglichkeit, auf die Innenseite des Rades zu wechseln.«

Trini verstand das nicht. Wieso sollten sie nicht zurückkehren können? Schließlich gab es die Tunneldurchgänge.

»Ich bin nicht krank. Es geht um Fharen Loy Meved. Rufe Kalkutta. Egal wie, sie sollen ein Fahrzeug schicken.«

»Bleib auf alle Fälle da, wo du bist. Sobald wir zurück sind ...«

Es hatte keinen Sinn. Gisolf war nicht in der Lage, ihr zuzuhören, geschweige denn ihr zu helfen. Seine Nerven und sein umständliches Denken stellten eine nicht zu unterschätzende Belastung für die Einsatzgruppe dar.

Daß Loura ihn noch nicht nach Hause geschickt hatte, wunderte Trini.

Das Armband meldete, daß die Verbindung zur Außenseite des Rades zusammengebrochen war.

Das Kenteullen-Rad fing erneut an zu beben. Der Boden hob und senkte sich. Im Unterschied zu Kalkutta-Nord geschah es in Kenteullen elastischer und ausgewogener. Die Gebäude verhielten sich wie ein Pflanzenteppich auf einer stark bewegten Wasseroberfläche. Es fehlte das charakteristische Kirschen und Knacken. In den Fassaden draußen und in den Zimmerwänden bildeten sich keine Risse.

Die Zuckungen im Gesicht des Neuron-Spezialisten nahmen zu. Am Ende dieser Entwicklung stand unweigerlich der seelische Zusammenbruch. Die Neurologin hätte viel darum gegeben, den Grund zu kennen.

Daß es an den Neuronen lag, vermochte sie sich kaum vorzustellen. Das waren Netze von einer technologischen Qualität, wie sie Terraner nicht zustande gebracht hätten. Die Nonggo verwendeten ein dreistufiges Netz, in dem sich jede Stufe in Qualität und Quantität von den anderen unterschied.

Voraussetzung dafür bildete ein ins Gehirn implantierter Chip, die sogenannte syntronisch-bionische Schnittstelle SBS. Die Nonggo pflanzten jedem Neugeborenen diesen Chip ein, der es zunächst mit dem Mikro-Neuron verband. Besorgte Eltern ließen den Eingriff sogar schon im Mutterleib vornehmen. Zum Mikro-Neuron gehörten die Eltern sowie von diesen ausgewählte Haushaltsgeräte. Der Umgang mit dem Mikro-Neuron gehörte für die kleinen Nonggo ebenso zur Sozialisation wie das Laufen- oder Sprechenlernen. Außenstehende hatten auf das Mikro-Neuron keinen Zugriff.

Heranwachsende integrierte die Gesellschaft in das Meso-Neuron. Damit erhielt der junge Nonggo Zugriff auf die nähere Umgebung seiner Wohnung und seiner Stadt. Erwachsene schließlich erhielten den Zugang zum Makro-Neuron. Es bestand aus allen vernetzten Geräten eines Sphärenrades. Der Umgang mit dem Makro-Neuron verlangte ein hohes Maß an Verantwortung. Es ermöglichte den unbeschränkten Zugang zu allen angeschlossenen Geräten und Personen eines Sphärenrades.

Darüber hinaus existierte die sogenannte Neuronische Allmacht. Sie beinhaltete einen Zugriff auf alle Makro-Neurone des Teuller-Systems. Lediglich Regierungsmitglieder, Forscher und wichtige Persönlichkeiten wie der Bote Thoregons erhielten eine derart allumfassende Zugangsberechtigung.

Nonggo, die den Kontakt zu einem Neuron verloren, sahen sich bereits einer riesigen psychischen Belastung ausgesetzt. Der Verlust des Kontakts zu allen Neuronen bedeutete absolute Vereinsamung und Isolationsfolter. Ein paar Minuten mochte ein Nonggo das durchhalten, länger auf keinen Fall.

Trini wandte sich ein zweites Mal an das Terminal.

»Existiert das Mikro-Neuron dieser Wohnung noch?«

Der Automat bestätigte. »Es enthält alle seine Familiendaten vom Meved-Rad. Fharen Loy Meved hat jedoch seit zwei Wochen kein Update mehr erstellt.«

Trini dachte an die fehlende Funkverbindung zu den anderen Sphärenrädern.

»Kannst du Kontakt zum Meved-Rad herstellen?«

»Jedes Makro-Neuron verfügt über eine dauerhafte Verbindung zu allen anderen Makro-Neuronen.«

»Das ist keine brauchbare Antwort. Existiert die Verbindung, ja oder nein?«

»Derzeit ist das Mikro-Neuron von allen übrigen Neuronen abgeschnitten.«

Es paßte zu den vorherigen Aussagen des Terminals, daß es nicht einmal die Anwesenheit der Kalkuttani in Kenteullen erkennen konnte.

»Ich werde Fharen Loy mit mir nach Kalkutta-Nord nehmen«, sagte sie. »Gibt es Einwände dagegen?«

»Außerhalb des Gebäudes erlischt wegen technischer Probleme sein Kontakt zum Mikro-Neuron. Fharen Loy Meved gerät dadurch in Lebensgefahr.«

»Wenn er hierbleibt, verhungert er.«

Trini hatte sich längst entschieden, das Wagnis einzugehen. Vorsichtig streckte sie die Hand aus und berührte mit zwei Fingerspitzen den rechten Arm des Wissenschaftlers.

Fharen Loy Meved reagierte nicht. Er schien nichts um sich herum wahrzunehmen.

»Ich sende dir Daten, die du Fharen Loy Meved über das Mikro-Neuron zugänglich machst«, sagte sie zu dem Terminal.

»Er besitzt sie in dem Augenblick, in dem ich sie empfange.«

Die Neurologin überspielte aus ihrem Minisyntron die

kompletten Daten ihrer bisherigen gemeinsamen Forschungsarbeit. Sie bombardierte den Nonggo regelrecht damit.

Im Unterschied zu ähnlichen Versuchen mit anderen Nonggo wirkte die Stimulation bei ihm. Vermutlich lag es daran, daß er in Kalkutta-Nord über ein syntronisches Ersatz-Netz verfügte und sich bei ihm im Lauf der eineinhalb Jahre so etwas wie eine partielle Neuron-Autarkie eingestellt hatte.

In den Nonggo kam Bewegung. Er stützte sich am Fenster ab und wandte sich zu ihr um.

»Trini, du kommst mich besuchen«, klang es aus dem halb geschlossenen Mund. »Was ist geschehen?«

»Kannst du es nicht erkennen? Was passiert mit den Neuronen?«

»Ich weiß nicht ... Die Techniker ...«

»Sie sind alle wie gelähmt. Was müssen wir tun, um die Steueranlagen unter Kontrolle zu bekommen?«

»Kontrolle?«

Er bewegte sich unkontrolliert. Es war sinnlos, ihn weiter fragen zu wollen.

»Komm mit mir. Wir brauchen dich in den Gläsernen Türmen.«

»Mitkommen, ja.«

Mechanisch setzte er sich in Bewegung.

Trini hielt sich neben ihm und wies ihm mit ausgestrecktem Arm den Weg. Je schneller sie ihn in die Gläsernen Türme brachte, desto besser war es für ihn.

Der Weg hinaus vor das Gebäude stellte das kleinste Problem dar.

Die fünfzig Kilometer von der Peripherie Kenteullens bis ins Zentrum der Schiffbrüchigen Stadt machten Trini da mehr zu schaffen. Tragen konnte sie ihn nicht. Und den weiten Weg zu Fuß hielt er mit seinem geschwächten Körper nicht durch.

An die zahlreichen Gefahren unterwegs dachte sie lieber nicht.

»Wo finde ich ein Fahrzeug?« fragte sie ihn.

Er antwortete nicht mehr. Die Wirkung der Stimulation war verflogen.

Trini ließ die Schultern sinken. »Das Schicksal ist gegen mich«, seufzte sie.

Sie setzte den Nonggo in sicherem Abstand zum Tor auf den Boden. Mit einem letzten Funken Hoffnung machte sie sich auf die Suche nach einem Fahrzeug.

Wie viele Planeten hast du in deinem Leben besucht? Ein knappes Dutzend höchstens. Immer konntest du den vertrauten Anblick des gewölbten Horizonts genießen. Und hier? Er wölbt sich auch, aber nicht nach hinten oder unten, sondern nach oben. Dein Geist begreift es als natürliche Erscheinung. Aber deine Psyche sieht sich eingeengt und leidet. Der Horizont hält dich gefangen.

Das Bild eines Hamsters in seinem Laufrad stand ihr vor Augen. Rennen ohne ein Vorwärtskommen, das war es, was sie empfand.

Trini Madang biß sich auf die Unterlippe, bis die dünne Haut riß. Der Geschmack von Blut verbreitete sich in ihrem Mund. Mit eingezogenem Kopf saß sie da und starrte auf den Nonggo, wie er unsicher und ziellos an den Kontrollen des Fahrzeugs herumfingerte.

Zwei Stunden hatte sie benötigt, um ein funktionstüchtiges Gefährt ausfindig zu machen. Eine weitere verging, bis sie Fharen Loy Meved in den Hangar getragen hatte.

»Bitte aktiviere deine Verbindung zum Meso-Neuron«, verkündete der Automat in monotonem Singsang. »Bitte aktiviere deine Verbindung zum Meso-Neuron. Dies ist ein Netzfahrzeug. Bitte aktiviere deine Verb...«

»Du siehst doch, daß er das nicht kann«, fuhr sie den Kasten an. »Schalte gefälligst auf Handsteuerung um.«

»Dies ist ein Netzfahrzeug. Bitte aktiviere de...«

Sie sprang auf und trat neben den Wissenschaftler. Mit einem raschen Handgriff schaltete sie ihren Minisyntron ein und bombardierte den Nonggo mit einer überlauten Nod-Version aller gemeinsamen Daten und Forschungsergebnisse. Vom Wiedererkennungswert versprach sie sich einigen Erfolg. Nach der dritten Wiederholung zeigte Fharen Loy Meved eine Reaktion.

»Wo bin ich?« murmelte er und drehte den Körper ein Stück zur Seite. »Trini, bist du das?«

»Ja. Und das hier ist ein Netzfahrzeug. Aktiviere es.«

Der Neuron-Spezialist beugte sich über die Kontrollen, konnte aber nichts mit ihnen anfangen. Trini erging es nicht anders. Die Schiffbrüchige Stadt verfügte über genug eigene Fahrzeuge. Es hatte nie eine Notwendigkeit bestanden, daß sich ihre Einwohner mit nonggischer Fahrzeugtechnik oder Fahrzeugsteuerung befaßten.

Sie beschloß, einen Schuß ins Blaue abzugeben.

»Schalte um auf Handsteuerung«, soufflierte sie ihm. »Es gibt da einen Kode oder einen Schalter, mit dem das möglich ist.«

Sie hatte keine Ahnung, ob diese Art Netzfahrzeug so etwas überhaupt besaß. Der Automat forderte beharrlich: »Bitte aktiviere deine Verbindung zum ...«

Der Nonggo betätigte wahllos Schalter und berührte Sensorfelder. Viele gab es davon nicht, ein halbes Dutzend jeweils. Eine Änderung der Anzeigen konnte Trini nicht erkennen.

»Das Flugziel ist Kalkutta-Nord«, schärfte sie ihm ein. »Sag das dem Automaten. Das Flugziel ist Kalkutta-Nord.«

»Das Flugziel ist Kalkutta-Nord«, wiederholte er, ohne

sich über den Inhalt der Worte im klaren zu sein. »Wo bin ich?«

Die Aufforderung des Automaten nahm an Lautstärke und Eindringlichkeit zu. »Bitte aktiviere deine Ver...«

»Keine Verbindung zum Meso-Neuron möglich«, antwortete Trini. »Es liegt eine Störung vor. Schalte um auf manuellen Betrieb.« Nach kurzem Überlegen fügte sie hinzu: »Dies ist ein Notfall. Schalte um auf Handsteuerung.«

Fassungslos beobachtete sie, wie alle Lampen der Steuerkonsole auf Blau sprangen. Fharen Loy Meved starrte ebenfalls auf das Lichtspiel. Aber in seinen Augen spiegelte sich Verständnislosigkeit.

»Automat, wie fliegt man dieses Ding?« fragte Trini.

»Du bist nicht autorisiert, ein Netzfahrzeug zu fliegen«, lautete die lapidare Antwort des Rechengehirns.

Trini wandte sich an den Nonggo.

»Du kannst dieses Fahrzeug lenken, Fharen Loy. Dann tu es.«

Sie sah zu, wie sein ausgemergelter Körper sich verkrampfte. Er gab sich alle Mühe, ihre Worte in die Tat umzusetzen. Aber der Sinn blieb ihm verborgen. Er kapierte nicht, was sie von ihm wollte.

»Steuern. Abheben und wegfliegen. Wie funktioniert das?«

Mit sanftem Nachdruck schob sie ihn zur Konsole.

Der Nonggo strich wahllos über die Sensorfelder. Trini musterte ihn aufmerksam, konnte aber nichts erkennen, was einem Hinweis gleichgekommen wäre.

»Also gut«, seufzte sie. »Du hast mich überzeugt. Ich probiere es selbst.«

Nacheinander berührte sie abwechselnd Sensoren und legte Schalter um. Mehrfach ging ein Ruck durch das Fahrzeug, ohne daß es sich merklich von der Stelle rührte.

Trini stand kurz vor dem Verzweifeln.

Warum ausgerechnet ich? dachte sie. *Wieso mußte ich in Kalkutta sein, als es passierte?*

Irgend jemanden trifft es immer, gab sie sich selbst die Antwort. *Die Wahrscheinlichkeit lag bei dir sehr hoch. Du hattest den Urlaub gerade hinter dir und fühltest dich in deiner Wohnung wohl. Die besten Voraussetzungen also.*

Das verdammte Faktorelement. Ursprünglich mochte dieses Transportmittel ja Vorteile gehabt haben. Die Nonggo hatten die Heliotischen Bollwerke zu den einzelnen Thoregon-Völkern transportiert. Dort übernahmen die riesigen Anlagen die Aufgabe, ganze Stadtteile oder Landstriche zwischen den Thoregon-Völkern auszutauschen. Ein Stück Terrania auf das Kenteullen-Rad und im Gegenzug den Glockenpalast der Nonggo und das ihn umgebende Regierungsviertel nach Terra. Warum nicht?

Niemand konnte damals ahnen, daß jemand die Heliotischen Bollwerke sabotierte. Diese riesigen, fliegenden Steueranlagen explodierten, und die quaderförmigen Faktorelemente mit ihrem Inhalt blieben dort, wo sie gerade waren. Über zwei Monate hatte es gedauert, bis sich die Faktordampf-Barriere auflöste.

Von diesem Zeitpunkt an hatte auch der letzte in Kalkutta-Nord begriffen, daß sie auf dem Kenteullen-Rad gestrandet waren.

Eine Schiffbrüchige Stadt, ihrer Segel und Masten beraubt; dazu verdammt, für immer auf diesem Riff zu liegen, das sich Sphärenrad nannte.

Rest-Kalkutta auf der Erde mußte mit dem Nonggo-Museum vorliebnehmen, das vorher in der Nähe des Pilzdoms gestanden hatte. Dort, wo der tiefe Abgrund mitten im versetzten Stück des Sphärenrades gähnte, hatte zuvor der Pilzdom gestanden. Die Ausgänge der Brücke in die Unendlichkeit ließen sich nicht versetzen. Sie existierten an festen universellen Koordinaten.

Ein schwacher Trost war es für die Kalkuttani zu wissen, daß der Stadtteil Alashan aus Terranias Süden auf dem Planeten Thorrim in der Galaxis DaGlausch aus demselben Grund festsaß.

Vielleicht für immer und ewig, denn Terrania hatte die Baulücke von dreißig mal zwanzig Kilometern längst wieder geschlossen. Über Rest-Kalkutta besaßen sie auf Kenteullen keine gesicherten Erkenntnisse, gingen aber davon aus, daß es dort auch nicht anders war.

Rhodan hüllte sich darüber wohl aus psychologischen Rücksichten in Schweigen.

Verbissen änderte Trini die Reihenfolge ihrer Manipulationen.

Endlich reagierte der Gleiter. Zwei Sensorfelder leuchteten gelb, ein drittes rot. Das Fahrzeug stieg in die Luft und schwebte drei Meter über dem Boden nach Südosten.

Sie setzte Fharen Loy Meved in einen Sessel und schnallte ihn fest, danach sich selbst. Die Steuerung ließ sie in Ruhe. Die Flugrichtung und der Bodenabstand reichten für ihre Zwecke aus. Unbeschadet passierten sie die Gefahrenzone um Kenteullen und näherten sich Kalkutta-Nord.

Bereits von weitem erkannte die Neurologin, daß sich vor der Stadt etwas tat. Dunkle Fahrzeuge bewegten sich hin und her. An verschiedenen Ausfallstraßen errichteten die Kalkuttani etwas, das zunächst wie Barrikaden aussah. Nach einer Weile erkannte Trini, worum es sich wirklich handelte. Die blaugrau schimmernden Spindeln ließen keinen Zweifel zu. Die Kalkuttani brachten Paratron-Projektoren in Stellung.

Trini entdeckte Menschen in dunkelblauen Uniformen. Das waren Lentinis Leute. Sie wurden auf den Nonggo-Gleiter aufmerksam und stellten ihre Arbeit ein.

Ein wenig zu früh berührte Trini die Sensorfelder und legte den Schalter um. Das Fahrzeug sackte durch. Aus drei

Metern Höhe knallte es auf den Boden. Trini klammerte sich an der Konsole fest. Ein Glück, daß Fharen Loy Meved im dick gepolsterten Sessel saß. Der Gleiter pflügte den Boden um. Durch die offene Tür spritzte Dreck ins Innere. Ein Grasbüschel mit einer Grundscholle daran traf Trini seitlich am Kopf. Für ein paar Atemzüge verging ihr Hören und Sehen.

Nach vierzig Metern kam der Gleiter mitten zwischen den Uniformierten zum Stehen.

Die Polizisten mußten annehmen, daß Trini es auf sie abgesehen hatte. Entsprechend verhielten sie sich. Schußbereite Impulsstrahler drohten zur Tür herein. Die Neurologin löste den Gurt und trat unter die Tür.

»Ich bin Trini Madang vom Forschungsprojekt«, rief sie ihnen zu. »Das Fahrzeug läßt sich nicht besser steuern. Tut mir leid. Es sollte nicht wie ein Angriff aussehen.«

Die Mündungen der Impulsstrahler senkten sich. Die Front der Bewaffneten rückte auseinander.

Lentini kam. Die hochgewachsene, knochige Gestalt mit dem asketischen Gesicht war nicht zu übersehen.

»Willkommen daheim«, empfing er sie. »In etwa können wir uns ein Bild machen, was dir alles widerfahren ist. Bei der Gelegenheit will ich dich gleich darüber informieren, daß du ebenso wie alle anderen Stadtbewohner Kalkutta-Nord ab sofort nur in ganz dringenden Fällen verlassen solltest.«

»Und deshalb dieser Aufwand?« Sie deutete auf die Paratron-Projektoren.

Der Polizeichef zuckte mit den Schultern.

»Anweisung von Loura Gaikunth«, gab er zur Antwort, als sei damit alles gesagt.

»Lentini, was ist los? Du weißt doch mehr, als du zugibst!«

»Ich kenne keine Einzelheiten. Loura sagt, daß irgend etwas mit den Maschinenanlagen auf dem Sphärenrad nicht stimmt. Sie hat uns angewiesen, die Stadt für den Notfall zu rüsten.«

»Das sieht mir verdammt nach Vorbereitungen für einen Super-GAU aus.«

»Du bist eine gute Beobachterin, Trini Madang. Wir bereiten die Flucht der Stadt vor. Wenn das Sphärenrad auseinanderbricht, sehen wir zu, daß wir Kalkutta-Nord und ihre Erdscholle mit den Paratronstaffeln zusammenhalten. Wir können nur hoffen, daß die Katastrophe uns mächtig Schub gibt, der uns aus diesem Sonnensystem hinausbefördert. Wird doch Zeit, daß wir unser gestrandetes Schiff wieder flottbekommen.«

Trini war wie vor den Kopf geschlagen. »So schlimm kann es doch gar nicht kommen.«

Er schüttelte den Kopf. »Wer kann das im Augenblick schon sagen? Es schadet auf keinen Fall, wenn wir mit dem Schlimmsten rechnen.«

Die Neurologin hatte es plötzlich sehr eilig. Sie deutete in das Innere des Fahrzeugs, wo Fharen Loy Meved bewußtlos im Sessel zusammengesunken war.

»Gib mir einen schnellen Wagen. Fharen Loy Meved braucht dringend ärztliche Hilfe.«

»Nimm eine der kleinen Schwebeplattformen dort drüben. Die erlaubte Flughöhe für antigravbetriebene Fahrzeuge beträgt einen Meter.«

»Ja, gut. Danke, Lentini.«

»Noch was«, sagte er. »Der Zugang zum Zentrum ist von Norden aus nicht mehr möglich. Benutze eine der Straßen von Nordosten oder Nordwesten.«

»Das Beben vor vier Stunden?«

»Ja. Es hatte die Stärke acht auf der Richter-Skala und zerstörte zweihundert Häuser. Der südliche Teil des Tschomolungma Result ist dem Erdboden gleich.«

Es lag deutlich über dem, was sie beim Beben in der

Mahatma Road erlebt hatte. Die Beben nahmen an Gewalt zu.

Trini berichtete über ihre Fahrt nach Kenteullen. Der Polizeichef erbleichte.

»Louras schlimmste Befürchtungen bewahrheiten sich«, murmelte er. »Ich soll es ja nicht weitersagen, aber sie rechnet mit einem baldigen Zusammenbruch der Schwerkraftsysteme des Sphärenrades. Außerdem werden die Schirmfelder über dem Rad instabil. Es entweicht bereits Atemluft in geringen Mengen.«

Trini schüttelte trotzig den Kopf. »Das kriegen unsere Leute doch in den Griff«, beharrte sie.

»Offenbar nicht. Ein paar Sachen haben wir hier zwar nicht genau verstanden, der Funkverkehr brach mehrfach zusammen, aber so, wie es aussieht, wird die Bürgermeisterin bald den Ausnahmezustand über Kalkutta-Nord verhängen.«

Trini kannte Loura Gaikunth gut genug, um zu wissen, daß sie so etwas erst sagte, wenn sie es sich gründlich überlegt hatte. Es machte der Neurologin klar, daß sich die Situation nach dem Verschwinden der Kosmischen Fabrik zuspitzte, statt sich zu normalisieren.

Die Aussichten waren alles andere als rosig.

3.

Historischer Exkurs 1:
Gestrandet

»Du bist spät dran, Gisolf.« Trini empfing den Freund mit einem Lächeln. Sie erhob sich und ging ihm entgegen. Wie gewohnt wollte sie ihm zur Begrüßung einen Kuß auf die Wange hauchen.

Er wehrte ab, schmiß seine Jacke in die Ecke und lehnte sich gegen die Wand.

»Sie haben den Platz des Bolanpur abgeriegelt«, stieß er hervor. »Eine Menge Polizei ist dort. Ich habe vorsichtshalber einen Umweg gemacht. Mann, ist das ein Ding!«

Trini wurde hellhörig. »Wovon sprichst du?«

»Es ist einfach da. Sie sagen, von einer Sekunde auf die andere stand es plötzlich am Rand des Platzes. Es sieht aus wie ein Riesenphallus. Kein terranischer, aber vielleicht ein arkonidischer ...« Er grinste schief, als wolle er sie um Verständnis für seine Gedanken bitten. »Keiner weiß, was es ist. Loura vielleicht oder Lentini. Aber die waren schon weg, als ich eintraf.«

»Du hast es nur aus der Ferne gesehen, oder?«

»Natürlich. Ich bin ja nicht verrückt. Na ja, vielleicht handelt es sich um eine Projektion. Irgendein Spaßvogel hat sich einen Scherz erlaubt. Ich gehe duschen.«

Trini gab sich nicht mit Halbwahrheiten oder Vermutungen zufrieden. Es entsprach ihrem Naturell, allen Dingen auf den Grund zu gehen. Sie aktivierte die Trivideowand und suchte einen der Nachrichtenkanäle.

Die Energieversorger meldeten, daß sie wegen des Ausfalls aller zentralen Systeme auf Notversorgung umgeschaltet hatten. Sie riefen die Bevölkerung zur Sparsamkeit auf. Aller Voraussicht nach dauerte es bis zum nächsten Morgen, bis der Fehler behoben war.

Aus den Wasserwerken trafen ähnliche Meldungen ein.

Der Sender blendete eine Aufnahme vom Platz des Bolanpur ein. Im Hintergrund ragte dieses Ding auf, von dem Gisolf gesprochen hatte. Die Kamera zoomte es groß ins Bild.

Trini Madang stieß einen unterdrückten Ruf aus.

»Das ist doch ...«, entfuhr es ihr.

»Was ist nur los?« jammerte Gisolf im Badezimmer. »Aus der Dusche kommt kein Wasser. Hat sich denn alles gegen mich verschworen?«

»Gisolf!« Ihre energische Stimme zitierte ihn zurück ins Wohnzimmer. »Das ist nicht irgendein *Ding*. Das ist ein Pilzdom, einer dieser Eingänge der Brücke in die Unendlichkeit.«

Es paßte nicht zusammen. Der Pilzdom des Solsystems stand auf dem vierten Planeten Trokan. Ein zusätzlicher Dom auf Terra war so überflüssig wie ein Kropf.

»Syntron, ich brauche Meldungen von Trokan«, sagte sie hastig. »Was ist dort los? Ist der Pilzdom verschwunden?«

»Tut mir leid, Trokan ist nicht erreichbar. Die Verbindung zu NATHAN ist ebenfalls abgerissen.«

»Was sagt Terrania zu dem Vorgang? Dort sind sie doch schon informiert, oder?«

»Terrania antwortet ebenfalls nicht. Das Verwaltungszentrum schweigt sich bisher dazu aus.«

Eine innere Unruhe trieb Trini zum Fenster. Sie warf einen Blick hinauf zum Himmel. Die Sonne stand im Zenit. Aber sie war nur verschwommen zu erkennen, als habe jemand einen Schleierschirm zwischen sie und den Planeten gelegt.

Trini zuckte zusammen.

Sol leuchtete nicht mehr gelb, sondern rot. Der Stern hatte seine Farbe verändert, ohne daß irgendwelche Katastrophenwarnungen den Vorgang begleiteten.

»Gisolf«, murmelte sie. »Halt mich fest, Gisolf. Das ist verrückt. Eigentlich will ich es gar nicht glauben. Wir sind nicht mehr im Solsystem.«

»Völlig ausgeschlossen.« Mit nacktem Oberkörper stand er vor ihr und strahlte sie an. »So was kündigen sie vorher an.«

»Nicht, wenn es unerwartet geschieht.«

»Du meinst – nein. Vergiß es. Da spielt uns einer einen Streich.«

In den nächsten Stunden gelang es ihr nicht, ihn von dieser Meinung abzubringen. Selbst als am nächsten Tag feststand, daß das Phänomen nicht ganz Terra betraf, sondern nur Kalkutta-Nord und sie in einer Faktordampf-Barriere des Heliotischen Bollwerks steckten, war er nicht von seiner Meinung abzubringen.

Wenigstens brachte Trini ihn so weit, daß er mit ihr zur »Nebelwand« fuhr und seinen Kopf hindurchstreckte. Er sah Kenteullen und nahm ein wenig von den physikalischen Gegebenheiten des Sphärenrades wahr.

Von diesem Tag an veränderte sich Gisolf Khanderan zu seinem Nachteil.

4.

Gegenwart: Brücke in die Unendlichkeit

27. Juni 1291 NGZ

»Nun geh schon!« Reginald Bull deutete zur offenen Tür des Gleiters. »Hier ist alles so, wie es sein sollte. Wir haben die Lage im Griff. Die Spuren des Todes sind beseitigt. Die seelischen Wunden der Menschen verheilen langsam.«

Perry Rhodan reagierte nicht. Leicht nach vorn gebeugt saß er im Pilotensessel. Den Ellbogen stemmte er gegen die Steuerkonsole, das Kinn lag auf der zur Faust geballten rechten Hand. Sein Blick ging durch die Armaturen des Fahrzeugs hindurch.

Die Worte des Freundes drangen in sein Bewußtsein, aber irgendwie kam es ihm vor, als stünde Bully meilenweit entfernt.

»Sie müssen es erfahren«, vernahm er wieder die Stimme des Freundes. »Du mußt es allen Thoregon-Völkern sagen. Bevor es zu spät ist.«

Deswegen war er hierher nach Trokan gekommen, ins Zentrum der Hauptstadt Moond. Das Fahrzeug stand auf dem mit gelben Steinen gepflasterten Platz, keine hundert Meter vom Pilzdom entfernt.

»Ja«, sagte Perry endlich und erhob sich. Sein Blick suchte Bully. Auf dem Gesicht des Freundes zeichnete sich Erleichterung ab.

»Wenn du willst, begleite ich dich«, schlug der Dicke mit dem roten Stoppelhaar vor. »Mein Platz ist an deiner Seite.«

»Schon gut, Bully.« Rhodan trat ins Freie und legte dem ältesten Freund in seinem dreitausendjährigen Leben die

Hand auf die Schulter. Ein sanfter Druck zum Abschied, eine letzte Berührung am Arm.

Der unsterbliche Terraner straffte sich und marschierte mit hölzernem Gang auf den Pilzdom zu. Bully folgte ihm hastig. Schweigend schritt er neben ihm her.

»Das Jahrtausend der Kriege«, murmelte Perry leise. Der Kosmokrat Hismoom hatte es ihnen angekündigt. Nicht Terra oder der Milchstraße. Die Drohung galt allen sechs Thoregon-Galaxien. Es lag auf der Hand, daß die gesamten Mächtigkeitsballungen der sechs Superintelligenzen davon betroffen waren.

Das ist der Preis für die Entstehung eines neuen Thoregon, dachte er bitter. *Während die Superintelligenzen sich im PULS aufhalten und das Thoregon stabilisieren, dürfen ihre Hilfsvölker ihn zahlen.*

Er schluckte den Zorn und die Wut hinunter, die er empfand. Es nützte nichts, sich gegen Dinge aufzulehnen, die man hatte kommen sehen und mit denen man als Befürworter Thoregons einverstanden war.

Einverstanden war?

Tief in seinem Innern flüsterte eine leise Stimme. Sie gehörte seinem Gewissen und seinem Trotz. Sie erzählte ihm, daß er nicht Perry Rhodan war, wenn er das als gegeben hinnahm.

Gegenüber Bully verschwieg er die Gedanken. Der Freund hätte ihm geantwortet, daß das stimmte. Oder daß Thoregon erst dann richtig funktionierte, wenn Rhodan es sich zu eigen gemacht hatte. Ein Wesen der untersten Ebene, Intelligenz in einem zerbrechlichen Körper, die sich anmaßte, mehr zu sein als andere. Ehemals Ritter der Tiefe und jetzt Sechster Bote von Thoregon. Keiner hatte mehr erlebt und gesehen als er. Ihm war es vorbehalten gewesen, am Berg der Schöpfung zu stehen und die Antwort auf die Dritte Ultimate Frage zu verweigern. Instinktiv hatte er davor zurückgeschreckt, Wissen zu erhalten, dem er nicht gewachsen war. Es hätte ihn getötet oder wahnsinnig gemacht.

Nein, es war damals zu früh gewesen. Er war noch nicht am Ende seines Weges angekommen. Er stand erst am Anfang. Dreitausend Jahre unterwegs in die Zukunft und noch immer am Anfang. Wie lang mußte da der Weg sein, den er nicht kannte?

»Was lachst du?« fragte Bully an seiner Seite.

»Wie? Ach, nichts. Nur so ein Gedanke.«

Der Pilzdom ragte immer höher vor ihm auf.

Die silberne Haut schien undurchdringlich.

Dicht vor ihr blieb der Terraner stehen. Auf seiner Stirn bildete sich eine steile Falte. Die kleine Narbe am rechten Nasenflügel juckte wie immer, wenn er innerlich stark erregt war.

Überflüssige Fragen entstanden in seinem Bewußtsein. Zum wievielten Mal benutzte er die Brücke? Wem würde er unterwegs begegnen?

Sie zeigten ihm, daß er sich innerlich immer noch wehrte, den beschwerlichen und gefahrvollen Weg zu gehen.

Perry Rhodan blickte an sich hinab. Der blaue Galornenanzug schmiegte sich ihm an wie eine künstliche Haut. Moo hing an der rechten Brustseite, ein winziger Automat von buddhaähnlicher Gestalt; ein Alleskönner von Syntron, wenn er ihn in den Aktiv-Modus versetzte.

»Nun mach schon!«

»Bully, ich ...«

Der Freund ließ keine Widerrede zu. Er packte ihn an der Schulter und stieß ihn vorwärts. »Komm gesund zurück, Perry!«

Perrys Hände tauchten in die silberne Wand ein. Der Dom ließ ihn passieren, als bestünde er aus einem Nebel feinster Kristalle oder mikroskopisch kleinen Wassertropfen. Seine

Beine bewegten sich mechanisch vorwärts, schoben den Körper durch dieses unbegreifliche Material hindurch in ein anderes Kontinuum, über das er sowenig wußte wie ein Neugeborenes über die Relativitätstheorie.

Rhodan spürte die Anwesenheit der Brücke. Es kam ihm vor, als lege sich eine ungeheure Last auf seine Schultern.

Nach wenigen Schritten lichtete sich der Nebel. Das Gefühl der Last wich, während sich ein massiver Steg aus dem merkwürdigen Vorhang in sein Blickfeld schob. Die Lauffläche bestand aus zwanzig Zentimeter breiten Bohlen. Sie ähnelten massivem Graphit in Balkenform.

Perry ging zwei, drei Schritte auf dem Steg, dann blieb er stehen. Das Gebilde führte geradeaus. Seine Länge ließ sich nicht abschätzen. Für die menschliche Perspektive erstreckte es sich in die Unendlichkeit.

In regelmäßigen Abständen säumten Pfeiler den Steg. Sie ragten einen Meter über die Lauffläche hinaus. Nach unten versanken sie im trüben Morast des unbegreiflichen Kontinuums.

Ein Blick zurück zeigte dem Terraner, daß sich alles so verhielt, wie er es gewohnt war. Der Rückweg ließ sich nicht erkennen, es gab ihn nicht.

Erleichterung erfüllte ihn. Der Steg hatte seine alte Stabilität zurückerhalten. Wenn es ein Anzeichen dafür gab, daß das Konstituierende Jahr erfolgreich zu Ende gegangen und Thoregon entstanden war, dann war es dieses Fehlen jeglicher Auflösungserscheinungen.

Er hatte es geahnt. In dem Augenblick, als er vor zwei Monaten das Proto-Tor durchquert und im Megadom des PULSES von DaGlausch/Salmenghest herausgekommen war, hatten sich die vielen Puzzlesteinchen in seinen Gedanken zu einem begreifbaren Ganzen zusammengefügt.

Und er verstand, daß von diesem Augenblick an alles anders sein würde als bisher.

Die Aussagen des Kosmokraten Hismoom hatten ihm die Bestätigung dafür geliefert.

Das Jahrtausend der Kriege, wiederholte er seine Worte von vorhin. Er verstand den Ausspruch von Anfang an nicht als Drohung, sondern als simple Information. Wesen von jenseits der Materiequellen brauchten niemandem zu drohen. Ihre Gedankengänge und Handlungen entzogen sich jeder Logik eines körperlichen Wesens. Sie verkündeten Tatsachen – Dinge, die aufgrund einer gegebenen Konstellation zwangsläufig eintraten.

Und damit erfüllten sie vermutlich eine Funktion, die Rhodan für sich in die Kategorie »Botenstoffe« einordnete. Sie transportierten Informationen, die die Natur auf anderem Wege nicht befördern konnte.

Er setzte sich wieder in Bewegung. Mit jedem Meter, den er zurücklegte, schwand der Schleier über dem Universum, das er durcheilte. Wie weit die Strecke jedes Schrittes war, versuchte er sich erst gar nicht vorzustellen. Um ihn herum erstrahlte ein gleißend helles Universum aus Myriaden von Sternen und rätselhaften, für ihn nicht identifizierbaren Objekten.

Diesmal nahm Perry sich keine Zeit, diese Momentaufnahme der Schöpfung zu genießen. Im Gegenteil, er verschloß seine Sinne davor. In seinen Gedanken rekapitulierte er all das, was sich in der Doppelgalaxis DaGlausch/Salmenghest zugetragen hatte. Er dachte an Shabazza und die Diener der Materie. Was er über sie wußte, ließ ihn an deren Verstand zweifeln.

Shabazza, Torr Samaho und wie sie alle hießen – diese Wesen waren nach menschlichen Maßstäben nicht normal, degeneriert in einem Jahrzehntausende und Jahrhunderttausende währenden Leben. Die Kosmokraten bedienten sich einer Horde Verrückter, um ihre Ziele der Ordnung im Universum durchzusetzen.

Wie es schien, hatten die Mächte hinter den Materiequellen nichts aus der Vergangenheit gelernt.

Schon die Porleyter hatten den Verstand und jeden Bezug zur Wirklichkeit verloren. Sie hatten sich in leblose Gegenstände wie Felsbrocken integriert, um auf diese Weise unsterblich zu werden.

Den Rittern der Tiefe war ein ähnliches Schicksal beschert, wenn auch auf andere Weise. Ihr letzter Vertreter, der falsche Igsorian von Veylt alias Harden Coonor, endete ebenfalls im Wahnsinn.

Vermutlich erging es auf Dauer jedem Wesen so, das sich mit den Kosmokraten einließ.

Perry schritt schneller aus. Diesmal lagen keine Skelettteile auf der Brücke, die ihn angriffen. Der Steg, der gerade eben noch in die Unendlichkeit zu reichen schien, schrumpfte zu einem Endstück, das am Nebel aufhörte.

Dreh die Brücke, dachte der Terraner. *Ich will nach Galorn.*

Nach dem Tod von Kaif Chiriatha ergab sich zwangsläufig, daß die Helioten in der Pentrischen Wolke erschienen und unter den Galornen eine neue Thoregon-Botin auswählten.

Galorn ist eine gute Wahl, stimmte das Passantum zu.

Das Gebilde funktionierte wie eine Drehscheibe. Nach Rhodans Wissen existierten zwanzig Endstücke, identisch mit Pilzdomen. Es bedeutete, daß es außer den sechs Galaxien des aktuellen Thoregon und dem Proto-Tor noch mindestens dreizehn weitere Tore und möglicherweise ein oder zwei weitere Thoregons gab.

Leichter Schwindel erfaßte ihn, während das Passantum die Brücke drehte. Als die Bewegung endete, sah er einen Ausschnitt der Basaltebene des Planeten Galorn vor sich.

Hastig brachte er die letzten Bohlen des Steges hinter sich und durchdrang den Nebel, der identisch mit der Außenhülle des Pilzdomes war.

5.

Rückblick:
In den Gläsernen Türmen

Die Neurologin schnappte sich die nächstbeste Plattform. Sie warf sich auf die drei Meter durchmessende Scheibe und lenkte sie hinüber zum Nonggo-Gleiter. Vorsichtig hob sie Fharen Loy Meved aus seinem Sessel und bettete ihn um. Ein letzter Dank und Gruß mit erhobener Hand in Richtung Lentini, dann schwebte die Plattform nach Osten.

Trini wählte die Nepal Avenue. Hier war die Welt noch in Ordnung. Ein Teil der traditionellen Geschäfte hatte geöffnet, aber es fehlten die Menschen, die dort einkauften.

Anders sah es in den Nebenstraßen Richtung Mahatma Road aus. Dutzende von Häusern waren eingestürzt und blockierten die Straßen. Trini entdeckte mehrere Seuchenkommandos. In Sichtweite lag ein toter Zwergelefant zwischen den Trümmern. Seine Fähigkeit, Gefahren frühzeitig zu erahnen, hatte ihm nicht geholfen. Eingesperrt in eine Wohnung, womöglich betreut von einem fest installierten Automaten, ließ das Schicksal einem solchen Tier keine Chance.

Fharen Loy Meved bewegte sich unruhig auf der Liege. Er stöhnte leise. Trinis Minisyntron teilte ihr mit, daß der Nonggo beim Transport ein halbes Kilo Gewicht verloren hatte.

»Halte durch!« sagte sie laut. »Wir sind gleich da.«

Sie aktivierte ihr Funkgerät. »Sören, kannst du mich hören?«

Endlich klappte es mit der Verbindung. Bornegod meldete sich. »Trini! Gott sei Dank. Wir haben uns Sorgen gemacht.«

»Bereitet die Medostation vor. Ich bringe Fharen Loy Meved. Er ist dem Hungertod nahe.« In der Leitung blieb es still. »Sören?«

»Ja, ich kümmere mich sofort um eine Klinik und ein Transportfahrzeug. Hier kann er nicht bleiben.«

Sie spürte, wie ihre Knie weich wurden. »Was ist los?«

Er schwieg. Sie hörte nur sein lautes Atmen.

»Ich sehe dich jetzt«, klang es dann aus dem Funkgerät. »Pen und Hernaño kommen dir entgegen.«

Trini beschleunigte und erreichte die Nähe des Zentrums. Zwischen den letzten Hochhäusern tauchten der Platz des Himmlischen Auges und die Gläsernen Türme auf.

Ruckartig hielt sie die Plattform an. Ein Stöhnen drang über ihre Lippen.

Die Türme der Forschungsanlage ragten teilweise schief in den Himmel. Erst sah es aus, als habe gewaltige Hitze sie verbogen. Bei näherem Hinsehen erkannte Trini die furchtbare Wahrheit. Die Bauwerke aus hochwertigem Plastoglassit waren zersprungen. Die obersten Stockwerke lagen teilweise schief auf dem zwanzigstöckigen Sockel. Manche wiesen einen zweiten Bruch auf der Höhe der fünfzehnten Etage auf. Turm Vier fehlte die Spitze vollständig.

Die Neurologin stöhnte. Ihr Blick wanderte beständig zwischen den Türmen und dem Nonggo hin und her.

»Nein«, ächzte sie. »Ich kann es nicht glauben.«

Neben Fharen Loy sank sie auf die Plattform und kühlte die fieberheiße Stirn auf dem Metallplast.

Die meisten Labors und Versuchsanordnungen waren vernichtet. Und mit ihnen die Chips. Die Arbeit eines ganzen Jahres dahin – umsonst.

Vor dem Eintreffen der Kosmischen Fabrik waren sie so weit gewesen, daß sie in sechs Wochen den ersten Test mit Freiwilligen hätten machen können. Jetzt mußten sie von vorn anfangen.

Trini wünschte sich ganz weit weg. Sie sehnte die drei Schiffe herbei, die Anfang April nach Hause in die Milchstraße geflogen waren und frühestens im Herbst zurückkehren würden. Aus geröteten Augen starrte sie den neben sich liegenden Nonggo an.

»Warum können wir es nicht verhindern, Fharen Loy?« ächzte sie. »Sind wir wirklich so schwach? Stellen wir uns als universelle Stümper heraus, unfähig, euch zu helfen?«

Undeutlich hörte sie das Trampeln von Stiefeln. Zwei Schatten tauchten über ihr auf. Kräftige Hände packten sie, zogen sie hoch und stellten sie auf die Füße.

»Eine gute Nachricht haben wir«, hörte sie Hernaño sagen. Die Worte drangen wie durch einen dicken Schwamm zu ihr durch. »Der kleinen Jacqueline geht es gut. Vor wenigen Minuten ist es uns gelungen, eine Hyperfunkverbindung zum Grendiss-Rad zustande zu bringen. Die Eltern sind wohlauf. Sie hoffen, bald zurückkehren zu können.«

»Wie schön«, murmelte sie.

Und was ist mit uns? dachte sie. *Kehren wir auch zurück? Nach Terra?*

Sie setzte die Plattform wieder in Bewegung und schwebte neben den beiden Männern her. Beharrlich starrte sie zu Boden und vermied es, die zersprungenen Glastürme anzusehen.

Ein Jahr lang hatten sie gemeinsam mit den Einheimischen die Neurone erforscht. Es gab fast nichts, was sie nicht darüber wußten. Lediglich die Chips der Nonggo stellten sie vor Probleme. Das menschliche Gehirn vertrug sie nicht. Also hatten sie die Produktion in der Syntron-Fabrik Karabani umgestellt. Dort arbeiteten die besten Wissenschaftler von Kalkutta-Nord und Kenteullen an der Entwicklung eines Nano-Chips für Terraner.

Alle, die sich intensiv an den Forschungen beteiligten oder diese befürworteten, waren den »Freunden des Meso-

Neurons« beigetreten. Ein Teil von Kalkutta-Nord sollte mit Verbindungen zu Meso- und Makro-Neuronen ausgestattet werden. Jeder erhielt so Gelegenheit, sich auf das Abenteuer einer vollständigen Vernetzung mit dem Sphärenrad einzulassen.

Ein Zwang dazu existierte nicht. Alles funktionierte auf der Basis freiwilliger Teilnahme.

Daß rund die Hälfte der Einwohner dem Gemeinschaftsprojekt ablehnend gegenüberstand, wunderte nicht. Während der Gewaltherrschaft des Monos über die Milchstraße hatte dieser die Bewohner Terras in ein ähnliches Netz hineingezwungen. Es hatte Simusense geheißen und den Menschen ein glückliches und erfolgreiches Leben vorgegaukelt. In Wirklichkeit aber hatten sie in unwürdigen Verhältnissen und teilweise unter unmenschlichen Bedingungen vor sich hin vegetiert. Simusense war ein Traumnetz gewesen, eine Illusion. Sie glich einem Schweben im Paradies – das Erwachen einem Sturz in den finsteren Abgrund. Er endete für viele in der geistigen Umnachtung oder im Wahnsinn.

So etwas durfte auf dem Sphärenrad nicht passieren.

»Hier herein«, sagte Hernaño Mauritz neben Trinis Ohr. »Die Medostation ist bei den Beben heil geblieben. Warum die Automaten nicht mehr funktionieren, weiß der Himmel.«

Die Wissenschaftlerin brauchte eine Weile, um sich zu orientieren.

»Sören hält bereits nach einem intakten Medoroboter Ausschau«, informierte Pen Stobbe sie. »Wir können nur hoffen, daß er Erfolg hat.«

Es dauerte ihr zu lange. Nach einer Viertelstunde machte sie sich zusammen mit dem reglosen Nonggo auf die Suche. Sie steuerte die Plattform über Nottreppen hinab in die Kelleretagen. Kalkutta-Nord reichte dreihundert Meter in die Tiefe. Das Faktorelement des Heliotischen Bollwerks hatte perfekt gearbeitet und die Stadt mitsamt ihren Untergeschossen auf das Kenteullen-Rad versetzt. Lediglich die abgeschnittenen Leitungen für Wasser und Energie hatten in der Anfangszeit ein Problem dargestellt. Die meisten von ihnen waren an die Versorgungseinrichtungen Kenteullens angeschlossen worden.

Trini Madang hatte Glück im Unglück. Neben einer Reparaturhalle entdeckte sie eine kleine Krankenstation mit einem Medorobot. Er funktionierte und kümmerte sich sofort um den Bewußtlosen.

Stobbe schaffte einen Erste-Hilfe-Koffer herbei. Er enthielt Infusionsampullen speziell für den Metabolismus der Nonggo. Kurze Zeit darauf entspannte sich der reglose Körper Fharen Loy Meveds. Das konfuse Mienenspiel seines Gesichts hörte auf. Jetzt, da sich zunehmend Probleme auf dem Sphärenrad abzeichneten, wußte sie seine Anwesenheit erst richtig zu schätzen. Wenn alle Syntrons der Stadt ausfielen und die in ihnen abgelegten Daten unwiderruflich verloren waren, wenn dasselbe mit Kenteullen und den Speicherkapazitäten sämtlicher Nonggo-Anlagen passierte, standen sie dank Fharen Loy Meved noch lange nicht vor dem Nichts.

In seinem langen Kopf mit dem großen Gehirn ruhte ein perfektes Backup aller Daten, die sie in den zwölf Monaten terranischer Standardzeit gemeinsam erarbeitet hatten. Darüber hinaus verfügte der Neuron-Spezialist über all das Wissen, das er sich zusätzlich über Kalkutta-Nord und seine Bewohner angeeignet hatte. Von seinen Kenntnissen aus den Neuronen seines Volkes ganz zu schweigen.

»Bringt ihn hinauf in sein Labor und richtet es ein wenig her«, sagte sie. »Er soll seine vertraute Umgebung spüren. Und wir«, sie warf den beiden Männern einen durchdringenden Blick zu, »machen uns ans Aufräumen.«

Mehr blieb ihnen in den nächsten Tagen nicht zu tun.

Wenigstens wurde die Stadt zur Zeit nicht von Beben heimgesucht. In allen anderen Belangen sah es düster aus. Zwischen Kalkutta-Nord und dem Rest des Sphärenrades sowie dem übrigen Teuller-System gab es keine Funkverbindung.

Die Trümmer lagen bis ins Treppenhaus. Es knirschte, als Trini sich einen Weg durch die Öffnung bahnte, wo früher einmal die Eingangstür zur sechsunddreißigsten Etage gewesen war. Die Überreste lagen ein Stück weiter hinten im Korridor, zersprungen und in unterschiedlich große Stücke gehackt. Wie Lanzen ragten ihr Teile der Wand entgegen.

Bleib draußen! schienen sie ihr signalisieren zu wollen.

Sie mußte sich bücken und unter ihnen hindurchschlüpfen.

Wind ging. Er blies zwischen den gezackten Abbruchkanten des Plastoglassits herein und wehte ihnen den Staub des Mobiliars und zerbröckelter Dämmstoffe entgegen.

Auf Terra hatten die aus elastischen Baustoffen errichteten Türme als absolut bebensicher gegolten. Für irdische Verhältnisse waren sie das auch heute noch, nicht jedoch für das Sphärenrad in seinem derzeitigen Zustand.

Die vage Hoffnung der fünfzigjährigen Frau, die Phänomene würden nach dem Verschwinden des Dieners der Materie nachlassen, zerplatzte endgültig. Ihr Verstand weigerte sich mit aller Macht, daran zu glauben, aber die Beweise waren erdrückend. Für das zunehmende Chaos gab es keine andere Erklärung. Die Kosmische Fabrik weilte noch immer im Teuller-System und zeichnete für die Vorgänge verantwortlich.

KYMBRIUM hatte die zwölf Sphärenräder in gefährliche Zeitbomben verwandelt.

Trini Madang besaß keine präzisen Informationen über den Zustand der einzelnen Gebilde. Sie vermutete, daß das Kenteullen-Rad als ältestes von allen auch am anfälligsten war. Die Zustände in Kalkutta-Nord schienen ihr Beweis genug dafür.

Schlimmer noch mußte es »draußen« sein, auf der Außenseite des künstlichen Lebensraumes, wo die Steuersysteme, der Raumhafen und die Fabriken lagen.

Trinis Gedanken versteiften sich auf Gisolf. Soviel sie mit dem Mikrotechniker auch verband, würde sie dennoch nie verstehen, warum die Bürgermeisterin von Kalkutta-Nord ihn zu diesem Einsatz mitgenommen hatte. Er zählte zu den ewigen Zauderern. Keine Gedankenkette in seinem Kopf funktionierte ohne Dutzende von Wenn und Aber. Jede Entwicklungsabteilung schätzte sich glücklich, einen solchen Mann zu beschäftigen, denn er garantierte absolut fehlerfreie Endprodukte. Auf dem bebenden und sich schüttelnden Sphärenrad aber, wo schnelle Entscheidungen lebenswichtig waren, mußte er eher ein Störfaktor sein.

Seit mehr als drei Jahren waren Trini und Gisolf befreundet. Aus der Freundschaft hatte sich nach und nach eine intime Beziehung entwickelt.

Mehr aber auch nicht. Immer wenn Trini sich mit dem Gedanken befaßte, gemeinsam mit dem liebenswürdigen Tolpatsch eine Familie zu gründen, entdeckte sie in sich eine merkwürdige Barriere. Sie veranlaßten die Fünfzigjährige jedesmal zu einem Rückzieher.

Hinterher schalt sie sich regelmäßig eine Närrin. Gisolf war ein Kind seiner Stadt, wie es typischer nicht hätte sein können. Erst die Versetzung von Kalkutta-Nord auf das Kenteullen-Rad hatte aus ihm einen anderen Menschen gemacht.

Keinen anderen, korrigierte sie sich. *Die Umstände lassen nur alle jene Eigenschaften verstärkt hervortreten, die vorher latent vorhanden waren.*

Gisolfs Psyche lag blank. Die Mauer, die jeder Mensch mit sich herumschleppte und hinter der er sich verbarg, existierte nicht mehr. So, wie er sich heute aufführte, war er tatsächlich.

Jetzt, in den Stunden und Tagen der Gefahr, verspürte sie Angst um ihn. Wenn ihm »draußen« bloß nichts passierte. Schlimmer noch, wenn er mit seinem Zaudern zum Scheitern der Rettungsversuche beitrug oder gar zur Vernichtung des Kenteullen-Rades ...

Die Wissenschaftlerin legte den Kopf in den Nacken und starrte hinauf zum Himmel. Droben am Schmiegschirm zuckten seit drei Stunden wieder Blitze, grellweiß erst, inzwischen gelb und blau. Wo sie ihren Ausgangspunkt nahmen, ließ sich nicht genau erkennen. Die meisten schienen vom Rand des Sphärenrades zu kommen.

Lentinis Leute saßen im Observatorium am Ostende der Stadt und orteten pausenlos, bisher aber ohne Ergebnis. Fest stand, daß die Blitze jeglichen Funkverkehr bis hinein ins Hyperspektrum verhinderten. *Wir sollten Rauchzeichen benutzen,* dachte Trini, *alles andere versagt.*

Zögernd ging sie weiter. Sie wußte, was sie erwartete. Alles in ihr sträubte sich, es mit eigenen Augen ansehen zu müssen. Verbogene und implodierte Meßgeräte türmten sich an den Seitenwänden. Halbhohe Barrikaden säumten den Weg zwischen den Trümmern der Terminals. Dahinter lagen verstreut kleine Edelmetallzylinder mit Sicherheitsverschlüssen, die Transportbehälter für die N-219-Chips.

Die winzigen, mit bloßem Auge kaum erkennbaren Nano-Chips fehlten ebenso wie die Hochleistungsmikroskope. Ein paar Splitter der Geräte lagen umher. Der Rest war zusammen mit dem oberen Teil des Turms in die Tiefe gestürzt und zerschellt.

Im gedämpften Licht der Sonne Teuller entdeckte Trini winzige, rosarot schimmernde Kristalle von höchstens einem zehntel Millimeter Größe. Sie befeuchtete den rechten Zeigefinger, nahm einen davon auf und hielt ihn vor ihr Gesicht.

»Es ist ein Prototyp zwischen N-Fünfzig und N-Siebzig«, stellte sie fest. Automatisch wanderte ihr Blick hinüber zu der nicht mehr existierenden Wandbox, in der sie alle Prototypen archiviert hatten.

Wenn das alles war, was ihnen von einem ganzen Jahr intensiver Forschungsarbeit blieb ...

Ihr Gesicht erstarrte zur Maske. Sie mußte sich zusammenreißen, um die Männer und Frauen nicht erkennen zu lassen, wie es in ihr aussah.

Raum für Raum setzten sie die Bestandsaufnahme fort. Sechzig Prozent aller Geräte wiesen Beschädigungen auf oder waren zerstört. Die verbliebenen vierzig Prozent reichten nicht für einen Neuanfang. Sie mußten zerlegen, reparieren, wieder zusammenbauen, was irgendwie ging. Die Beseitigung der Schäden würde Wochen und Monate dauern.

Nicht einmal die Energiezufuhr funktionierte. Die Leitungen waren gerissen. Das Mikrowellen-System, wie es zur Standardausrüstung aller Labors gehörte, war nicht mehr als solches zu erkennen.

Allein konnten sie das unmöglich bewältigen. Sie brauchten mehr Personal.

Trini packte das nächstbeste Aggregat und schulterte es.

»Wir schaffen alles in die Kelleretagen, was irgendwie brauchbar ist«, sagte sie. »Kümmert euch ab sofort um nichts anderes.«

Den Umzug veranschlagte sie auf mindestens eine Woche, vorausgesetzt, alle zweihundert Männer und Frauen in Turm Vier beschäftigten sich mit nichts anderem.

Trini schickte Boten in die benachbarten Türme der Forschungsanlage und bestellte die Abteilungsleiter zu einer Besprechung ins Foyer ein.

»Die nächsten Tage und Wochen werden wir hauptsächlich mit Improvisieren verbringen«, empfing sie die Männer und Frauen. »Um so wichtiger ist es, daß wir die Projekte vorantreiben, die nicht oder noch nicht von der Zerstörung betroffen sind.«

Sie dachte vor allem an Karabani. Die Chip-Fabrik war von den bisherigen Beben verschont geblieben. Alle Systeme dort arbeiteten einwandfrei. Sie konnten mit der Produktion des nächsten Prototyps beginnen.

Gemeinsam stellten sie einen Plan auf. Er enthielt allerdings so viele Unbekannte, daß keine präzise Aussage über den Abschluß der Reparaturarbeiten möglich war.

Trini kehrte in das sechsunddreißigste Stockwerk zurück und half bei den Transporten. Mit Muskelkraft kamen sie schneller voran als mit Hilfe von Antigravplattformen. Diese produzierten immer mehr Aussetzer und blockierten mehrfach das Treppenhaus.

Gegen Abend gab der Hyperorter Upjhars Alarm. Die Anlagen auf der Außenseite des Sphärenrades erzeugten Störfelder im 5-D-Bereich, die alle bisherigen Erscheinungen in den Schatten stellten. Sie überschwemmten die Siedlungen auf der Innenseite regelrecht.

Hoffentlich hatten Lentinis Leute ihre Vorbereitungen bald abgeschlossen. Mit einem starken Paratronschirm über der Stadt mußten sie wenigstens vor den schlimmsten Auswirkungen der Phänomene keine Angst haben.

Das permanente Summen in den untersten Kelleretagen veränderte sich. Es hörte sich an wie bei einem Feldtriebwerk, das im Eiltempo auf Null herunterfuhr. Die Tonhöhe sackte ab, das Geräusch verstummte. Gleichzeitig erlosch die Beleuchtung in den Korridoren.

Vergebens lauschte Trini auf den Alarm der Syntrons. Er blieb aus. Hastig hantierte sie an ihrem Kommunikationsarmband.

»Sören?« fragte sie. »Was ist da unten los?«

»Totalausfall«, erklang die Antwort. Wenigstens klappte es im Turm mit dem Normalfunk. »Die Syntrons sind alle vom Netz.«

Trini wollte nicht glauben, daß es im ganzen Gebäude keinen funktionierenden Syntron mehr gab.

»Die Notversorgung, wieso springt sie nicht an?«

»Wir suchen noch.« Mehr war nicht aus ihm herauszubringen.

Die Neurologin aktivierte den kleinen Suchscheinwerfer in ihrer Gürtelschnalle und stieg hinab in die Tiefen des Gebäudes. Die Notstromaggregate standen in einer versiegelten Halle. Neben Trini kannten ganze vier ihrer Mitarbeiter den Zutrittskode.

Sören und Pen waren schon da. Sie leuchteten die fast fünf Meter hohen Aggregatblöcke ab und suchten nach einem Hinweis.

»Leer bis auf den Grund«, stellte Trini nach kurzem Einsatz ihrer Orters fest. »Wo ist die Energie hin?«

Sie fanden es nicht heraus. Fest stand, daß es im gesamten Turm keinen einzigen funktionsfähigen Syntron und keinen vollen Speicher mehr gab. Im Klartext bedeutete es, daß alle Automaten ihre mikrokosmischen Datenfelder und damit alle ihre Daten verloren hatten.

Aus den anderen Türmen der Forschungsanlage trafen Boten mit identischen Meldungen ein.

In einer solchen Situation konnte zur Zeit nur einer helfen. Trini verließ den Turm und nahm ein Bodenfahrzeug zum Stadtrand. Sie traf Lentini bei einer Krisensitzung im Lazarett, das die Polizisten in sicherer Entfernung vor der Stadt aufgebaut hatten.

Der Polizeichef führte ihr ein Hologramm mit den Ortungsergebnissen vor.

»Kalkutta-Nord ist durch die Vorgänge nicht wesentlich

beeinträchtigt worden«, sagte er abschließend. »Wir können uns auch nicht erklären, wieso es ausgerechnet in den Gläsernen Türmen zu einem totalen Energieverlust gekommen ist. Da ist allerdings etwas, das mir Kopfzerbrechen bereitet.«

Er zeigte ihr die Aufzeichnungen seines Syntrons seit dem Mittag. Sie enthielten merkwürdige Daten, die eindeutig nicht von den Automaten der Nonggo stammten. Trini nahm es als Bestätigung ihres Verdachts.

»Der Diener der Materie ist noch immer in der Nähe und setzt sein Werk fort.«

Lentini glaubte es nicht. »Die Daten weisen keine Ähnlichkeit mit dem auf, was wir von der Kosmischen Fabrik kennen«, sagte er. »Gut, das will nichts heißen. Ich glaube es aber erst, wenn ich einen handfesten Beweis habe.«

Die Neurologin machte ihm klar, daß sie dringend Energiespeicher und zusätzliche Helfer benötigte. Der Polizeichef sicherte ihr seine Unterstützung zu.

»Du bekommst zwei Hundertschaften meiner Männer und Frauen. Das müßte fürs erste reichen.«

Es war viel zuwenig, aber sie beschwerte sich nicht. »Ich danke dir.«

Trini kehrte in die Forschungsanlage zurück. Sie schleppte Testgeräte und Möbel und wartete darauf, daß sich eine Gelegenheit für ein Funkgespräch ergab. Es dauerte bis kurz vor Mitternacht. Übergangslos verstummte das Rauschen im Empfänger. Die Wissenschaftlerin blendete sich umgehend in das Kommunikationsnetz der Stadt ein.

»Bürger von Kalkutta-Nord, ich wende mich an euch um Hilfe. Wir benötigen dringend Arbeitskräfte. Unser Projekt dient dem Schutz unserer Stadt. Nur wenn es uns gelingt, die Prinzipien der Neurone richtig zu verstehen und lenkend in die Steuersysteme einzugreifen, haben wir eine Chance. Kommt und unterstützt uns. Je schneller wir Erfolg haben, desto besser ist es für uns und unsere Stadt. Bitte laßt uns nicht im Stich.«

Lentini meldete sich. Er ließ die Menschen in der Schiffbrüchigen Stadt ein wenig aufatmen. Der Schirm um das Sphärenrad stabilisierte sich. Es entwich keine Luft mehr. Das war die erste wirklich gute Nachricht seit Tagen.

Wenig später erschien Sören Bornegod im Hauptlabor. »Fharen Loy Meved ist aus der Bewußtlosigkeit erwacht«, teilte er ihr mit. »Der Medorob sagt, er sei ansprechbar. Und Lentinis Leute haben die ersten Energiespeicher geliefert. In ein paar Minuten können wir mit der Restaurierung unserer Daten beginnen.«

Das schmale Gesicht des Nonggo wirkte eingefallen. Sein Gesicht schien unter Muskelschwund zu leisten. Es kam keine Mimik zustande. Nur die tief in ihren Höhlen liegenden Augen lebten.

Mit einem kurzen Blick auf das Holodisplay des Medoroboters vergewisserte Trini sich, daß es Fharen Loy besserging. Sein Gewichtszuwachs belief sich auf ein halbes Kilogramm. Unter den gegebenen Umständen war das ein optimaler Wert.

Die Atmung des Kranken hatte sich ebenfalls normalisiert. Drei Atemzüge pro Minute, jeder kurz und heftig und durch den Mund, das entsprach dem, was Nonggo in wachem Zustand leisteten. Nonggo besaßen keine Nasen.

Die Lippen des Neuron-Spezialisten bewegten sich ununterbrochen. Er redete lautlos vor sich hin.

Trini Madang hätte viel darum gegeben zu wissen, was er sagte. Sie sah ihm eine Weile zu, ehe sie sich an den Medo wandte.

»Ist er wirklich wach?«

Der Automat bestätigte.

Sie beugte sich über die Liege. Seine runden braunen Augen zuckten kurz, die linke Hand bewegte sich.

»Ich sehe dich«, seufzte er leise in seiner Muttersprache. Nod setzte sich aus einer Anhäufung stimmhafter Konsonanten zusammen, gesprochen in murmelndem Tonfall. Der kleine Kehlkopf der Nonggo bewirkte zudem, daß das Ganze ziemlich monoton klang, ohne deutliche Höhen und Tiefen.

»Du bist in den Gläsernen Türmen, Fharen Loy. Ich habe dich aus Kenteullen herausgeholt, damit du nicht verhungerst.«

»Sterben – ja. Aber nicht durch den Hunger.«

Er versuchte, sich aus den Kissen aufzurichten, und sank mit einem Wehlaut zurück.

»Es zerreißt meinen Kopf«, ächzte er. »Die Neurone produzieren lauter Unsinn. Sie erzeugen Millionen falscher Kommandos und Befehle. Wir können es kaum noch aushalten.«

»Ich weiß. Wir versuchen, so schnell wie möglich in das Netz zu gelangen. Leider sind alle unsere Versuchsanordnungen zerstört.«

»Die Chips?«

»Auch die Chips. Ich habe Hernaño mit ein paar Leuten nach Karabani geschickt. Sie versuchen die Produktion wieder anzufahren.«

»Sie sollen sich beeilen – es ist nicht mehr viel Zeit.«

»Seit dem Morgen erschüttern keine Beben mehr das Sphärenrad. Bist du sicher, daß die Phänomene nicht abebben?«

Fharen Loy Meved saß mit einem Ruck aufrecht. Er suchte nach Halt und klammerte sich an Trinis Jacke.

»Ja, ja«, rief er. »Noch an diesem Abend wird es wieder losbrechen. Schlimmer als je zuvor. Die sich überschlagenden Impulswogen falscher Kommandos löschen sich derzeit zu neunzig Prozent gegenseitig aus. Nach ein paar Stunden ist der Tiefpunkt erreicht, und es geht wieder von vorn los.«

»Wie kannst du das wissen?«

»Meine Verbindung zum Makro-Neuron funktioniert einwandfrei. Ich erkenne genau, wie es sich entwickeln wird. Alle Neurone des Kenteullen-Rades sind betroffen und reagieren in der gleichen Weise. Wenigstens das ist ein gutes Zeichen. Noch funktioniert die Grund-Synchronität aller Abläufe und Vorgänge. Wenn sie erst einmal gestört ist, kann nichts und niemand den Untergang aufhalten.« Er hustete trocken. Seine Blicke wanderten fahrig hin und her. »Trini, die Nonggo auf dem Sündenrad leben ohne Anbindung an die Neurone und sind nicht von deren Chaos betroffen. Holt sie zu euch. Sie können euch helfen.«

»Wir haben keinen Kontakt zu den beiden Space-Jets. Aber wir tun unser möglichstes. Fharen Loy, wieviel Zeit bleibt uns?«

»Nicht viel, Trini. Ein paar Stunden, höchstens ...«

Seine Kraft war erschöpft. Die Hände glitten an der Jacke ab. Trinis Arme fingen ihn auf und betteten ihn sanft zurück in die Kissen.

»Wir brauchen die Daten aus deinem Gehirn«, machte sie ihm begreiflich. »Ein Totalverlust in den Energiespeichern hat uns aller Daten beraubt. Ohne sie können wir nicht weiterarbeiten. Wirst du die Anstrengung verkraften?«

»Es ist keine Anstrengung. Die Informationen werden einfach nur abgefragt. Gib mir ein paar Minuten Zeit, um neue Kraft zu schöpfen.«

Trini zog sich zurück und wartete. Sein syntronisches Netz erhielt Energie und wartete auf den Initialisierungskode. Es arbeitete unabhängig von den Syntronsystemen der Forschungsanlage.

Fharen Loy gab ihr zu verstehen, daß er sich erholt hatte.

Der Chip in seinem Kopf schickte den Kode an das System. Das Netz erwachte zum Leben.

Äußerlich ließ sich wenig feststellen. Nur die Muskulatur in dem schmalen, langen Gesicht arbeitete stärker und zeigte an, daß etwas in dem Nonggo vor sich ging. Immer wieder legten sich seine Wangen in Falten, ein Zeichen starker Erregung.

Trini wußte aus seinem Mund, daß bei diesem Vorgang der drahtlosen Kommunikation zehn Terabytes Daten pro Sekunde übertragen wurden. Das war viel, wenn man die Möglichkeiten eines menschlichen Gehirns als Maßstab setzte. Bei den Nonggo hatte im Laufe der Jahrtausende eine genetische Anpassung an die veränderten Bedingungen stattgefunden. Ihre Gehirne bewältigten die Aufgabe ohne meßbare Anstrengung. Bei Menschen hätte derselbe Vorgang innerhalb von zwanzig bis dreißig Sekunden zum Gehirnschlag geführt.

Die Anpassung der entwickelten Chip-Prototypen an die Erfordernisse des menschlichen Gehirns bereitete daher noch immer Probleme. Interne Befehlskreise mußten den Datenfluß so weit abbremsen, daß das menschliche Gehirn keinen Schaden nahm. Und da steckten sie noch in der Anfangsphase. Mögliche Fortschritte waren durch das Erscheinen der Kosmischen Fabrik zunichte gemacht worden.

Eine halbe Stunde dauerte es, bis Fharen Loy Meved sich rührte.

»Das Netz verfügt jetzt über alle Daten, die du brauchst. Die Syntrons können die Arbeitsspeicher abfragen. Ich werde schlafen, bis sie damit fertig sind.«

Er schloß die Augen und entspannte sich.

Trini nutzte die Zeit und erkundigte sich bei Sören Bornegod nach dem Zustand der Syntronsysteme. Ein halbes Dutzend meldete inzwischen Einsatzbereitschaft.

Die Justierung auf das persönliche Netz des Nonggo

nahm mehrere Minuten in Anspruch, ehe die Daten flossen. Ein anschließender Testlauf zeigte, daß alle projektrelevanten Daten zur Verfügung standen.

Pen Stobbe überwachte die Erstellung von partiellen Backups in den Minisyntrons der Schutzanzüge. Parallel dazu trugen die »Freunde des Meso-Neurons« alle verfügbaren Speicherkristalle zusammen und beschickten auch sie mit Daten. Dieser Vorgang würde nach ersten Berechnungen mindestens zwölf Stunden in Anspruch nehmen.

Trini bezweifelte, daß ihnen soviel Zeit blieb. Sie behielt recht. Kurz vor Sonnenuntergang traf eine einigermaßen verständliche Meldung von den Steueranlagen auf der Außenseite des Sphärenrades ein. Loura Gaikunth meldete, daß sie möglicherweise mit einem Gravitationsorkan rechnen mußten.

»Wir könnten ihn umgehen, indem wir die Energiezufuhr der Anlagen abschalten«, teilte sie mit. »Aber das Sphärenrad ist nicht so stabil, daß wir uns das trauen. Für Kalkutta-Nord gilt weiterhin höchste Alarmstufe.« Loura Gaikunth machte eine Pause und fuhr dann fort: »Hiermit verhänge ich den Ausnahmezustand über Kalkutta-Nord. Die Polizeikräfte erhalten die Vollmacht, militärische Befugnisse auszuüben.«

Die letzten Worte verzerrte eine erneute Störung im Funkäther. Wenig später brach die Verbindung endgültig zusammen.

Fharen Loy Meved richtete sich übergangslos auf. »Es geht wieder los. Die Fehlerquote in den Steueranlagen erhöht sich.«

»Wie schlimm wird es? Kannst du dazu Angaben machen?«

»Schlimmer als bisher.«

Erste Bebenwellen durchliefen den Untergrund und kündeten die nächste Phase der globalen Katastrophe an. Der

Nonggo auf seiner Liege verlor deutlich sichtbar den Bezug zu seiner Umgebung und verfiel in die bekannte Lethargie. Ein paarmal schrie er etwas, das kein Mensch und kein Translator verstand.

Dann lag er still. Nur sein Gesichtsausdruck wechselte in rasender Folge.

Die ersten Freiwilligen trafen ein. Trini schickte sie in die Schutzräume gegenüber dem Hauptlabor. Mehr konnten sie vorerst nicht tun. Erneut brach das Chaos über sie herein.

6.

Historischer Exkurs 2: Der Verlust des Museums

Sie blickten ohne Ausnahme auf ihn herab, aber sie taten es mit Respekt und Ehrerbietung. Er stand als Held in ihrer Mitte, und wenn sie seinen selbst für ihre Begriffe zerbrechlichen Körper betrachteten, dachten sie ohne Ausnahme dasselbe.

Er hat das Problem mit dem KONT gelöst. Das Teuller-System ist wieder frei. Wir brauchen keine Angst mehr zu haben.

Er sah ihnen an, womit sich ihre Gedanken befaßten, und reagierte schüchtern. Mit seinen hundertsiebenundsechzig Jahren wartete die bessere Hälfte seines Lebens noch auf ihn. Daß er ein Neuron-Autarker war, ein Nonggo, der ohne den Chip und die Verbindung zu den Neuronen existieren konnte, nahmen sie mit Staunen zur Kenntnis. Vorstellen konnte sich keiner, wie das war.

Jetzt, da sie wußten, daß Zenndicyl Pervorat Zeun nicht mehr lebte und ihnen mit seinem Tod der Thoregon-Bote abhanden gekommen war, betrachteten sie ihn als ihre oberste Autorität.

In seiner Bescheidenheit wollte er es nicht wahrhaben, aber der lediglich zwei Meter große Down Kempesch Kort spürte es. Und er hörte es. Der SBS-Chip in seinem Gehirn erzählte es ihm Tag und Nacht.

»Wir verneigen uns vor deiner Weisheit«, machten sie ihm begreiflich. »Der Vierte Bote war der einzige Neuron-Autarke, den wir kannten. Tritt du seine Nachfolge an. Es gibt keinen Nonggo außer dir, der es in einer fremden Galaxis und auf einer langwierigen Mission aushalten würde.«

Sie bekannten sich damit zu einer grundlegenden Schwäche ihres Daseins als Thoregon-Volk. Ohne die Verbindung mit den Neuronen der Sphärenräder oder wenigstens einem Meso-Neuron eines Raumschiffes konnten sie nicht leben und nicht überleben. Wenn Nonggo reisten, dann taten sie das in dem eng bemessenen Lebensraum der Doppelrumpf-Schiffe und in dem Gedanken, nach Beendigung ihrer Mission so schnell wie möglich nach Hause zurückkehren zu können.

Down Kempesch Kort aber war anders als sie und war es doch nicht.

»Ich sehne mich ebenso wie ihr nach meinem Zuhause«, machte er ihnen begreiflich. »Wenn der Kontakt zum Mikro-Neuron über längere Zeit erlischt, ist das wie ein kleiner Tod. Aber ich sterbe nicht. Mein Geist und meine Seele überstehen auch eine lange Abwesenheit.«

Er schwieg und sah in die Ferne. Vom Glockenpalast reichte sein Blick über das Sphärenrad hinweg bis zu der Nebelwand, die ihnen so viel gab und noch mehr genommen hatte.

Kalkutta-Nord hieß die Stadt der Terraner, die hinter der Faktordampf-Barriere lag. In ihrem Zentrum ragte der Pilzdom auf. In dessen Nähe hatte bis zu der verhängnisvollen Explosion des Heliotischen Bollwerks das Museum der Nonggo gestanden. Janir Gombon Alkyetto beinhaltete alle wissenschaftlichen und ethnologischen Daten über ihr Volk, alle historischen Daten wie etwa die Zerlegung des Planeten Ongg und die Umsiedlung auf die Sphärenräder. Aber nicht nur das. Alles, was die Neurone von Bedeutung für die Gesamtheit enthielten, wanderte automatisch in das Museum. Mit der ungewollten Versetzung des Museums in den Norden der Stadt Kalkutta auf dem Planeten Terra war den Nonggo die komplette Geschichte ihres Volkes und seiner Individuen abhanden gekommen. Unersetzliche Dokumentationen befanden sich darunter.

Die Nonggo vor allem auf dem Kenteullen-Rad litten darunter. Das Verschwinden des Museums schmerzte sie stärker als die Qualen, die sie unter dem fehlgeleiteten KONT hatten erdulden müssen. Manchen war der Gedanke unerträglich, daß keiner von ihnen mehr sein Wissen im Janir Gombon Alkyetto ablegen konnte.

Ein neues Museum ließe sich bauen, aber das alte würde es ihnen nie vollständig ersetzen.

Down Kempesch Kort fuhr plötzlich herum. Sein weißer Poncho flatterte und raschelte.

»Die Terraner sind unsere Freunde«, sagte er. »Wir wollen ihnen nie das Gefühl geben, daß sie den Ort unseres Museums entweihen. Irgendwann werden wir Schiffe nach Terra schicken und das Museum oder wenigstens seine Inhalte abholen.«

Er musterte die Anwesenden der Reihe nach.

»Daß ich die Nachfolge des Vierten Boten antrete, verbannt aus euren Gedanken. Zenndicyl Pervorat Zeun ist tot. Irgendwann wird ein Heliote aus dem Pilzdom erscheinen und einen neuen Boten Thoregons bestimmen.«

Ein recht junger Nonggo ergriff das Wort und deutete hinüber zu der Stadt im Nebel.

»Wir sollten die Terraner mit den Vorzügen der Neurone vertraut machen und ihr Verständnis für unsere Kultur wekken.«

Down Kempesch Kort legte den Kopf ein wenig schief, als müsse er auf eine innere Stimme lauschen.

»Das ist der zweite Schritt, junger Freund«, sagte er. »Im Augenblick ist es dazu noch zu früh. Vielleicht in einem halben Jahr. Es ist jedoch kein Fehler, wenn du dich in deinen Gedanken schon jetzt damit befaßt, Fharen Loy Meved.«

7.

Gegenwart:
Bote des Unheils

Die Pentrische Wolke war frei. Am letzten Apriltag terranischer Standardzeit zog sich Pan Owwe mit seiner Kosmischen Fabrik SUVARI vom Planeten Helter Baaken zurück. Das riesige Gebilde verschwand spurlos und kehrte nicht wieder. Dem anfänglichen Mißtrauen der Galornen folgte Erleichterung.

Gewißheit erhielten sie jedoch erst durch Rhodans Informationen. Staunend nahmen sie zur Kenntnis, daß es ausgerechnet dem Sechsten Boten gelungen war, mit einem Kosmokraten zu verhandeln und ihn zu handfesten Zugeständnissen zu bewegen.

Rhodans Mitteilungen enthielten jedoch auch eine Warnung. Selbst wenn sich im Augenblick alles verheißungsvoll anhörte, durften die Galornen das entstandene Machtvakuum nicht unterschätzen. Die sechs Superintelligenzen steckten dauerhaft im PULS, ihre Hoheitsgebiete, die Mächtigkeitsballungen, waren verwaist. Wie lange das andauerte, wußte niemand zu sagen. Es ließ sich spekulieren, daß es mit den tausend Jahren einherging, für die der Kosmokrat Krieg und Elend angekündigt hatte.

Der Terraner riet zu Wachsamkeit und kehrte zum Pilzdom zurück. Foremon, der Wächter der Basaltebene, und die neue Zweite Botin Druu Katsyria begleiteten ihn. Stumm beobachteten sie ihn, wie er an die Wandung des Gebildes trat und sie durchdrang.

Rhodan ging auf den Steg hinaus. Er war entschlossen,

alles zu tun, damit die Drohung des Kosmokraten nicht Wirklichkeit wurde.

Dreh die Brücke!

Der Terraner suchte den Planeten Rumbiak-Awy in der Galaxis Karakhoum auf. Wie beim letzten Besuch fand er keinen Hinweis auf den Verbleib des Asteroidenschwarms der Gestalter. Aber auch eine Kosmische Fabrik ließ sich nirgends orten.

Rhodan hinterlegte eine Nachricht für Jorim Azao, den Ersten Boten.

Und wieder drehte sich die Brücke, diesmal in den Deltaraum der Baolin-Nda. Tautanbyrk berichtete, daß JORGON unter ihrem Kommandanten Mkammer abgezogen war, ohne Schaden anzurichten.

Perry verabschiedete sich und suchte Thagarum auf. Die Bewohner der Galaxis Chearth hatten ebenso wie die Flotte aus der Milchstraße unter den Alpträumen gelitten, mit denen Tomjago und seine Fabrik ROA KERENA sie überzogen.

Inzwischen waren die schlimmsten Schäden beseitigt, und die kleine Galaktische Flotte befand sich unter dem Kommando der GILGAMESCH auf dem Heimweg. Auch die Haluter schickten sich an, Chearth zu verlassen.

Rhodan wartete geduldig zwei Tage, bis Mhogena eintraf. Der Fünfte Bote informierte ihn ausführlich über die Lage in der Galaxis. Auf Gunjar, der Heimatwelt der Wlatschiden, wuchs die Kristallebene, und die Wolfsblumen entwickelten sich innerhalb von wenigen Monaten zu wahren Riesengewächsen. Niemand vermochte das Leuchten der Kristallwüste richtig zu interpretieren. Die Wächter, die die Ankunft des neuen Hüters miterlebt hatten, waren wahnsinnig geworden und nicht mehr in der Lage, Auskunft zu geben.

Nur Ganzetta wußte wohl etwas. Er hatte Veldenhovv mit

seinem stolzen Flaggschiff zu den Algioten geflogen und ihn anschließend zurück nach Gunjar gebracht.

»Unsere Mächtigkeitsballung ist verwaist«, sagte der Gharrer. »Nisaaru wird nicht so schnell zu uns zurückkehren. Vielleicht wächst auf Gunjar etwas Neues heran.«

Rhodan nickte nachdenklich. Er verstand, daß es vor allem diese Gedanken waren, weswegen Mhogena ihn um ein persönliches Gespräch gebeten hatte.

Die beiden ungleichen Wesen, der Wasserstoffatmer und der Sauerstoffatmer, verabschiedeten sich. Perry wünschte den Gharrern viel Glück und sprach die Hoffnung aus, daß der Friede in Chearth von Dauer war.

Vielleicht blieb wenigstens eine der Thoregon-Galaxien von einem schlimmen Schicksal verschont.

Und wieder schritt er über den Steg. Das Gebilde war ihm inzwischen so vertraut wie die Stufen, die von seinem Bungalow am Goshun-See hinab zum Sandstrand führten.

Dreh die Brücke, forderte er das Passantum erneut auf.

Das Bild, das sich ihm Augenblicke später bot, erinnerte ihn nur entfernt an das, welches er kannte. Er sah einstürzende Häuser und Menschen, die in Panik zum Platz des Bolanpur rannten. Hier drängten sich inmitten einer Zeltstadt Tausende Kinder und Halbwüchsige, aber auch Erwachsene. Um sie herum wimmelte es von schwerbewaffneten Polizisten.

Einen Augenblick zögerte der Terraner. Dann schritt er entschlossen über die letzten Bohlen und trat durch die Wandung des Pilzdoms ins Freie.

In Sichtweite brachen die Spitzen von Türmen und Hochhäusern ab. Haltlos stürzten sie in die tiefen Straßenschluchten. Wer sich dort aufhielt, hatte keine Chance, dem Inferno zu entkommen. Das Schreien der Betroffenen in dem Krachen und Bersten der Bauwerke bildete eine Geräuschkulisse, die Perry Rhodan einen kalten Schauer über den Rücken jagte.

Er wußte, daß in diesem Hexenkessel Menschen starben und Existenzen vernichtet wurden. Das Jaulen der Sirenen bildete eine schauerliche Begleitmusik dazu. Die wenig sensiblen Menschenohren vermochten nicht zu entscheiden, ob es ausschließlich von den Warnanlagen stammte oder ob sich das Wimmern von Verletzten daruntermischte.

Das ganze Viertel bebte. Der Untergrund glich einer immer dünner werdenden Gesteinsdecke auf einem brodelnden Vulkan. Die Umrisse der Gebäude und Menschen erhielten eine leichte Unschärfe, bedingt durch die ständige Bewegung des Untergrunds in horizontaler und vertikaler Richtung.

Nur auf dem Platz des Bolanpur blieben sie gewohnt deutlich. Der Boden vibrierte, aber er verschob sich nicht. Die Umgebung des Pilzdomes verhielt sich, als gehöre sie nicht zur Innenseite des Sphärenrades.

Rhodan ahnte dumpf, womit es zusammenhing. Aus den Daten des Nonggo-Museums auf Terra, dort, wo einst Kalkutta-Nord gelegen hatte, kannte er die Umstände der Zerlegung der Sphärenräder. Ursprünglich hatten die Nonggo den gesamten Planeten zerkleinern wollen. Damals kam es jedoch zu gefährlichen physikalischen Effekten in der Nähe des Pilzdomes. Der Durchmesser des kritischen Areals betrug 112 Kilometer. »Zone der Unantastbarkeit« nannten die Nonggo es. Sie bestimmte die Breite des zu bauenden Sphärenrades. Kalkutta-Nord stand mit seiner gesamten Fläche auf diesem Originalstück des Planeten Ongg.

Herkömmlicher Logik folgend, hätte die Stadt ebenso ruhig daliegen müssen wie der Platz des Bolanpur mit dem Pilzdom. Es war nicht der Fall und wies darauf hin, daß es im Zusammenhang mit diesem Endpunkt der Brücke in die Unendlichkeit noch andere Dinge zu berücksichtigen gab.

Erkläre mir diesen Widerspruch, forderte er das Passantum auf.

Vermutlich hängt es mit den hyperphysikalischen Störungen zusammen, die das Teuller-System durchziehen, antwortete das Band um sein Handgelenk. *Oder das, was du siehst, ist die Ruhezone, ohne die Kalkutta-Nord nicht mehr existieren würde. Dann wirkt sich die Katastrophe im übrigen Bereich des Kenteullen-Rades deutlich stärker aus als in der Schiffbrüchigen Stadt.*

Nenne mir eine Möglichkeit, wie wir Kalkutta ruhigstellen können.

Eine solche Möglichkeit existiert nicht. Der Brückenpfeiler ruht in sich selbst. Nur die Erbauer der Brücke könnten dir genauere Auskunft geben. Mit den technischen Mitteln eines Passantums oder eines Arsenals ist das nicht zu machen.

Auch nicht mit mentalen Mitteln?

Dazu müßtest du mindestens ein Heliote sein. Nicht einmal eure Superintelligenz ES könnte so etwas bewerkstelligen.

Bei dieser Auskunft beließ es das Passantum.

Die Nonggo und die Kalkuttani standen den Vorgängen ebenso hilflos gegenüber wie der dreitausendjährige Mann vor der silbernen Wandung des Pilzes. Die Menschen wurden jetzt auf Perry aufmerksam. Die Impulsstrahler der Polizisten ruckten hoch und zielten auf seine Magengegend.

Rhodan blieb ruhig und hob die Hand. Vor den tödlichen Strahlen war ihm nicht bange. Er trug den blauen Galornenanzug, der über seine Sicherheit wachte und bei jedem Schuß rechtzeitig den Schirm einschaltete.

Ein kleines Mädchen ganz in seiner Nähe erschrak, als es ihn plötzlich dastehen sah, und fing an zu weinen. Perry ging zu ihm, redete beruhigend auf es ein und nahm es auf den Arm.

»Es ist alles gut, kleines Fräulein«, sagte er. »Ich tu' dir nichts.«

Das Mädchen strahlte ihn übergangslos an. »Spiel mit mir!« forderte es ihn auf.

Eine junge Frau näherte sich und nahm ihm das Kind ab.

»Ihre Eltern versuchen seit zwei Monaten, vom Grendiss-Rad herüberzukommen«, sagte sie. »Bisher haben sie es nicht geschafft.«

Der Terraner nickte verstehend. Er strich der Kleinen liebkosend über das Haar und wandte sich an die Polizisten.

»Ihr kennt mich«, rief er ihnen entgegen. »Ich bin Perry Rhodan. Ich komme, um euch zu helfen.«

Ein lauter Ruf erklang. Undeutlich verstand Perry in dem Lärm der berstenden Stadt, daß es sich um ein Kommando handelte.

»Waffen runter!«

Ein Mann um die hundert Jahre schob sich durch die Menschenmenge, die sich mittlerweile um Rhodan angesammelt hatte, nach vorne. Rhodan erinnerte sich daran, daß er ihn bei seinem letzten Besuch kennengelernt hatte.

»Hallo, Lentini«, sagte er.

»Perry, endlich. Seit Monaten warten wir auf Unterstützung von Terra. Du siehst ja, was los ist. Ein Zwanzigstel aller Gebäude der Stadt ist betroffen. Tendenz steigend. Ende April glaubten wir einen Tag lang, daß die Phänomene abflauen könnten. Inzwischen hat uns das Schicksal eines Besseren belehrt. Es war ein Fehler, daß die Nonggo einst ihren Planeten zerlegten. Auf einer Kugel würden sich die Phänomene dank der gleichmäßigen Oberflächenspannung besser verteilen.«

In wenigen Sätzen erhielt Perry von ihm die Informationen, was seit dem Verschwinden des Dieners der Materie und seiner Kosmischen Fabrik geschehen war. Der Kampf um die technischen Anlagen der Sphärenräder ging weiter.

Jeden Tag verschlechterte sich die Lage ein kleines bißchen mehr. Die Phänomene der verrückt spielenden Schwerkraftanlagen und ihrer Steueranlagen schaukelten sich hoch und fielen nach dem Überschreiten des Kulminationspunktes schlagartig ab, aber nie auf den ursprünglichen Tiefstwert. Jedesmal lag er ein wenig höher.

Soweit man es mit astronomischen Mitteln erkennen konnte, sah es auf den übrigen Sphärenrädern nicht besser aus.

Manche Kalkuttani gaben ihre Stadt bereits verloren. Die meisten aber kämpften weiter, hier, in Kenteullen und in den Anlagen auf der Außenseite der Räder.

Die Nonggo verharrten in Apathie. Sie waren nicht fähig einzugreifen. Das Chaos in den Netzen führte zur Lähmung ihrer Gehirne. Sie vermochten keinen klaren Gedanken mehr zu fassen, geschweige denn ihre Bedürfnisse wie Hunger und Durst zu artikulieren. Sie vegetierten vor sich hin und starben, wenn niemand sie betreute. Die Gesamtzahl ihrer Toten auf allen Sphärenrädern lag nach Schätzungen bereits bei vierhunderttausend ...

Alle Kalkuttani, sofern sie über keine technische oder wissenschaftliche Ausbildung verfügten, arbeiteten in der Notversorgung der Einheimischen. Zusammen mit den von Spezialisten umprogrammierten Robotern schafften es die Menschen aus der Schiffbrüchigen Stadt, ein Drittel aller Nonggo regelmäßig mit Essen und Trinken zu versorgen, ein weiteres Drittel unregelmäßig. Angesichts der zahlenmäßigen Unterlegenheit der Menschen auf dem Kenteullen-Rad blieb der Rest unversorgt.

»Wir stehen mit dem Rücken zur Wand«, schloß Lentini und starrte den Unsterblichen durchdringend an. »Wir geben unser Letztes, aber es ist nicht genug.«

Anfang April erst waren die drei nach Gorhoon geschickten Schiffe zurück in die Milchstraße geflogen. Die X-RAY, die COASTER und die BALPIROL hatten nicht einmal besonders viele Menschen an Bord gehabt, dafür Handelsgüter der Nonggo und Geschenke der unfreiwillig Gestrandeten an die Daheimgebliebenen. Der Gedanke, nur ein paar Monate Flugzeit von zu Hause entfernt zu sein, hatte viele in der Schiffbrüchigen Stadt bewogen, vor Ort auszuharren. Die drei Kreuzer würden im Herbst auf alle Fälle zurückkehren.

Rhodan berichtete Lentini seinerseits über die Zustände in den übrigen Thoregon-Galaxien sowie über das Abkommen mit dem Kosmokraten Hismoom und dessen Prophezeiung eines Jahrtausends der Kriege.

»Es sind zwanzig Schiffe hierher unterwegs«, beendete er seinen Bericht. »Sechs Zweihundert-Meter-Kreuzer und vierzehn Hundert-Meter-Kreuzer. Sie werden im Lauf des Augusts eintreffen.«

»So lange können wir nicht warten. Die ersten Anlagen ›draußen‹ sind bereits irreparabel beschädigt. Von Stunde zu Stunde werden es mehr. Die Tatsache, daß die Nonggo ihre Systeme teilweise in vierfacher Ausführung angelegt haben, hilft nur bedingt. Irgendwann ist die letzte Garnitur im Einsatz, und wenn diese versagt, rettet uns nichts mehr.«

Er berichtete von den Vorsichtsmaßnahmen für die Stadt, den Paratronstaffeln und der Hoffnung, daß das Auseinanderbrechen des Kenteullen-Rades der Schiffbrüchigen Stadt so viel Schub verlieh, daß sie nach oben oder unten ins All driftete, weg von Teuller und den Trümmern. Auf diese Weise würden sie bis zum Eintreffen der Schiffe durchhalten können.

Es war ein schwacher Trost, auch wenn er es den Kalkuttani als Erfolg verkaufte. Die Wahrscheinlichkeit, daß die Stadt im Trümmerregen des Kenteullen-Rades unterging, lag bei annähernd hundert Prozent.

»Wir haben nur eine Chance.« Lentini deutete auf den Pilzdom. »Es muß doch irgendwie zu schaffen sein.«

Perry dachte an die Probleme Bullys auf der Brücke. Der Freund hatte den Ausflug vermutlich nur deshalb überlebt, weil er einen Zellaktivator trug. Der Sechste Bote schüttelte den Kopf.

»Glaubst du, ich hätte euch nicht schon bei meinem ersten Besuch evakuiert, wenn auch nur annähernd die Chance bestünde, daß ihr es überlebt?« fragte er.

Der Polizeichef knirschte mit den Zähnen. »Es zahlt sich nicht aus, mit höheren Mächten zu paktieren«, behauptete er. »Wozu bist du überhaupt hergekommen? Um fromme Worte loszuwerden?«

»Um euch zu helfen. Ich stelle euch mein Wissen und meine Erfahrung zur Verfügung. Sagt mir, wo ich anfangen soll.«

»Das wird Loura Gaikunth entscheiden. Ich kann dazu gar nichts sagen.«

»Bringt mich zu ihr.«

Lentini seufzte.

»Sie und ihre Leute stecken auf der Außenseite des Sphärenrades fest. Bisher hat es kein Gleiter geschafft, dort zu landen. Der COASTER-SJ-1 ist es gelungen, mehrere automatische Landefähren mit Lebensmitteln hinzuschicken. Wie erwartet haben sie alle eine Bruchlandung gebaut. Aber die Lebensmittel sind auf diese Weise immerhin ans Ziel gelangt.«

»Und der Weg zu Fuß?«

»Die Durchgänge durch das Innere des Sphärenrades haben sich in tödliche Fallen verwandelt. Für den Weg außenherum, über den Wulst des Rades, gilt dasselbe. Die starken Verzerrungskräfte machen ein Durchkommen unmöglich.«

»Wir werden einen Weg finden«, beharrte Rhodan.

Drei Tage dauerte es, bis eine Funkverbindung zur COASTER-SJ-1 zustande kam. Die Space-Jet stand zwei Lichtstunden über den Sphärenrädern. Patt Nicholson mußte hilflos mit ansehen, wie sich die Situation im Lebensraum der Nonggo immer weiter zuspitzte. Loura Gaikunth hatte ihm und dem Piloten der BALPIROL-SJ-3 verboten, Risiken einzugehen und sich den Rädern zu nähern. Rhodans Wunsch brachte ihn in Gewissensnöte.

»Es ist vermutlich unsere letzte Chance«, versuchte der Aktivatorträger ihm begreiflich zu machen. »Die technischen Systeme meines Galornenanzugs und des Roboters Moo sind unseren und denen der Nonggo haushoch überlegen. Wir müssen sie einsetzen, solange es noch nicht zu spät ist.«

Nicholson willigte ein. »Halte dich bereit«, sagte er abschließend. »Ich werde dich vor der Stadt auflesen.«

Lentini brachte ihn persönlich hinaus vor die Stadt in ein Camp, das eher an ein Heerlager als an ein Lazarett erinnerte. Bewaffnete Polizisten sicherten es und erweckten den Eindruck, als rechneten sie jederzeit mit einem Angriff.

»Laß dich nicht täuschen«, sagte der Polizeichef zu ihm. »Die Waffen dienen lediglich dem Zweck, im Ernstfall den Anweisungen der Männer und Frauen ein wenig Nachdruck zu verleihen. Die eigentlichen Herren des Camps sind die dort!«

Er deutete auf mehrere Schwärme Medoroboter, die von Zelt zu Zelt flogen und sich um die Verletzten der vergangenen Tage kümmerten. Trotz steigender Vorsichtsmaßnahmen ereigneten sich immer wieder Unfälle. Gebäude stürzten ohne Vorwarnung in sich zusammen, weil die Syntronsysteme ausfielen und die Energie für die Stabilisator-Projektoren der Häuser ausging. Zwei Dutzend Kalkuttani hatten ihr Leben verloren, weil sich unter ihnen tiefe Risse im Boden auftaten und die Antigravprojektoren ihrer Einsatzgürtel versagten. Die Menschen stürzten in die Tiefe. Das Rad verschlang sie.

Die Gefahr durch Erdspalten bedrohte auch das Camp. Aber hier sorgten drei Paratron- und sechs Antigravprojektoren wenigstens für ein bißchen Sicherheit.

Fast alle der noch in der Stadt verbliebenen Bewohner drängten sich auf dem Platz des Bolanpur, den Rhodan nach seiner Ankunft überquert hatte. Einige Menschen begriffen noch immer nicht, warum er gekommen war und wieso er sie nicht einfach über die Brücke mit nach Terra nahm. Sie glaubten, wenn sie ihn nur stark genug bedrängten, funktionierte alles.

Perry brachte Verständnis für sie auf und hielt sie keineswegs für hysterisch. In ihrem Verhalten spiegelte sich all das, was sie in den vergangenen zweieinhalb Monaten erlebt und erduldet hatten.

Weitere vier Tage vergingen, ehe eine kurze Phase relativer Ruhe eintrat und auch die hyperphysikalischen Begleiterscheinungen nachließen.

Perry sah, wie Lentini in das Lager stürmte und auf ihn zuhielt.

»Die Orter der Stadt haben einen verzerrten Funkspruch aufgefangen«, rief er ihm zu. »Nicholson kommt!«

Rhodan hob die Hand zum Zeichen, daß er ihn verstanden hatte. Er wandte sich um und lief zwischen den Zelten hindurch ins Freie. Er wandte sich in Richtung Kenteullen und beobachtete den Himmel.

»Rechne schon einmal damit, daß sich die Stadt in eine fliegende Festung verwandelt«, rief ihm der Polizeichef nach. »Wer zu spät heimkehrt, verpaßt den Anschluß. Willst du nicht lieber hierbleiben?«

Er dachte in den Bahnen der Menschen in der Stadt und auf den Sphärenrädern. Das Prinzip der Pilzdome hatte er noch immer nicht begriffen. Sonst hätte er berücksichtigt, daß es für Rhodan immer eine Möglichkeit des Rückzugs aus dem Teuller-System gab.

»Du begehst einen Denkfehler, Lentini. Die Schiffbrüchige Stadt kann nicht vom Sphärenrad weg in den Weltraum katapultiert werden. Wenn das Sphärenrad zerbricht, bleibt der Pilzdom mit seinem einhundertzwölf Kilometer durchmessenden Sockel an seiner Position zurück und mit ihm Kalkutta-Nord. Hast du daran schon gedacht?«

Der Polizeichef erstarrte. Sein Gesicht verlor jede Farbe und sah übergangslos wächsern aus. Er wollte sich irgendwo abstützen, aber da gab es nichts.

»Nein«, krächzte er. »Das haben wir bisher nicht berücksichtigt.«

»Ihr seid Gefangene des Pilzdoms. Das ist eure Rettung. Ein Teil der Stadt wird die Beben zwar nicht überstehen, aber als Ganzes wird Kalkutta-Nord erhalten bleiben, während sich das Kenteullen-Rad um sie herum in ein paar Milliarden Asteroiden verwandelt. Konfiguriert die Paratrons entsprechend.«

»Du hast vollkommen recht. Ich werde mich sofort darum kümmern.« Er fuhr herum und rannte in Richtung Kalkutta-Nord.

Perry entdeckte den Diskus. Ein orangefarbenes Glitzern, nicht länger als eine halbe Sekunde, verriet die Richtung, aus der er kam. Zu diesem Zeitpunkt hatte die Space-Jet den semimateriellen Schmiegschirm bereits durchdrungen und sank der Innenseite des Sphärenrades entgegen. Sie beschrieb eine gefährliche Kurve herab zum Boden, schoß in ungefähr zwanzig Metern Höhe dahin und stieg wieder aufwärts.

Rhodan spürte den leichten Ruck des Traktorstrahls. Er hob ihn hoch und zog ihn hinter dem Diskus her in den Himmel hinauf. Es ging alles gut. Perry erreichte die Bodenschleuse, die sich sofort hinter ihm schloß. Der Zugstrahl setzte ihn sanft auf den Boden.

»Über uns toben schon wieder Energiegewitter«, hörte er Nicholson sagen. »Es sind die Vorboten des Unheils.«

Der Unsterbliche betrat den Antigravschacht und schwebte hinauf in die Steuerkanzel. Die Space-Jet raste parallel zur Rotationsachse des Sphärenrades davon und durchstieß erneut den Schirm.

Patt Nicholson deutete zur durchsichtigen Kuppel des Diskus hinaus, wo grelle Blitze über den Himmel zuckten. »Wir wissen nicht, wie es funktioniert. Aber diese Entladungen beziehen ihre Energie aus den Speichern des Sphärenrades. Je schneller sie leer sind, desto früher geht diese Welt unter. Es ist wie verhext. Da sitzen auf dem Sündenrad ein paar tausend Nonggo, die in ihrer Rolle als Sündenträger langjährige Übung in der Abstinenz von den Neuronen besitzen. Wir brauchten sie nur abzuholen und auf die einzelnen Räder zu verteilen. Ihr Wissen könnte ausreichen, um die Katastrophe abzuwenden. Aber jedesmal, wenn wir die Bahn des elften Rades hinter uns lassen und das Sündenrad anfliegen, ist es, als prallten wir gegen eine Mauer. Die Antriebssysteme der beiden Jets versagen einfach.«

Perry setzte sich in den Sessel neben ihm. »Du meinst, es ist die Fabrik?«

»Was sonst. Rein optisch ist die Kosmische Fabrik verschwunden. Aber ich gehe jede Wette ein, daß sie noch da ist. Der Scheißkerl will die Sphärenräder platzen sehen.«

Auf Rhodans Stirn erschien eine einzelne, steile Falte. Wer ihn kannte, wußte, daß sie ein Ausdruck seines Unwillens war. Nicholson beachtete sie nicht.

»Alle Diener der Materie haben sich an die Abmachung gehalten«, antwortete Perry. »Davon habe ich mich vor wenigen Tagen persönlich überzeugt. Selbst Torr Samaho, dessen Fabrik MATERIA wir zerstört haben, verschwand auf Nimmerwiedersehen. Warum also sollte ausgerechnet Parr Fiorano ...«

»Festhalten!« zischte Patt Nicholson.

Instinktiv klammerten sich Rhodans Finger um die Armlehnen des Sessels. Der Pikosyn fuhr die Leistung des Individualschirms auf Höchstleistung.

Der Diskus hatte einen weiten Bogen über dem Sphärenrad beschrieben und kehrte jetzt zu dem künstlichen Gebilde zurück. Erste Verzerrungen innerhalb des Schmiegschirmes deuteten auf unkontrollierte Schwerkraftphänomene hin. Die Anzeigen der Ortung schnellten ruckartig hoch und näherten sich dem roten Bereich. Ein Sog erfaßte das Fahrzeug und riß es mit sich. Der »Horizont« der Jet, wie man den Rand des Diskusschiffes im Raumfahrerjargon nannte, senkte sich gefährlich dem riesigen Ring aus Gestein entgegen, der rasend schnell näher kam.

Weitläufige Gebäudeareale auf der Außenseite des Sphärenrades gerieten in Perrys Blickfeld. Dort standen die Maschinen, die das Chaos erzeugten. Abschalten konnte man sie nicht, ohne das Rad zu gefährden. Ein behutsames, kontrolliertes Zurückfahren ließ sich in der augenblicklichen Situation ebenfalls kaum bewerkstelligen. Versuche, die Nonggo aus ihrer Erstarrung zu holen, gelangen höchst selten. Ein einzelner Nonggo benötigte Tage oder Wochen, um sie mit den wichtigsten Mechanismen der Bedienung vertraut zu machen. So lange hielt er selbst kaum durch, und bis dahin war es vermutlich für eine Lösung zu spät.

Wenn etwas half, dann nur schnelle, gezielte Eingriffe an bestimmten Teilen des Netzes.

Draußen stoben Funken. Feuerlohen irrlichterten in alle Richtungen. Grünliches Licht breitete sich träge wie Sirup nach allen Seiten über die Kanzel aus. Die Farbe gehörte zum Hochenergie-Überladungsschirm der Space-Jet. Der HÜ fräste einen regelrechten Kanal in das Schirmfeld über dem Rad. Die Beschleunigung der Space-Jet lag dreißig Prozent über dem zulässigen Wert.

Die Konstruktion dröhnte und zitterte bis in die letzte molekulare Schweißnaht. Hunderte von Kontrollampen flammten auf und verkündeten ihre unheilvollen Botschaften.

Die Belastung der Andruckabsorber stieg innerhalb von Sekunden auf hundertfünfzig Prozent. »Bodenabstand hundertzehn Meter«, meldete der Steuersyntron der Space-Jet.

Der Rand des kleinen Schiffes senkte sich tiefer und tiefer. Übergangslos lasteten achtzig Gravos auf dem Schiff. Die Absorber meldeten drohende Überhitzung und Explosionsgefahr.

Der Andruck wich. Die bordübliche Schwerkraft von einem Gravo kehrte zurück. Die Space-Jet vibrierte und wakkelte wie ein altertümliches Düsenflugzeug, das sich bei starken Turbulenzen hinab auf einen Flughafen senkte.

Das Rad füllte jetzt das gesamte Blickfeld aus und raste scheinbar auf die Kanzel der Jet zu. Die Antriebssysteme im Maschinenraum ließen ein schrilles Singen hören.

»Achtzig Meter Höhe«, meldete der Syntron.

Der Diskus sackte weiter durch. Irgendwo in seinem Innern knirschte es.

Noch zwanzig Meter.

Wir prallen auf den Rand, durchzuckte es Perry.

Übergangslos sank die Schwerkraft auf Null. Die einsetzende Fliehkraft drückte das Beiboot der COASTER vom Sphärenrad weg. Der Steuersyntron fuhr die Prallfeldsysteme hoch und beschleunigte. Wie durch zähen Gummi arbeitete sich die Jet vorwärts. Die Schiffszelle ächzte und stöhnte. Der Diskus schoß über den Rand des Sphärenrades.

Nach zehn Sekunden setzte die Schwerkraft wieder ein. Drei Meter über dem Boden schaltete das Sicherheitsprogramm den Antrieb ab und lenkte die Energien auf den Schutzschirm. Die Jet sackte durch. Sie fiel in den staubbedeckten Boden und pflügte ihn zwei Kilometer weit um, bis sie zum Stillstand kam.

Der Syntron fuhr Bodenanker aus, die sich ins Gestein bohrten und den Diskus festhielten.

Patt Nicholson fuhr die Systeme herunter und schwenkte seinen Sessel herum. In dem blassen, verschwitzten Gesicht hinter der Helmscheibe entdeckte Perry die Andeutung eines Grinsens.

»Das ist meine erste Landung auf einem dieser verrückten Räder«, sagte Patt. »Überhaupt ist es das erste Mal seit Ende April, daß ein Fahrzeug beim Landeanflug auf das Kenteullen-Rad nicht zerschellt. Gehen wir.« Er löste die Gurte und deutete zum Antigrav. Er war abgeschaltet, sie mußten die integrierte Leiter benutzen. »Der nächste Eingang in die Teknon-Area liegt ungefähr einen halben Kilometer entfernt. Wir sollten zusehen, daß wir den Marsch dorthin überleben. Die Ausrüstung wartet im Lagerraum vor der Seitenschleuse auf uns.«

Sie schleusten aus und schulterten die überdimensionalen Tornister mit der Ausrüstung. Per Funkbefehl verschloß Patt Nicholson das Schiff.

»Eines ist sicher«, sagte er. »Ich starte erst wieder, wenn die Probleme mit den Gravitationserzeugern beseitigt sind.«

Mikrogravitatoren und Andruckabsorber funktionierten nicht. Unter der Last von vier Gravos marschierten sie los. Der Boden unter den Stiefeln der beiden Männer zitterte. In unregelmäßigen Abständen knirschte das Gestein. Perry beobachtete die dünne Staub- und Sandschicht, in der es wogte und arbeitete, als wälzten sich Tausende von Würmern in ihr.

»Die Phänomene wechseln sich immer schneller ab«, sagte Nicholson. »Das ist kein gutes Zeichen. Leider erhalten wir seit Wochen keine Funksprüche mehr aus den technischen Anlagen der Räder. Wir wissen nicht, ob die Teams Fortschritte machen oder nicht.« Er deutete auf einen einsamen Felsblock voraus. »Dort liegt unser Ziel.«

Die Gravitation stieg sprunghaft auf sechs Gravos und drückte ihre Stiefel tief in den weichen Boden. Unter Aufbietung aller Kräfte schleppten sie sich ihrem Ziel entgegen.

Der Eingang befand sich auf der ihnen abgewandten Seite des Monolithen. Die Schleuse stand offen, dahinter war es dunkel. Loura Gaikunth und ihre Mitarbeiter hatten die Energiezufuhr abgeschaltet. Da die Steuersysteme nicht zuverlässig arbeiteten, war das sinnvoll. Ansonsten hätten ihnen die Anlagen unter der Oberfläche des Sphärenrades leicht zum Grab werden können.

»Außer Teknon gibt es vierzig weitere Anlagen in der Tiefe«, fuhr Nicholson fort. »Sie beherbergen die Systeme der Sicherheitsstufe eins, zum Beispiel die Materieverdichter und die Hauptspeicher für die Einlagerung von Hyperenergien. Der Gesteinsmantel des Rades schirmt sie auf natürliche Weise ab. Ohne diesen Schutz wären die Speicher längst explodiert. Es hätte das Sphärenrad zerrissen.«

Perry stellte sich vor, daß er aus dem Pilzdom trat und nur noch der 112 Kilometer durchmessende Sockel übrig war, auf dem der Pilzdom und Kalkutta-Nord standen. Es war ein furchtbarer Gedanke.

Daß es nicht so weit kam, dazu wollte er mit Hilfe seines Wissens und seines Galornenanzugs beitragen.

Nicholson schaltete die Helmlampe an und leuchtete in den Schacht hinab. Ein armdickes Tau hing darin und reichte bis zum Grund.

»Hohen Gästen lassen wir immer den Vortritt«, entschied er und machte Rhodan Platz.

8.

Gegenwart: Wettlauf mit der Zeit

Mit ihren behelfsmäßigen Plastikkappen sahen die Gläsernen Türme des Verwaltungszentrums Upjhar ausgesprochen häßlich aus. Lentinis Leute hatten die beschädigten Teile der Gebäude gesprengt und die elastische, nach Öl riechende Schutzverkleidung darauf gesetzt. Keines der Gebäude war noch höher als zwanzig bis fünfundzwanzig Stockwerke.

Trini störte sich längst nicht mehr daran. Die Überzieher hielten die Stürme ab, die hin und wieder durch die Stadt brausten. Die Hauptsache war sowieso, daß die Arbeit in den Kelleretagen reibungslos vonstatten ging. Seit Mitte Mai arbeiteten die Männer und Frauen in vier Schichten rund um die Uhr. Ununterbrochen liefen Tests mit den Chips. Dreimal am Tag brachten Kuriere die Ergebnisse nach Karabani. In der umfunktionierten Syntron-Fabrik produzierten zwei kleinere Anlagen die neuen Prototypen und unterzogen sie einem Belastungstest. Anschließend transportierten Techniker die Chips in abgeschirmten Behältern zurück ins Zentrum.

Es war ein Wettlauf mit der Zeit und gegen den Zynismus des Dieners der Materie in seiner Kosmischen Fabrik. Sie hing irgendwo unsichtbar im All und versetzte den Sphärenrädern immer neue Nadelstiche.

Ist es wirklich Parr Fiorano mit seinem Riesenkasten? fragte Trini sich. Sie bezweifelte, daß sie so schnell eine Antwort auf diese Frage erhalten würde. Anfang Juni hatten sie endlich Kontakt zu den beiden Space-Jets erhalten und ihnen den Auftrag erteilt, nach dem Verbleib des gewaltigen Raumfahrzeugs zu forschen. Bisher wußte man auf der Innenseite des Kenteullen-Rades nicht, ob schon ein Ergebnis vorlag. Seit vier Wochen hatte es keine einzige Funkverbindung mehr mit dem Weltall oder der Außenseite des Rades gegeben.

Trini betrat das Gebäude und suchte das Hauptlabor im Keller auf. Ganz hinten, getrennt durch einen Vorhang, lag Fharen Loy Meved in einem Warmluftbett. Sein Atem ging gleichmäßig. Die Hände hielt er in menschlicher Manier über der Brust gefaltet. Ab und zu zuckte es in seinem Gesicht. Dann wirbelte das Chaos in den Neuronen seinen Geist über alle Maßen durcheinander.

Jedesmal, wenn sich das Chaos vor allem des Makro-Neurons neu aufschaukelte, bangte Trini um sein Leben. Anfangs hatte sie versucht, sein Bewußtsein abzuschirmen. Es war ihr nicht gelungen. Die Datenübertragung zwischen dem SBS-Chip in seinem Gehirn und den Neuronen funktionierte trotzdem.

Den Gedanken, ihm den Chip zu entfernen, hatte sie schnell fallenlassen. Es wäre seinem Todesurteil gleichgekommen. Die Bindung an den Chip machte einen wichtigen Teil seines Lebens aus.

Nein, sie konnten nichts tun. Sie mußten zusehen, wie er litt. Und manchmal, wenn sie ihn dringend brauchten, reizten sie seine Synapsen derart, daß er aus dem komaähnlichen Zustand erwachte.

Zu oft durften sie auch das nicht praktizieren. Es brach seinen Schutzmantel auf, den sein Bewußtsein gegen die Neurone errichtet hatte. Der Schock konnte zum Wahnsinn oder zum Tod führen.

Und ohne Fharen Loy Meved ... Trini wagte fast nicht, den Gedanken zu Ende zu führen. Der Nonggo stellte ihre einzige Hoffnung im Kampf gegen die Kosmische Fabrik und das Chaos auf den Sphärenrädern dar.

Der Medoroboter am Fußende des Bettes nannte ihr die Körperwerte des Bewußtlosen. Sein Körpergewicht lag bei dreißig Kilogramm. Damit war er, vom physiologischen Standpunkt aus gesehen, außer Lebensgefahr. Der Roboter führte regelmäßig zwanzig verschiedene Vitamine und über hundert Spurenelemente zu. Sie kräftigten die Organe, sorgten für eine ideale Verteilung des Sauerstoffs im Blut und bewirkten eine gleichmäßige Ausbreitung der im Gehirn erzeugten Wärme.

Die Metallhaube am oberen Ende des Bettes diente für Notfälle. Sie kühlte den Kopf und seinen Inhalt auf zwanzig Grad herunter und verhinderte einen Hirnschlag. Lamellen am Luftbett sorgten dafür, daß sich die Hitze nicht einfach nur in den Rumpf verlagerte.

»Heute brauchen wir dich nicht«, sagte Trini Madang leise. Sie warf dem Liegenden einen letzten, nachdenklichen Blick zu und kehrte ins Hauptlabor zurück.

Der koordinierende Syntron stand in einer Bleikammer, abgeschottet von den chaotischen Einflüssen des Sphärenrades. Auf diese Weise schützten sie ihn allerdings nur gegenüber den Einflüssen des Einsteinschen Kontinuums. Im Bereich der Hyperstrahlung mußten sie mit Störungen rechnen, sobald die Phänomene auf den Sphärenrädern wieder zunahmen.

Bis dahin wollte Trini es geschafft haben.

Verbissen stürzte sie sich in die Arbeit. Neben der akustischen Kommunikation nahm sie manuelle Eingaben vor. Mehrere Hologramme leuchteten auf. Sie zeigten die aktuellen Flußdaten des Chips, seiner Aufsätze und der Konnektoren. Dazwischen hing groß und beeindruckend das gezoomte Abbild des N-223.

Ihre Augen brannten wie jedesmal, wenn sie die Vergrößerung des winzigen Chips in der Holographie betrachtete. Er ähnelte einem Backstein von braunroter Farbe. Die winzigen Konnektor-Stacheln auf seiner Oberfläche zählten nach Millionen. Dazwischen glänzten blauschwarze Punkte, ebenfalls in einer Größenordnung von 10 hoch 6. Das waren die Enden der Mikrolamellen. Sie bildeten den Hardware-Teil des Dämpfungssystems. Sie filterten den schier unendlich großen Datenfluß und reduzierten ihn auf ein Hundertmillionstel. Gleichzeitig sorgte die integrierte Steuersoftware dafür, daß der Datenfluß permanent auf einem Level lag, der Menschen die Konfrontation mit der Datenflut erträglich machte.

Seit Anfang Juni funktionierte die Dämpfung zufriedenstellend. Die vergangenen Wochen hatten die Wissenschaftler und Techniker damit verbracht, das Prinzip weiter zu verfeinern. Ein Einsatz kam nur in Frage, wenn für die Testpersonen keine Gefahr bestand.

Der auf Nonggo-Technik basierende Nano-Chip veränderte nicht nur die Medizintechnik, sondern auch den Menschen. Er revolutionierte die menschliche Gesellschaft. Zum ersten Mal erhielt ihre Spezies die Möglichkeit, sich freiwillig und für einen selbst zu bestimmenden Zeitraum in ein gewaltiges Daten- und Lebensnetz einzuklinken und Bestandteil davon zu werden – die perfekte Integration kennenzulernen. Die Menschen mußten dazu weder ihren Lebensstil noch ihre Identität aufgeben. Sie nahmen Anteil an etwas, das andere geschaffen hatten. Als Gäste weilten sie darin und verabschiedeten sich nach einer Weile wieder.

Es brachte Menschen und Nonggo einander auf eine Weise näher, wie sie es allein über die akustische Kommunikation und den Austausch von Daten und Kulturgütern nie geschafft hätten.

Die Erfahrungen der ersten »Neuron-Wanderer« würden sich schnell herumsprechen und helfen, die Vorbehalte jener abzubauen, die sich bisher gegen eine solche Revolution aussprachen.

Der Syntron meldete, daß der Zehn-Stunden-Scan des N-223 beendet war. Der Chip stand bereit für den ersten Netztest.

Die Neurologin zog sich eine Jacke über und betrat die Bleikammer. Drinnen war es kalt, gerade mal fünfzehn Grad. Trini Madang aktivierte das Terminal und schickte einen Kodeimpuls durch das Netz.

Pen und Hernaño meldeten sich von zwei Hauptknoten des Upjhar-Netzes. Sie gaben den Datenverkehr frei.

Trini vergaß die Welt um sich herum mit allen ihren Problemen. In ihren Schläfen pochte das Blut.

»Test läuft«, meldete der Syntron.

Ihr Blick fraß sich am Hologramm mit den Anzeigen fest.

Zwei Millionen unterschiedliche Datensätze eilten mit Lichtgeschwindigkeit durch das Netz. Gebündelt in handliche Pakete, simulierten sie einen regen Datenaustausch.

In den Netzen der Nonggo lag der Wert weitaus höher. Ein Makro-Neuron transportierte Trillionen von Informationen und alle zur selben Zeit. Sie eilten zwischen den einzelnen Netzknoten hin und her. Von diesen gab es Millionen, die Nonggo nicht mitgerechnet. Jeder von ihnen bildete einen zusätzlichen Knoten.

Die Steuerung des SBS-Chips durch das Gehirn bewirkte, daß nur die Informationen ans Ziel gelangten, die auch benötigt wurden. Das von der Kosmischen Fabrik angerichtete Chaos führte zu einer heillosen Überlastung des Chips. Der Selektionsmechanismus versagte. Alle im Neuron vorhandenen Informationen brachen gleichzeitig über das Nonggo-Bewußtsein herein.

In dieser Situation zeigte sich, daß diese Wesen so etwas wie einen Sicherheitsmechanismus besaßen. Er wirkte nicht hundertprozentig, aber er verhinderte immerhin den sofortigen Tod. Das Gehirn schaltete sich ab. Es versank in einer Art künstlichem Koma, wodurch es dem Hirnschlag vorbeugte. Gleichzeitig sammelte es um den SBS-Chip herum Wasser an, das für eine Kühlung der integrierten Schnittstelle sorgte.

Da der Körper keine Befehle mehr vom Gehirn erhielt, erstarrte er zur Reglosigkeit. Die Funktionen der Organe sanken auf ein Minimum herab.

N-223 stimmte im wesentlichen mit dem SBS-Chip überein, adaptiert an den Neuronenfluß des menschlichen Gehirns und dessen elektrische Spannung. Bei der Konstruktion hatten sie vor allem berücksichtigen müssen, daß das menschliche Gehirn kleiner und energetisch empfindlicher war als das eines Nonggo. Der Neuronenfluß funktionierte langsamer und auf einem niedrigeren Energielevel.

Der Test zeigte, daß die vorgegebenen Werte stimmten. N-223 verarbeitete alle Daten korrekt. Der Syntron, der die Funktionen des menschlichen Gehirns simulierte, meldete keinerlei Störungen. Die Dämpfung funktionierte in der erwarteten Weise.

»Flußgröße erhöhen«, ordnete Trini an. »Auf zehn Millionen Datensätze.«

Wieder lief das komplette Testprogramm ab. Anschließend erhöhten sie auf fünfzig Millionen, dann auf hundert und zweihundert Millionen. Alle Testdurchläufe lagen über dem Wert, den ein menschliches Gehirn verkraftete. Die eingebaute Dämpfung funktionierte noch immer. Die Gehirnsimulation zeigte keine Überreizung. Auch die Temperatur blieb konstant. Der Syntron speicherte die willkürlich gelieferten Daten.

Es fand keine Auswahl statt. Welche Daten im Gehirn landeten, hing vom Zufallsprinzip ab. Hier sahen die Wissenschaftler und auch Fharen Loy Meved ein Problem. Ohne Übung würde kein Mensch es fertigbringen, den Chip so zu beeinflussen, daß er ausgerechnet die Informationen durchließ, mit denen sein Träger etwas anfangen konnte oder die er dringend benötigte.

Trotz der schlechten Erfahrungen mit der opto-akustischen Simulation kamen sie nicht um Übungsstunden mit dem syntronischen Mikro-Neuron des Gläsernen Turmes herum.

»Das ist es«, sagte sie, als der Test nach dreieinhalb Stunden endete. »Das muß es einfach sein.«

Die erwartete Euphorie wollte sich aber nicht einstellen. Zu weit waren sie noch vom eigentlichen Einsatz entfernt. Und zu nah rückten die gefährlichen Einschläge, die das Sphärenrad nach jeder Phase relativer Ruhe produzierte.

Sie lagen nebeneinander auf zwei Pneumokissen. Sören grinste aufmunternd und wischte sich gleichzeitig winzige Schweißperlen von der Stirn.

»Ich dachte, daß es einfacher sein würde«, meinte er leise. »Offenbar habe ich mich getäuscht.«

Trini versuchte in seinem Gesicht zu lesen. Sie schaffte es nicht. Der alte Mann strahlte Zuversicht und Optimismus aus, wie sie ihn seit Wochen an keinem Kalkuttani mehr beobachtet hatte.

»Hast du Probleme mit der Konzentration?«

Er schüttelte den Kopf. »Mit der Erinnerung. Es ist, als habe sie in den Tiefen meines Unterbewußtseins auf diesen Zeitpunkt gelauert.«

»Dann laß sie raus. Rede dir alles von der Seele, was dich bedrückt oder bedrängt.«

Sören Bornegod erzählte von jener Zeit, als er ein junger Mann voller Tatkraft und Energie gewesen war. Sie hatten ihn zum König über Nordeuropa gewählt, und er hatte auf seinem Thron gesessen und hatte die Huldigungen der Menschen entgegengenommen. Das Regieren war ihm leichtgefallen. Den Menschen ging es gut, die Natur versorgte sie reichlich mit allem, wovon sie träumten. Selbst Früchte von fernen Planeten gediehen in Skandinavien prächtig. Obst und Gemüse wuchsen den Menschen buchstäblich in den Mund. Es war wie im Schlaraffenland.

Bis eines Tages die Folie auf der Innenseite seines linken Handgelenks abfiel, ein Produktionsfehler, wie er im nachhinein erfuhr. Abrupt stürzte er aus dem Traum in die Wirklichkeit und entdeckte, daß er gar nicht der Regent und Liebling der Menschen war, für den er sich hielt. Sein Körper war abgemagert bis auf die Knochen und wund. Er lag in einer Lache aus dünnem Kot. Die Kleider waren ihm längst vom Leib gefault. Ein Automat versorgte ihn mit dem Nötigsten, um wenigstens seine organischen Funktionen am Leben zu erhalten.

Sein Leben erwies sich als Traum, gesteuert von der Lenkzentrale auf dem Saturnmond Titan, von wo aus Monos alias Pedrass Foch die Menschheit regierte.

Sören gelang es, sich dem Zugriff der Schergen und Traumwächter zu entziehen. Er lebte im Untergrund bis zu jenem Tag, als Perry Rhodan und seine Getreuen Monos töteten und die Menschheit im Solsystem befreiten. Erst wollte er gar nicht glauben, daß die Qualen vorbei waren. Psychologen nahmen sich seiner an und halfen ihm, über die bittere Erkenntnis hinwegzukommen. Sie heilten seine Seele und ermöglichten es ihm, sein Leben dort fortzusetzen, wo er es vor der Vergewaltigung durch das Simusense-Netz verlassen hatte. Seine Angst, ein psychisches Monstrum mit Herrscherallüren zu werden oder zu bleiben, erwies sich als unbegründet. Er ergriff einen Beruf und führte ein Leben, wie es seinem Naturell entsprach, und war glücklich. Zum ersten Mal in seinem Leben richtig glücklich.

Trini lauschte seiner immer leiser werdenden Stimme. Sören schlief ein. Auf seinem Gesicht zeichnete sich Zufriedenheit ab. Er würde die Erinnerung daran nie verlieren, denn es hatte sich ihm unauslöschlich in die Seele eingebrannt. Aber es behinderte ihn nicht mehr. Nicht jetzt in dieser Situation.

Leise sagte sie: »Syntron, du kannst anfangen.«

Sören würde die Simulation nachholen, sobald er erwachte.

Der Vorgang unterschied sich nicht von dem, was sie Ende April erlebt hatte. Ein energetischer Helm um ihren Kopf projizierte Bilder und Filme auf ihre Netzhaut. Akustikfelder wirkten unmittelbar auf die Schnecke und den Hörnerv und erzählten Geschichten zu dem, was sie sah. Nach und nach erhöhte sich die Geschwindigkeit von Bild und Ton, bis sie den für Trini erträglichen Level erreichte.

Aufmerksam nahm sie die Daten aus der jüngsten Zeit in sich auf. Sie befaßten sich mit den Maßnahmen, die das Zusammenwachsen zwischen den beiden Völkern auf dem Kenteullen-Rad fördern sollten. Die Informationen stammten aus dem Netz des Nonggo. Trini entdeckte persönliche Notizen Fharen Loys, die das gemeinsame Projekt betrafen. Sie erfuhr die Hintergründe, wieso ausgerechnet ein junger Wissenschaftler wie er mit dem Projekt betraut worden war.

Trini erlebte eine jener merkwürdigen Parallelitäten von Ereignissen. Da lebten zwei völlig verschiedene Wesen in unterschiedlichen Kulturen und beschäftigten sich gleichzeitig mit ein und derselben Frage: Wie bringe ich beide Seiten einander auf sinnvolle Weise näher?

Über das Wie waren sie sich seit über einem Jahr einig. Das Warum bestritt auch keines der Lebewesen auf dem Sphärenrad. Daß sich das gemeinsame Projekt schnell zu einem Rettungsanker für das gemeinsame Überleben entwickeln könnte, hatte niemand auch nur ahnen können.

Trini schob die Gedanken hastig zur Seite und richtete ihre Aufmerksamkeit auf die steigende Informationsfülle. Sie stammten aus verschiedenen Syntrons innerhalb des Gebäudes. Der Syntron projizierte ein Schema auf ihre

Netzhaut. Sie erkannte ein Spinnengewebe aus dicken und dünnen Fäden. Sie waren blau oder rot. Rot stand für Befehl, Blau für Information. Eine leise Stimme erläuterte die Struktur des syntronischen Mikro-Netzes innerhalb des Gebäudes. Sie stimmte nicht mit den wirklichen Verhältnissen überein. Diese waren lange nicht so kompliziert. Es handelte sich um ein Abbild eines Mikro-Neurons der Nonggo in vereinfachter Form. Dicke Fäden markierten die Hauptstränge des Datenflusses, dünne die Nebenstränge. Im Unterschied zum Syntronverbund des Forschungsprojekts existierte kein Zentralrechner, der das System steuerte und überwachte. Die Hauptstränge mit ihren Informationsknoten und den Tausenden von Schnittstellen funktionierten gleichberechtigt nebeneinander, fein säuberlich in Befehls- und Informationsströme getrennt.

Trini entdeckte einen winzigen gelben Punkt. Die Stimme in ihrem Innenohr flüsterte ihr zu, daß es sich um ihre eigene virtuelle Position handelte. Ein violetter symbolisierte Fharen Loy Meved. Sekunden später leuchteten zwanzig weitere Punkte in hellem Grün auf. Das waren Mitarbeiter in verschiedenen Stockwerken von Turm Vier, die sich ebenfalls der Trainingssimulation anvertrauten.

»Schick eine Information an Fharen Loy Meved«, forderte der Syntron sie auf. »Beschreibe den Weg, den sie nehmen soll.«

Trini tat es. Der Syntron gab sich damit nicht zufrieden. Er richtete ihre Aufmerksamkeit auf drei der gelben Punkte.

»Alle diese Wege sowie die direkte Verbindung zum Nonggo sind unterbrochen. Suche einen anderen Weg.«

In dem Gewirr aus dicken und dünnen Fäden war es nicht einfach. Auf die Befehlsstränge ausweichen konnte sie nicht, es gab keine Schnittstellen, auch wenn die Projektion auf ihrer Netzhaut den Eindruck erweckte.

Trini fand ihn mühsam heraus und beschrieb ihn.

»Geh zu den drei gelben Punkten und identifiziere sie.«

Die Aufforderung war abstrakt. Da die Punkte keine Kennung besaßen, konnte sie höchstens raten, wen sie darstellen sollten. Der Syntron erwartete auch nicht wirklich eine Antwort darauf. Es ging ihm lediglich darum, auf die Möglichkeiten im Neuron aufmerksam zu machen.

Trini sprach die Punkte nacheinander akustisch an.

»Nachbar links oben, wie heißt du?«

»Pen Stobbe«, antwortete der Syntron. »Und wer bist du?«

Gleichzeitig mit ihrer Antwort erloschen die Bilder auf ihrer Netzhaut. Die Stimme im Innenohr verstummte.

Trini erschrak. Einen Augenblick lang glaubte sie, erneut blind und taub geworden zu sein. Dann nahmen ihre Augen die Regenbogenfarben des Helms und die Umgebung des Hauptlabors wahr.

»Lentini hat Alarmstufe Rot ausgelöst«, sagte der Syntron. »Verlaßt sofort die Gebäude und begebt euch ins Stadtzentrum.«

Von draußen drang das Wimmern der Sirenen bis in die Kelleretagen herab.

Trini sprang auf. »Laßt alles stehen und liegen.« Sie weckte Sören und kümmerte sich um Fharen Loy.

Das Hauptlabor leerte sich in Sekundenschnelle. Dicht hintereinander hasteten die Männer und Frauen den Korridor entlang und die Treppen hinauf. Mehrere Bodenfahrzeuge näherten sich und nahmen sie auf. Sekunden später befanden sie sich bereits auf dem Weg zum Platz des Bolanpur.

Oberhalb des Verwaltungsbezirks rückten die Gebäude auseinander und machten dem Himalaya Boulevard mit seinen bizarren Bauwerken Platz. Die Prachtstraße ermöglichte einen Blick bis zum nordwestlichen Stadtrand.

»Die Skyline!« Die Männer und Frauen stöhnten auf.

Als zöge jemand einen Vorhang vor, verschwanden die Türme und Wolkenkratzer.

Trini nestelte an ihrem Armband. Es rutschte ihr unter den Fingern weg und wäre beinahe dem Nonggo ins Gesicht gefallen, der neben ihr auf einer Liege ruhte. Es dauerte eine Ewigkeit, bis sie das Funkgerät endlich justiert hatte.

»... Ursache unbekannt«, hörte sie Lentini sagen. »Gravitationsstörungen liegen keine vor. Das Phänomen ist unheimlich. Möglicherweise besitzt es eine sechsdimensionale Komponente. Unsere Orter versagen auf ganzer Linie.«

Ganze Häuserzeilen lösten sich übergangslos in nichts auf. Sie waren weg – hörten einfach auf zu existieren. Innerhalb weniger Sekunden verschwand ein ganzes Stadtviertel. Die Skyline im Nordwesten fehlte.

Dunkelrote Blitze zuckten über den Himmel, wie Trini sie auf dem Sphärenrad noch nie beobachtet hatte. Nach und nach erhielten sie einen violetten Schimmer. Grellweiße Leuchtbänder fächerten herab zum Boden und verteilten sich über der Stadt.

»Entfernung zehn Kilometer«, fuhr Lentini fort. »Das Phänomen kommt näher.«

Wieder löste sich ein Stück der Stadt auf. Trini sah immer nur den Teil, den die Straßenschluchten erkennen ließen. Dort, wo bisher Wolkenkratzer, Pyramiden und Türme gestanden hatten, zuckten die Blitze am Himmel des Sphärenrades.

»Noch acht Kilometer. Es kommt näher.« Lentini keuchte.

»Lentini, das ist ein Strukturriß«, sagte Trini. »Er verschlingt die Stadt und reißt uns in den Hyperraum. Ich glaube nicht, daß der Platz des Bolanpur uns schützen kann.«

Ein Riß im Raum-Zeit-Kontinuum bedeutete höchste Gefahr für das Sphärenrad. Er verschlang die Stadt, vielleicht das ganze Rad. Dagegen half kein Paratronschirm.

Kalkutta-Nord landete in einer anderen Dimension, im Hyperraum oder in einem anderen Universum.

Als wenn das Riff Kenteullen-Rad nicht genügt hätte.

Hätten die Gravitationskräfte der Nonggo-Anlagen Kalkutta-Nord jetzt ins All katapultiert, wäre es ihr egal gewesen. Sie hätte es als unumkehrbares Schicksal akzeptiert.

Das hier war jedoch schlimmer als alles andere, was sich ihre Phantasie bisher ausgemalt hatte.

Und sie bekamen es nicht in den Griff. Die Kalkuttani in ihrer gestrandeten Stadt wußten zuwenig von der Technik des vierten Thoregon-Volkes, um gezielt eingreifen zu können. Wie Blinde tappten sie durch die Anlagen auf der Außenseite des Sphärenrades. Überall trafen sie reglose Nonggo, die zu keiner Auskunft fähig waren.

Trini glaubte nicht mehr daran, daß sie die Katastrophe mit herkömmlichen Mitteln bewältigten. Sie kannte nur einen einzigen Nonggo, der in der Lage war, seinen implantierten Chip so weit zu beherrschen, daß er sich von den alles überlagernden Eindrücken der Neuron-Netze lösen und die nötige Distanz herstellen konnte. Down Kempesch Kort, der Vierte Bote von Thoregon. Als Neugeborener hatte er den Chip nicht vertragen und deshalb die ersten drei Lebensjahre ohne Kontakt zu einem Neuron verbracht. Erst danach war es den Medizinern gelungen, seine immunologische Behinderung zu beseitigen.

Kort war als einziger Nonggo mit dem Leben außerhalb der Neurone vertraut. Die Kalkuttani suchten den Vierten Boten überall, aber seit seinem Verschwinden Mitte April hatte ihn keiner mehr gesehen.

Durch einen zufällig aufgefangenen Funkspruch wußte man in Kalkutta-Nord wenigstens über seine Absichten Bescheid. Kort hatte den Diener der Materie in seiner Kosmischen Fabrik aufsuchen wollen, um mit ihm über das Schicksal der Nonggo zu verhandeln. Er tat es in dem Bewußtsein, daß ein solches Wesen nicht mit sich handeln ließ, sondern seine Ansprüche diktierte. Kort wollte ihn ködern und ihm seine Existenz gegen die seines Volkes anbieten.

Die Vorstellung, einen Boten Thoregons in seine Hände zu bekommen, mußte für jeden Diener der Materie mehr als reizvoll sein. Es stand zu befürchten, daß Down Kempesch Kort an Bord der Kosmischen Fabrik gegangen und zusammen mit ihr verschwunden war.

»Verdammtes Sphärenrad«, knurrte Lentini im Funkgerät. »Am besten sprengen wir es in die Luft, damit wir genügend Schub für …«

Die unbegreifliche Erscheinung blendete ein weiteres Stück der Stadt aus und brachte ihn zum Verstummen. Trini hörte, wie seine Fäuste gegen Metall hämmerten.

»Lentini, wie groß ist der Abstand zu Karabani?«

»Etwa zwanzig Kilometer. Die seitliche Ausdehnung des Phänomens ist gering. Es wandert keilförmig in Richtung Zentrum.«

Der Boden unter den Fahrzeugen ruckte zur Seite. Die Männer und Frauen stolperten gegeneinander.

»Die Stadt verschiebt sich«, kommentierte Lentini mit tonloser Stimme. »Wir haben zwei Gleiter verloren. Die Gebäude haben sie mit einem einzigen Seitenschwenk zertrümmert.«

Der Untergrund zitterte. Erst erinnerte es an die Arbeit eines riesigen Preßlufthammers, der den Boden aufriß. Dann ging es nach und nach in ein Hin- und Herschwingen über. Parallel dazu verwandelte sich die Stadt in ein raunendes, knisterndes Gebilde.

Das Sphärenrad schwankte. Es bewegte sich um alle drei Achsen. Die Schwerkraftsysteme gerieten endgültig außer Kontrolle. Was das für Kenteullen und Kalkutta-Nord bedeutete, mußte sie niemandem begreiflich machen.

Trinis einziger Gedanke in diesem Augenblick war, daß sie

zurück in den Keller mußten, die Arbeit fortsetzen, ins Netz gehen und die Katastrophe aufhalten.

Mein Gott, dachte sie. *Jetzt bin ich schon genauso hysterisch wie Gisolf.*

»Das Phänomen kommt zum Stillstand«, hörte sie Lentini sagen. »Die Blitze am Himmel werden heller.«

Das schwingende Rotieren des Bodens blieb und vermittelte den Eindruck, als befänden sie sich auf der Oberfläche eines Kreisels.

Ein Gleiter tauchte auf und landete neben ihnen. Es war der Polizeichef. Er stieg aus und kam herüber. Bis kurz vor dem Fahrzeug schaffte er es, ehe ihn eine unerwartete Bewegung des Untergrunds zu Boden riß. Auf dem Bauch liegend, kroch er heran. Trini half ihm auf die Beine.

»Es soll bloß keiner sagen, daß das alles auf die verrückt spielenden Anlagen der Nonggo zurückzuführen ist«, keuchte er. »Oder ist von euch immer noch jemand dieser Meinung?«

Keiner gab eine Antwort. Stumm blickten sie den Himalaya Boulevard entlang.

»Wenn wir nur Funkkontakt mit der Außenseite bekämen. Rhodan wüßte bestimmt Rat.«

»Rhodan?« rief Trini. »Perry Rhodan?«

»Er ist vor einer Woche aus dem Pilzdom gekommen. Wenn alles gutgegangen ist, hält er sich seit heute mittag bei Loura auf der Außenseite des Rades auf. Wir haben die Nachricht geheimgehalten, um die Bevölkerung nicht zu beunruhigen. Vielleicht war das ein Fehler.«

Rhodan auf dem Kenteullen-Rad – es war zu schön, um wahr zu sein. Ein Unsterblicher wie er wußte mehr als sie alle zusammen. Er kannte sich mit fremdartiger Technik in allen möglichen Galaxien aus. Und der Unsterbliche trug seinen Galornenanzug und führte logischerweise den winzigen Roboter Moo bei sich. Die High-Tech des zweiten Thoregon-Volkes übertraf alles, was Nonggo oder Terraner jemals erfunden hatten.

Ob es reichte? Vielleicht hatte Lentini recht. Es wäre unverantwortlich gewesen, den Lebewesen auf dem Sphärenrad falsche Hoffnungen zu machen.

Wieder wackelte die ganze Stadt. Grelles gelbes Feuer loderte über den Himmel. Ein Orgeln lag plötzlich über der Stadt, als spiele jemand auf einem riesigen Instrument.

Lentini zischte hastig Befehle in sein Funkgerät. Gegen den aufkommenden Sturmwind kämpfte er sich zu seinem Gleiter zurück. Die Gebäude in der Nähe schüttelten sich. In den oberen Stockwerken gingen massenweise Plastolitscheiben zu Bruch. Die Scherben schwebten in luftiger Höhe davon.

»Festhalten!« schrie Trini und spürte bereits, wie sie schwerelos wurde. Die Männer und Frauen klammerten sich am Fahrzeug fest, das langsam mit ihnen nach oben stieg. Sekunden später krachte es aus eineinhalb Metern Höhe wieder herunter.

Übergangslos lag Stille über der Stadt. Kein Sturm brauste, die Wolkenkratzer schwiegen. Nur der Boden bewegte sich wie ein Rührwerk hin und her.

»Seht nur!« sagte jemand und deutete den Boulevard entlang.

Die Skyline – sie war wieder vollständig. Kein einziges Stück fehlte. Unversehrt und klar ragte sie in den Himmel, als sei nichts geschehen.

Noch mal gutgegangen, sagte Trini sich. *Aber wie lange wird das Schicksal noch ein Einsehen mit uns haben?*

In der Nacht kamen neue Beben und ließen erst gegen Mittag nach. Normale Schwerkraftverhältnisse von 0,7 Gravos stellten sich ein. Die Schaukelbewegung dauerte an.

Aus den Labors erreichten Trini keine Schadensmeldungen. Alle Geräte waren fest im Boden und an den Wänden verankert. Die Hälfte der Mittagsschicht litt allerdings unter erbärmlicher Übelkeit und meldete sich arbeitsunfähig. Den Einsatzkräften in Kenteullen und anderswo erging es sicher nicht besser.

Kalkutta-Free-Trivid meldete in einer Störungspause, daß der Zerstörungszustand der Stadt nach neuesten Schätzungen bei elf Prozent lag. Betroffen waren vor allem Viertel an der südlichen Peripherie sowie im Zentrum und im nördlichen Randgebiet bis fast an die Karabani-Fabrik heran.

Von den historischen Altstadtvierteln im inneren Stadtgebiet – nach den Zerstörungen in der Monos-Ära originalgetreu wieder aufgebaut – waren nur noch Trümmerhaufen übrig. Wolken aus Sand und Zement lagen darüber. Die Kreiselbewegung des Untergrunds ebnete die Schuttberge nach und nach ein. Sie bewegten sich unablässig. Die Trümmer rutschten über- und untereinander. Für Menschen stellten sie eine tödliche Gefahr dar.

Verbissen stürmte die Neurologin durch Kalkutta-Nord, umrundete gesenkten Hauptes Häuserblocks und überquerte Straßen. Eine Patrouille funkte sie an. Undeutlich verstand sie in dem Rauschen und Knattern des Empfängers die Frage und beantwortete sie.

Nein, sie brauchte keine Hilfe, die Stadt hingegen um so mehr. Kalkutta-Nord erging es wie jedem Schiff auf einem Riff. Eine Weile hielt es dem Toben der Naturgewalten stand. Dann brach es unweigerlich auseinander.

Auch dieses Riff hier war stärker als die Schiffbrüchige Stadt.

Zwischen Staubwolken und einem Regen aus synthetischen Bettfedern bahnte Trini sich ihren Weg. Schon von weitem drang das Stimmengewirr vom Platz des Bolanpur herüber. Der Wind blies ihr durch die Straßenschlucht entgegen und nahm die letzten Schleier mit sich.

Am Ende der Straße, wo der blaugraue Bodenbelag endete und die Grünanlage des Platzes begann, zögerte Trini. Ein paar Augenblicke lang schien es ihr, als stehe sie an einer unsichtbaren Mauer, die ihr Weitergehen behinderte.

Unsinn, schalt sie sich und tat den entscheidenden Schritt vom kreiselnden Sphärenrad hinaus in die Ruhezone des Platzes. Mindestens fünftausend Menschen hielten sich hier auf, Kinder und Jugendliche, betreut von Erwachsenen und geschützt durch Lentinis Beamte.

Über allen wachte im Hintergrund das silberne Riesending, der Pilzdom. Er gab acht, daß keinem ein Leid geschah.

Trini kam es vor, als betrete sie mit diesem einen Schritt eine andere Welt. Der Boden unter ihren Füßen rotierte nicht mehr. Er vollführte keine Schaukelbewegungen und kippte nicht weg. Er ruhte reglos auf der Stelle und ließ sie über das Gras gehen, ohne daß sie stürzte. Dabei befand er sich ebenso auf dem Sphärenrad wie die ihn umgebende Stadt.

Flüchtig erinnerte Trini sich daran, welche Eigenschaften ein solcher Pilzdom Thoregons besaß. Er war an kosmische Koordinaten gebunden und ließ sich nicht an einen anderen Platz oder auf eine fremde Welt versetzen. Er drehte sich mit dem Sphärenrad um dessen unsichtbares Zentrum und wanderte gemeinsam mit ihm um den Stern Teuller. Damit schien er der Physik des Einsteinschen Kontinuums Genüge getan zu haben. Alles andere entzog sich dem Verständnis eines Menschen. Der Pilzdom akzeptierte keine Ortung und keinen Waffeneinsatz gegen seine Hülle. Er ließ keine Fremdkörper in sich hinein. Nur Wesen mit einem sogenannten Passantum gelang es, die silberne Wandung zu durchdringen und auf die Brücke in die Unendlichkeit zu gelangen.

Die Neurologin hielt nach Lentini Ausschau, mit dem sie sich hier verabredet hatte. Er stand bei einer Gruppe Polizisten und sah sie kommen. Mit weiten Schritten kam er ihr entgegen.

»Ich bin soweit«, sagte er. »Verschwenden wir keine Zeit!«

Augenblicke später wechselten sie von diesem Ort der Ruhe und der Sicherheit hinüber in das Chaos der Stadt, die langsam, aber unaufhörlich in Schutt und Asche sank. Schweigend erreichten sie Upjhar und Turm Vier mit dem Hauptlabor. Trini informierte den Polizeichef über den Stand der Arbeiten und zeigte ihm das Abteil, in dem der Nonggo schlief.

Der nächste Test des Chips lief bereits. Die Flußgröße erreichte zehn Milliarden Datensätze und nahm weiter zu.

»Ich wecke Fharen Loy Meved«, sagte Trini.

Sie leitete die Berieselung des Nonggo mit allen vorhandenen Projektdaten ein. Fharen Loys SBS-Chip empfing die Daten in einer Geschwindigkeit und einer Fülle, daß sie einen Großteil der Falschinformationen aus den Nonggo-Neuronen überlagerten. Der Vorgang schaffte Klarheit in seinem Bewußtsein und half ihm, gezielt an Dinge zu denken.

Diesmal dauerte es fünf Minuten, bis der Neuron-Spezialist die Augen aufschlug und ihre Anwesenheit bemerkte.

»Es ist also soweit«, krächzte der schmale Mund.

Der Datenfluß erreichte hundert Milliarden und stieg nach und nach auf fünfhundert. Noch immer arbeitete der N-223 einwandfrei. Kurz darauf überschritt der Pegel die Trillionenmarke. Das Informationsaufkommen näherte sich einem Wert, der dem eines mittleren Makro-Neurons entsprach, wie sie etwa auf den Sphärenrädern Gieber oder Lantis existierten.

Der Polizeichef musterte den Nonggo aus schmalen Augen. »Fharen Loy Meved, kannst du garantieren, daß es funktioniert?«

»Sobald die Tests abgeschlossen sind, ja.«

Inzwischen jagten drei Trillionen Datensätze mit Lichtgeschwindigkeit durch das Netz von Upjhar. Testprogramme aktivierten sich und sprachen jeden Knotenrechner an. Die Rückmeldungen betrugen exakt hundert Prozent.

Kurz darauf meldete der Hauptsyntron, daß der Nonggo-Level erreicht war.

Trini Madang straffte sich merklich. Der Reihe nach musterte sie die Mitarbeiter an den Terminals. Alle wußten, was jetzt kam. Die Spannung stand in ihren Gesichtern geschrieben.

»Verbindung zu Fharen Loys Netz herstellen.« Ihre Stimme klang leise und ein wenig belegt.

Der Syntron schaltete die Verbindung zum Netzrechner des Nonggo. Damit erhielt er gleichzeitig Kontakt zu dem SBS-Chip in Fharens Gehirn und über ihn zum Makro-Neuron des Kenteullen-Rades.

»Kontakt vollständig. System stabil.«

Trinis Blicke fraßen sich an dem Hologrammgitter fest, das die Diagramme des Gehirnsimulators und des Chips darstellte. Die Werte zeigten keine Anomalien und keine gravierenden Ausschläge. Der N-223 war jetzt vollständig an das Makro-Neuron gekoppelt und verarbeitete die Daten, die von dort auf ihn einströmten. 99,9 Prozent fing die Dämpfung ab, ein zehntel Prozent kam durch. Es handelte sich hauptsächlich um Informationen aus den technischen Sektoren des Sphärenrades und somit um Fehlermeldungen.

Fharen Loy Meved machte eine kraftlose Bewegung mit der rechten Hand. »Der Chip arbeitet fehlerfrei. Ihr könnt ihn einsetzen.«

Sein Kopf sank zur Seite. Die Anstrengung überstieg seine Kräfte.

Lentini runzelte die Stirn. »Bewußtlos?«

»Eine Art künstliches Koma, in das er sich selbst versetzt, sobald sein Gehirn die Anstrengungen nicht mehr erträgt. Er schützt sich damit vor dem Hirntod.«

»Und das funktioniert einfach so?«

»Nach bisherigen Erkenntnissen, ja.«

Trini deutete auf die Versuchsanordnung. »Wir schicken den N-223 ins menschliche Gehirn.«

Der Polizeichef lehnte sich an die Wand. »Noch vor zwei Monaten hätte ich so etwas nicht für möglich gehalten.«

»Bei den Nonggo funktioniert es seit Jahrzehntausenden. Warum nicht auch bei uns?«

Lentini streckte den Arm aus und schüttelte ihr die Hand.

»Ich danke dir, Trini Madang. Dieser Einblick war für mich persönlich sehr wichtig. Entschuldige mich jetzt. Ich muß mich um die Menschen in der Stadt kümmern.«

Die Neurologin brachte ihn hinauf zum Ausgang.

Ein leises Brummen begleitete sie. Das gesamte Gebäude vibrierte. Es hörte sich an, als würde jemand mit einer starken Maschine den Turm abschleifen. Draußen setzte sich das Geräusch im Boden des Vorplatzes fort. Von den Wolkenkratzern der Straßenschluchten drang es ebenfalls herüber.

Teuller hatte den Zenit noch keine ganze Stunde hinter sich gelassen. Das verschwommene rote Auge vollführte seltsame Kreiselbewegungen, die an eine Achterschleife erinnerten.

»Wie viele Menschen willst du ins Netz schicken?« fragte der Polizeichef.

»Mindestens zwanzigtausend. Anders kriegen wir es nicht in den Griff. Karabani beginnt in diesen Stunden mit der Serienproduktion der Nano-Chips.«

»Viel Glück.«

»Danke.«

Sie wandte sich ruckartig zu dem Gläsernen Turm um. Unter dem Eingang wartete eine Gestalt auf sie, Sören Bornegod. Er wirkte ein wenig linkisch, als er ihr den Weg freigab.

»Du suchst jetzt sicher einen Freiwilligen«, meinte er. »Hier ist er.«

9.

Historischer Exkurs 3: Das Projekt

Die Schiffbrüchige Stadt ist Teil eines äußeren und eines inneren Netzes. Das äußere zeigt sich in der vollständigen Anbindung an die Versorgungs- und Kommunikationseinrichtungen Kenteullens und des Sphärenrades. Die Verknüpfung mit dem inneren Netz existiert erst teilweise. Irgendwann wird Kalkutta-Nord Teil der Neurone sein; auf andere Weise, als die Nonggo es praktizieren, aber nicht weniger erfolgreich.

Trini Madang am 4. April 1290 NGZ,
vor ihrer ersten Begegnung mit Fharen Loy Meved

»... haben wir uns entschlossen, dem Vorschlag zuzustimmen. Dem gemeinsamen Forschungsprojekt von Kalkuttani und Nonggo steht nichts mehr im Weg. Die Abstimmung erfolgte einstimmig.«

Der Sprecher des Stadtparlaments schwieg. Die vierzig Abgeordneten nickten beifällig.

Die Abstimmung stellte eine reine Formsache dar. In der Schiffbrüchigen Stadt galt jedoch terranisches Recht, und deshalb unterzogen sie sich der umständlichen Prozedur. In Wirklichkeit steckte eine simple Willensentscheidung der Bürgermeisterin dahinter. Loura Gaikunth setzte es durch, und das Parlament nickte dazu.

Nicht, daß es früher anders gewesen wäre. Jetzt, auf dem Kenteullen-Rad, bestand endlich die Ausnahmesituation, die ein solches Verhalten mit der Notwendigkeit straffer und schneller Entscheidungen begründete und damit sanktionierte.

Wasser auf die Mühlen der Bürgermeisterin.

Trini sah ihr zu, wie sie umständlich eine Packung Tabletten aus der Tasche zog, sie zweimal fallen ließ und anschließend in die Tasche zurücksteckte. Augenblicke später krümmte sie sich leicht und preßte eine Hand auf den Magen.

Vielleicht steckte ja ein Körnchen Wahrheit in den Gerüchten, daß Loura seit Jahren mit Magengeschwüren kämpfte.

Die Bürgermeisterin von Kalkutta-Nord sah sich selbstgefällig um und wechselte ein paar Worte mit ihrem Sekretär. Nort Dimo galt als Witzfigur und trat in der Öffentlichkeit selten in Erscheinung. Auch er zählte zu den Dauernickern, und jetzt tat er es besonders heftig. Daß er sich anschließend ruckartig in Bewegung setzte, den Saal durchquerte und zielgerichtet auf Trini Madang zusteuerte, verlieh seinem Gehabe eine pikante Note.

Bleib mir bloß vom Leib, dachte Trini und überlegte, wie sie es vermeiden konnte, von ihm angesprochen zu werden. Zu ihrem Leidwesen stand keiner der Wissenschaftler und Techniker allein herum. In kleinen Gruppen fachsimpelten sie über das Thema des Jahres, nämlich die Stabilität des Sphärenrades und die Konstruktionsprinzipien eines solchen Gebildes.

Dimo hielt plötzlich inne. Er starrte an ihr vorbei, grinste dümmlich und ging weiter.

Trini fiel ein Stein vom Herzen. Seine Mission galt nicht ihr, sondern jemand anders. Er beachtete sie nicht einmal.

Als er an ihr vorbei war, hielt er plötzlich an und drehte sich um.

»Du bist doch Trini Madang, nicht wahr? Die Bürgermeisterin will dich in ihrem Büro sprechen.«

»Und wenn ich nicht Trini Madang bin?«

»Äh … Schlechter Scherz, ha, ha.«

Trini warf einen Blick zu Loura Gaikunth hinüber. Die Stelle, wo die Bürgermeisterin gestanden hatte, war verlassen.

»Na gut«, sagte die Neurologin. »Wenn sie mich unbedingt sprechen will, dann will ich sie nicht enttäuschen. Worum geht es?«

»Weiß ich es?«

Er begleitete sie hinaus bis zum Antigrav.

»Angenehmen Aufenthalt«, wünschte er und starrte ihr hinterher, wie sie im Schacht nach oben schwebte.

Das Gebäude der Bürgermeisterei lag ungefähr in der Mitte des Stadtfragments. Von hier aus war bis zur Versetzung durch das Faktorelement ein Teil des terranischen Bundesstaates Ostindien verwaltet worden.

Die Büros des Verwaltungszentrums verteilten sich auf die oberen Stockwerke des Gläsernen Turmes. Louras Räume lagen unter der Glaskuppel. Der Antigravschacht mündete mitten in einer üppig grünen Pflanzenlandschaft. Vom milchigen und irrlichternden Himmel herab drang das rote Licht der Sonne Teuller und verbreitete einen milden Schein wie in einem Herbarium.

»Du findest mich hinten bei den Engerlingen«, hörte sie Loura Gaikunth sagen. Sie folgte der Richtung und entdeckte die Bürgermeisterin mitten in einem Areal aus schwarzer Erde. Sie wühlte mit bloßen Händen darin herum und förderte immer wieder weißliche, wurmartige Gebilde von der Größe eines menschlichen Daumens zutage.

»Das ist ein Leckerbissen, nicht nur für Vögel«, sagte sie und hielt ihr die volle Hand zum Anschauen hin. »Aber hier werden sie natürlich nicht verspeist. Bei mir dürfen sie auf natürliche Art ausschlüpfen und anschließend als Maikäfer herumtoben. Bald ist es soweit.«

»Schön, daß du mir das zeigst«, antwortete Trini. »Bestimmt hast du mich nicht rufen lassen, um mir solche Leckerbissen vorzuenthalten.«

»Da drüben, schau in den Spiegel. Was siehst du?«

»Mich.«

»Etwas genauer.«

»Was soll das?«

»Ich sage es dir. Du siehst eine attraktive Frau mit exotischen Augen und einer sportlichen Figur. Sie ist hoch intelligent und hat viele Vorzüge, um die sie andere Frauen beneiden.«

»Findest du?«

»Ja. Du bist groß, einen Meter zweiundachtzig, hast blondes Haar und einen blassen Teint. Verglichen mit den meisten Kalkuttani fällst du aus dem Rahmen.«

»Ich bin groß und mager. Mein langes, schmales Gesicht wirkt eher langweilig. Meine Brüste sind flach und die Füße zu klein. Das hast du vergessen zu sagen.«

»Es sind Vorteile. Von allen Einwohnern der Stadt bist du den Nonggo am ähnlichsten. Menschen, so breit wie Schränke, jagen ihnen Angst ein. Vor Technikern mit Armen, so dick wie Baumstämme, fürchten sie sich. Du jedoch siehst ihnen auf verblüffende Weise ähnlich.«

»Danke für das Kompliment.«

»Es soll in der Tat eines sein.«

»Du willst doch nicht etwa ...«

»Doch. Ich habe dich als Leiterin für das Gemeinschaftsprojekt vorgesehen. Zu dir werden die Nonggo schneller Vertrauen fassen als zu jemand anderem. Der Abgesandte aus Kenteullen ist ein hochsensibler Neuron-Spezialist, den wir auf keinen Fall durch betont menschliches Verhalten erschrecken sollten.«

»Du meinst, weil mein Äußeres paßt, klappt es auch mit den inneren Werten.«

»So ist es. Dein Psychogramm ist nicht optimal, aber es ergänzt dein Aussehen zu einer harmonischen Einheit. Ich glaube, daß kein Nonggo mit dir Probleme haben wird.«

Trinis Gesicht verdüsterte sich.

»Das klingt alles so einfach und reibungslos. Wo ist der Haken?«

Loura Gaikunth lachte. »Sieh an. Dich darf man wirklich nicht unterschätzen. Es geht darum, daß die Zentrale des Projekts in Kalkutta-Nord liegt und nicht in Kenteullen. Die Nonggo, die mit uns zusammenarbeiten, müssen also hier ihr Quartier beziehen. Da sollten wir es ihnen so gemütlich machen wie nur möglich. Sie sollen sich bei uns wie zu Hause fühlen.«

»Hast du noch weitere Nonggo-Typen wie mich?«

»Nein. Dich schickt uns der Himmel. Nonggo-Typ, eine gute Beschreibung. Ich werde das in mein Berichts-Log aufnehmen.«

Trini hatte längst den Blick vom Spiegel genommen und starrte auf die sich windenden Engerlinge in der Hand der Bürgermeisterin. Gaikunth stopfte sie in das weiche Erdreich zurück und grinste die Neurologin von unten herauf an. Es sah merkwürdig verzerrt aus, und sie preßte wieder die Hand gegen den Magen.

»Du denkst genau richtig«, fuhr sie fort. »Alle Wissenschaftler und Techniker von Rang und Namen haben sich für meinen Vorschlag ausgesprochen. Das Projekt ist abgesegnet und existiert von diesem Augenblick an. Die Nonggo sind informiert, ihr Abgesandter weilt bereits hier.«

Mit allem hatte Trini gerechnet, nur nicht damit. Zum ersten Mal spürte sie so etwas wie Hochachtung vor der Bürgermeisterin.

»Wo?« fragte sie.

Loura Gaikunth deutete nach rechts zur Tür ihres Büros. »Dort. Laß ihn nicht zu lange warten.«

Trini setzte sich in Bewegung und stürmte auf die Tür los.

»Noch was«, rief Loura hinter ihr her. »Er heißt Fharen Loy Meved, ist Neuron-Spezialist und, wie gesagt, äußerst sensibel.«

Trini Madang streckte die Hand nach dem Türöffner aus und zog sie wieder zurück. Ihr Kinn sank auf die Brust. Sie schloß die Augen und holte tief Luft.

Es ist nicht in Ordnung, dachte sie. *Wenigstens hätte sie mich vorher fragen können.*

Entschlossen berührte sie das Sensorfeld und starrte die Tür an, die langsam zur Seite glitt.

Fharen Loy Meved also, ein Spezialist vom Meved-Rad, dem zweiten, von Teuller her gezählt.

Der Nonggo stand an der hinteren Wand und starrte die weiße Fläche an. Den Kopf hielt er schief gelegt. Ein vom Tisch fortgerückter Sessel deutete darauf hin, daß die Bürgermeisterin ihm einen Platz angeboten hatte. Er machte keinen Gebrauch davon. Trini mochte diese tiefen, breit ausufernden Möbel auch nicht. Wenn man aufstehen wollte, brach man sich fast das Kreuz.

Trini blieb stehen und wartete, bis die Tür sich geschlossen hatte. Als Fharen Loy Meved sich noch immer nicht rührte, tat sie es ihm einfach nach.

Bestimmt taucht er im Neuron und nimmt mich gar nicht wahr, überlegte sie. Zeit spielte bei den Nonggo eine kaum erkennbare Rolle. Alle Informationen ihres Heimatsystems standen ihnen uneingeschränkt zur Verfügung. Die Nahrungsaufnahme stellte eine der wenigen Gelegenheiten dar, in denen sie sich voll auf die Außenwelt konzentrierten.

In gewisser Weise mochte das ein Vorurteil sein, aber es entsprach den Beobachtungen und Erfahrungen, die die Kalkuttani in dem halben Jahr gewonnen hatten, seit ihre Stadt auf dem Kenteullen-Rad gestrandet war.

Nach Trinis Schätzung vergingen ungefähr zehn Minuten,

bis sich der Nonggo endlich bewegte. Langsam und mit deutlichem Zögern wandte er sich um.

»Mein Name ist Trini Madang«, sagte sie leise und verbeugte sich leicht. »Ich grüße dich, Fharen Loy Meved.«

Sein Blick ruhte auf ihr, irritiert, wie sie dem breitgezogenen Mund entnahm. Langsam begann sie zu verstehen, warum er so lange gezögert hatte. Er hatte sich vor ihrem Anblick gescheut. Seine Kontakte mit Menschen mußten für ihn bisher ausgesprochen belastend gewesen sein.

Jetzt kam plötzlich Leben in den dürren Körper.

»Verzeih meine Unhöflichkeit«, sagte er. Die Stimme klang irgendwie hohl, aber dennoch angenehm. »Es ist mir eine große Freude, dich zu sehen.«

Sein linker Arm schwenkte nach vorn. Trini wollte zugreifen, aber er zog ihn hastig wieder zurück. Statt dessen reichte er ihr die Rechte.

»So ist es wohl richtig, nicht wahr?«

»Ja. Zufällig bin ich Rechtshänderin.«

Sie wußte, daß Nonggo keine Unterscheidung kannten. Sie waren immer Beidhänder.

Trini verbeugte sich höflich und legte die Handflächen zusammen.

»Ich kann es kaum erwarten, von dir und deinem Volk zu lernen, Fharen Loy Meved. Eine erste, gute Nachricht bringe ich bereits mit. Die Stadt stellt uns alle wissenschaftlichen Kapazitäten zur Verfügung, damit das Projekt ein Erfolg wird.«

Er wirkte verunsichert. Vermutlich konnte er sich nicht vorstellen, daß das in der Organisation einer menschlichen Stadt ein Problem darstellte.

»Wir können sofort mit der Arbeit beginnen«, erwiderte er. »Alles, was wir brauchen, habe ich im Kopf.« So, wie er es sagte, erhielt es eine völlig neue Dimension.

Trini lächelte freundlich, und er versuchte es mit seiner

andersgearteten Muskulatur nachzuahmen. Anschließend stießen sie beide ein helles Gekicher aus.

»Es wird mit Sicherheit sehr lustig«, sagte die Neurologin. »Wir sollten uns über Mißverständnisse nicht zu sehr ärgern.«

»Was ist ›ärgern‹?«

Sie erklärte es ihm, aber er hatte Probleme, es nachzuvollziehen.

Sie trat ans Fenster und deutete hinaus auf die Stadt. Darüber wölbte sich der Himmel des Sphärenrades, ganze zwei Kilometer hoch. Achthundert Kilometer darüber lag Anzing-Tsak, die Stadt der sieben Hügel. Mit ihren Dächern hing sie herab in Richtung Kalkutta-Nord, aber zu weit weg, um sie deutlich vor die Linsen der Makroteleskope zu bekommen.

»Vielleicht wird es eines fernen Tages neue Heliotische Bollwerke geben. Wie denkst du darüber?«

Irgendwie wollte er sich um die Antwort drücken, wohl wissend, daß das Problem der Rückkehr nach Terra für die meisten Bewohner der Schiffbrüchigen Stadt ein fundamentales und stark emotionales Anliegen darstellte.

»Ich will es dir sagen«, kam sie ihm zuvor. »Die Galornen werden keine Gelegenheit haben, neue zu bauen. Außerdem hat sich gezeigt, daß sie viel zu anfällig gegen Sabotage sind. Der Traum von engen Kontakten zwischen den Thoregon-Völkern ist dahin.«

»Vielleicht.«

Trini runzelte die Stirn.

»Du machst mich neugierig, Fharen Loy Meved.«

»Fharen Loy, bitte. Ich wäre glücklich, wenn du mich mit meinem Mikro- und Meso-Neuron-Namen ansprechen würdest.«

»Gern, Fharen Loy. Mein Mikro- und Meso-Neuron-Name lautet Trini. Bitte nenne mich Trini.«

»Unser gemeinsames Projekt ist vielleicht der Anfang zu einem späteren Kommunikationssystem zwischen allen Thoregon-Völkern, Trini.«

»Oh«, machte sie. »Jetzt, da du es sagst ...«

Die Perspektive ließ sie beinahe schwindelig werden. Aber sie mußte zugeben, daß es ein durchaus reizvoller Gedanke war.

Ihre letzten Zweifel schwanden. Sie wußte jetzt, daß Loura Gaikunth Weitblick und Instinkt besaß. Sonst hätte sie dem Nonggo jemand anders geschickt.

Und noch etwas wußte sie: daß die Zusammenarbeit mit Fharen Loy ihre ganze Zeit und Aufmerksamkeit in Anspruch nehmen würde.

10.

Gegenwart:
Kinder des Sisyphus

Ein schrilles Trompeten empfing sie. Es brach sich an den Wänden der riesigen Halle. Patt Nicholson zuckte zusammen. Seine Hand fuhr zum Gürtel, wo der Impulsstrahler hing.

Im trüben Schein der Notbeleuchtung entdeckte Perry zwischen den hohen Maschinenblöcken die Miniaturausgabe eines indischen Elefanten. Es handelte sich um eine genetische Züchtung. In Regionen wie Indien hielten die Menschen sie traditionell als Haustiere. Zwergelefanten wurden einen halben Meter groß und einen Dreiviertelmeter lang.

Der Aktivatorträger zog die Hand seines Begleiters vom Holster weg.

»Das ist Matoto!« sagte Perry. »Da kann seine Herrin auch nicht weit sein.«

Der Zwergelefant näherte sich und schnupperte neugierig an den Tornistern der beiden Männer. Die Musterung schien zu seiner Zufriedenheit auszufallen. Er posaunte und trällerte in den höchsten Tönen. Rücksicht auf die Trommelfelle von Menschen kannte er keine.

Zwischen zwei Aggregatblöcken tauchten im Laufschritt Loura Gaikunth und zwei Männer auf.

»Rhodan?« krächzte die Bürgermeisterin. »Dich schickt der Himmel. Wie viele Schiffe bringst du mit?« Sie winkte ab. »Vergiß die Frage. Natürlich kommst du über die Brücke. Sind weitere Aktivatorträger auf dem Rad?«

»Nein, ich bin allein.« In knappen Sätzen berichtete er

von dem, was sich in den anderen Thoregon-Galaxien zugetragen hatte. »Vielleicht schaffen wir es gemeinsam, die Dinge doch noch zum Guten zu wenden.«

In dem Adlergesicht der Bürgermeisterin arbeitete es. Die Hakennase zuckte, die Falten um die Mundwinkel gruben sich noch tiefer ein als gewöhnlich. Sie schüttelte den Kopf mit dem schulterlangen Blondhaar, als wolle sie ein lästiges Insekt verjagen.

»Gib dich keinen falschen Hoffnungen hin«, sagte sie leise. »Es ist schlimmer als befürchtet. Das *Ding* scheint immer noch dazusein, auch wenn wir es nicht mehr orten können. Es richtet die Sphärenräder systematisch zugrunde.«

Sie meinte die Kosmische Fabrik. Wenn sie recht behielt, hatten die Nonggo und Menschen auf den künstlichen Lebensräumen keine Chance. Die Diener der Materie waren so etwas wie Erfüllungsgehilfen der Kosmokraten. Die Mächte von jenseits der Materiequellen hatten sie geschickt, damit sie Druck auf die sechs Thoregon-Galaxien ausübten und verhinderten, daß ein neues Thoregon entstand. Sie hatten versagt.

Loura war sicher, daß der Zyklop an Bord seines riesigen Raumfahrzeugs sich nicht scheuen würde, die gesamte Zivilisation der Nonggo auszulöschen. Sie richtete ihren Blick auf die beiden Tornister. »Da sind doch keine Wunderwaffen drin, oder?«

»Nein«, bestätigte Patt Nicholson. »Aber wir haben alles mitgebracht, worum du gebeten hast – jedenfalls, soweit die Syntrons es aus deinen Funksprüchen des Monats Mai entziffern konnten.«

Übergangslos zeichnete sich auf dem Gesicht der Bürgermeisterin Erleichterung ab. »Ich danke euch. Meine Leute verfügen über zu wenige Meßgeräte, Projektoren und Nahbereichsorter. Uns fehlte bisher die Möglichkeit, Mikrofelder aufzubauen und energetische Abläufe zu kontrollieren. Einmal hat man uns solche Geräte zusammen mit Nahrungsmitteln geschickt. Sie überstanden den Absturz der Fähre nicht.«

Loura Gaikunth legte einen Arm um den Kopf ihres Zwergelefanten und streichelte den Rüssel, den er ihr entgegenstreckte.

»Zum Glück ist mein kleiner Liebling genügsam, was seine Verpflegung angeht. Ohne ihn wären wir völlig verloren. Sein Instinkt hat uns mehr als einmal vor dem sicheren Tod bewahrt.«

Die Bürgermeisterin von Kalkutta-Nord ging ihnen voran. Sie durchquerten mehrere Sicherheitsschleusen und gelangten in eine Schaltsektion. Ovale Terminals gruppierten sich um ein kreisförmiges Zentrum. Die Displays und Holoschirme der Nonggo gaben das Chaos in den Steuersystemen nur unzureichend wieder.

Auf einem Tisch stand ein tragbarer Holoprojektor terranischer Bauart. Ein 3-D-Feld in Augenhöhe zeigte verschiedene, ähnlich geartete Kurven. Sie veränderten sich im Fünf-Sekunden-Takt, rückten ein Stück auseinander und wieder zusammen.

»Das Rad hat die ersten sechs Wochen nur deshalb überstanden, weil alle Funktionen und Abläufe des Schwerkraftsystems miteinander synchronisiert sind«, erläuterte Loura Gaikunth. »Andernfalls hätten die sich aufschaukelnden Gravitationsphänomene ausgereicht, um diesen Lebensraum sofort zu zerstören. Es hat weitere zwei Wochen gedauert, bis wir erkannten, daß der Gleichtakt langsam nachläßt. Da!«

Die Bürgermeisterin deutete auf eine Zeichnung an der Wand. Sie zeigte ein maßstabsgetreues Abbild des Kenteullen-Rades. Entsprechend der nonggischen Rechenweise war es wie alle Sphärenräder in hundert Grad unterteilt. Da die

Räder einen unterschiedlichen Durchmesser und Umfang besaßen, differierte die Länge eines Grades. Auf dem ältesten Rad betrug der Wert 25,09 Kilometer. Die Hauptstadt Kenteullen erstreckte sich vom zweiten bis fünften Grad. Der Pilzdom lag auf dem nullten Grad und somit fünfzig Kilometer von Kenteullen entfernt.

Verschiedene Abschnitte auf der Graphik waren rot markiert. Die meisten davon lagen in den Innenbereichen des Sphärenrades, wenige außerhalb. Perry Rhodan erkannte, daß sie mit den Siedlungen auf dem Sphärenrad identisch waren.

»Eigentlich müßte man annehmen, daß sich die Phänomene auf der Außenseite des Rades stärker auswirken als innen«, fuhr Loura fort. »Unsere Wissenschaftler haben mir bestätigt, daß das im Normalfall auch so ist. Im speziellen Fall des Sphärenrades bewirkt das Zusammenwirken der einzelnen Felder jedoch ein paar Abweichungen.«

Rhodan erfuhr, daß das System aus über hunderttausend Gravo-Feldern das Rad wie ein Netz durchdrang. Die dreidimensionalen Strukturen überlappten sich gegenseitig und schufen für jedes Molekül des fünf Kilometer dicken Gebildes einen Zustand absoluter Stabilität. Lokale Schwankungen glichen benachbarte Felder aus. Zusätzlich sorgten rund um das Rad verteilte Materieverdichter dafür, daß sich die Substanz des Rades nicht verformte und etwa die Gestalt eines Ovals annahm.

Auf der Innenseite, wo die Fliehkraft nach außen wirkte und einen Andruck von 0,7 Gravos erzeugte, lag die stabilste Zone des Rades. Dort brauchte man längst nicht so viele Felder einzusetzen. Auf der Außenseite war die Bodenfläche dreieinhalbtausend Quadratkilometer größer als drinnen. Die Fliehkraft mußte neutralisiert und die größere Oberfläche kompensiert werden. Gleichzeitig sorgten zusätzliche Gravoprojektoren dafür, daß die Schwerkraft dem Wert auf der Innenseite entsprach.

Das größte Problem stellten die vierhundert Durchgänge dar, die sich unregelmäßig über das Rad verteilten. Endlose Treppenschächte mit wechselnden Schwerkraftzonen waren in das globale Feldsystem integriert und funktionierten bis zu dem Zeitpunkt reibungslos, als die ersten Störungen in den Projektoren auftraten. Von da an verwandelten sich die Übergänge in tödliche Fallen für ihre Benutzer.

»Die höhere Zahl der Felder im Außenbereich zeichnet dafür verantwortlich, daß es bei uns relativ ruhig ist«, fuhr Loura Gaikunth fort. »Gesetzt den Fall, wir könnten Einfluß auf die Steuersysteme der Nonggo nehmen, wäre es möglich, die Feldsysteme zu verschieben und die Katastrophe für die Städte auf der Innenseite erträglicher zu machen. Wir würden jedoch die Außenseite gefährden. Wenn das Rad bricht, dann nicht an der Innenfläche mit ihrer stärkeren Krümmung und der höheren Bodendichte, sondern außen. Logisch, nicht wahr?«

Rhodan nickte. Ein rotierendes Rad oder auch eine sich drehende Kugel brach unter Weltraumbedingungen immer nach außen, nie nach innen. Es sei denn, im Innern herrschte gegenüber außen Unterdruck. Das war bei den Sphärenrädern nicht der Fall.

»Wir haben uns in nächtelangen Diskussionen dazu entschlossen, die Sicherheit der Anlagen über die Sicherheit der beiden Städte zu stellen. Es bereitet uns Gewissenbisse, aber damit müssen wir leben. Die derzeitige Tätigkeit meiner dreitausend Mitarbeiter rund um das Sphärenrad beschränkt sich übrigens darauf, durch manuelle Energiedrosselung oder -verstärkung die einzelnen Feldsysteme so zu beeinflussen, daß es zu keinem Zusammenbruch kommt. Es ist eine Sisyphusarbeit, kann ich dir sagen. Wir reagieren pausenlos auf die Fehler, die die Steuersysteme produzieren. Zeit für vorbeugende Maßnahmen bleibt uns keine ...«

Sie hielt inne und lauschte. Aus der Tiefe der Anlagen drang ein Grollen herauf. Entfernt erinnerte es an das Knurren eines Hundes.

»Das kommt von ganz unten, wo ein Großteil meiner Leute arbeitet«, stieß sie hervor.

Loura fuhr herum und starrte ihren Zwergelefanten an. Matoto rührte sich nicht. Sein Rüssel baumelte wie das Pendel einer Uhr hin und her. Plötzlich jedoch vollführte der Zwergelefant einen verblüffend weiten Satz zur Seite.

»Matoto, was ist los?« fragte sie eindringlich.

Der Zwergelefant reckte den Kopf nach oben und zur Seite. Die kleinen Ohren bewegten sich unablässig.

Loura Gaikunth schüttelte den Kopf. »Er reagiert völlig ungewohnt. Irgend etwas ist nicht in Ordnung. Wir verlassen diesen Sektor und ziehen uns in die Medostation zurück. Matoto, he-ho!«

Sie folgten ihr zum hinteren Ausgang der Halle. Die Bürgermeisterin schaltete ihr Funkgerät auf höchste Sendeleistung.

»An alle«, sagte sie. »Räumt die unteren Sektionen und sucht anschließend einen der Schutzräume hier oben auf. Ich wiederhole: Räumt die unteren Sektionen. Es besteht Lebensgefahr.«

Ihre Umsicht beeindruckte Rhodan. Auf Loura Gaikunth traf die Erkenntnis hundertprozentig zu, daß der Mensch mit seinen Aufgaben wuchs. Als frühere Zweite Bürgermeisterin von Gesamt-Kalkutta und jetzige Bürgermeisterin der Schiffbrüchigen Stadt gehörte ein solcher Einsatz weder zu ihren Pflichten, noch entsprach er ihrer Ausbildung als Kommunikationsspezialistin mit Hauptfach Tiefenpsychologie.

Wieder drang ein Grollen aus den Tiefen des Sphärenrades, lauter und bedrohlicher als beim ersten Mal. Der Boden zitterte und gab schmatzende Geräusche von sich. Ein kurzer, scharfer Knall ließ Perry Rhodan zusammenzucken. Der Boden hob sich. Für den Bruchteil einer Sekunde verspürten die Männer und Frauen den Effekt der Schwerelosigkeit.

»Ein Vertikalbeben!« Der Pikosyn in Rhodans Kragen versuchte, in dem chaotischen Gewirr von Informationen Strahlungen zu orten. Es gelang ihm nur unzureichend. Der Ausgangspunkt des Bebens lag in etwa zwei Kilometern Tiefe. Was dort geschehen war, konnte er nicht feststellen.

Die Auswirkungen innerhalb Teknons entdeckte er dafür mühelos. In der untersten Ebene der Anlage brach ein dreißig Meter durchmessendes Stück Boden ein. Ein trichterförmiger Abgrund tat sich auf und verschlang mehrere sekundäre Systeme und zwei Energiespeicher. Der Einbruch lag schräg unterhalb der Umformerhalle und der Steuerzentrale.

Die Rückmeldungen der Einsatzgruppen trafen ein. Lediglich die Gruppe Khanderan meldete sich nicht.

Loura zappte durch alle Kanäle.

»Hier Gisolf«, erklang endlich die kaum verständliche Antwort. »Alle Mann sind auf ihren Posten.«

»Ihr mißachtet meine Anweisung. Ich hatte angeordnet, daß alle die Schutzräume aufsuchen!«

»Die Schutzräume, ja, natürlich. Wir brechen gleich auf. Die Ergebnisse des aktuellen Scans liegen noch nicht vor.«

»Herrgott noch mal! Meine Nerven liegen so schon blank. Und mein Magengeschwür tut seit Wochen weh. Ganz in eurer Nähe ist in der untersten Etage der Boden eingebrochen. Habt ihr das nicht auf der Ortung?«

»Das ist meine Aufgabe – ich habe – ich meine ... Es geht nicht, Loura. Das Gerät ist gestört. Ein technischer Ausfall. Halt, warte, der Orter ist okay. Es liegt an etwas anderem. Laß mal sehen. Da ist ein merkwürdiges Störfeld. Komisch.«

»Seht zu, daß ihr aus der Gefahrenzone kommt.«

»Ja, wir hören dich. Wieso funktioniert die blöde Auswertung nicht?«

»Ihr kommt jetzt rauf. Keine Diskussion.«

Wütend beendete sie das Gespräch.

»So ist Gisolf Khanderan immer, unser Mikrotechniker«, erklärte sie, als sie Perrys fragenden Blick bemerkte. »Eine Unterhaltung mit ihm entwickelt sich jedesmal zu einem endlosen Hin und Her.«

Über schwankenden Boden legten sie die zweihundert Meter bis zur Medostation zurück. Der Weg führte durch einen Reparaturkorridor. Hinter den Wänden reihten sich nach Louras Aussage Maschinenhallen, gesteuert von untergeordneten Computeranlagen. Mehrere Dutzend Techniker hatten hier wochenlang gearbeitet und erste Erfahrungen mit der Funktionsweise nonggischer Steuersysteme gesammelt. Inzwischen kontrollierte ein terranischer Syntron die Energiezufuhr der Systeme und verhinderte, daß diese Anlagen in die Luft flogen.

Die Gruppe erreichte das Ziel und durchquerte die Antisepsis-Schleuse.

Rhodan zählte zwanzig Notbetten. Auf jedem lag ein nackter Nonggo. Männer und Frauen konnte er nicht voneinander unterscheiden. Das vierte Volk von Thoregon besaß keine äußeren Geschlechtsmerkmale. Mehrere Medoroboter aus der BALPIROL und drei Terraner kümmerten sich um das ehemalige Bedienungspersonal Teknons.

Seit zweieinhalb Monaten lagen sie apathisch in der Station. Ohne künstliche Ernährung wären sie längst gestorben.

»Ein Königreich für eine Auskunft«, seufzte Loura Gaikunth und rief die Informationen des Kontrollsystems ab. »Wenn wenigstens einer von ihnen für zwei Minuten erwachen würde. Dann könnte er uns sagen, was wir tun müssen. Aber das ist vom Schicksal wohl zuviel verlangt.«

Sie projizierte die Aufzeichnung des Vertikalbebens als Hologramm zwischen ihre Begleiter. Der Einbruchstrichter verengte sich nach unten und mündete in einen streng geometrischen Hohlraum.

»Das ist einer der Verbindungsschächte mit der Innenseite des Rades«, stellte Perry fest. »Das Material rutscht bei jeder Erschütterung ein Stück nach. Loura, habt ihr Zugriff auf die Schwerkraftprojektoren im Schacht? Schaltet sie ab. Die Fliehkraft drückt die Trümmer dann nach außen und verhindert, daß der Einbruch sich vergrößert.«

»Wir wissen, wo die Projektoren sitzen. Unsere einzige Möglichkeit ist, daß wir eine Antigravkugel mit Sprengladung hinabschicken und die Projektoren zerstören. Dadurch verringert sich die Stabilität in der Nähe des Schachtes um rund fünfzig Prozent. Das Risiko ist also ziemlich hoch.«

Sie rief alle Daten auf, die sie über das betroffene Areal besaß, und zeigte sie dem Unsterblichen.

»Ich würde das Risiko eingehen«, sagte Rhodan. »Aber es bleibt deine Entscheidung.«

Der Boden unter ihm fing an zu schlingern. Instinktiv balancierte er mit den Armen sein Gleichgewicht aus.

Ein Ruck ging durch die Medostation. Für ein paar Augenblicke entstand der Eindruck, als würde der Raum seitlich wegrutschen. Die Steuerung der Prallfeldprojektoren gab Alarm und meldete Ausfälle. Mehrere der Liegen mit den Nonggo stürzten um.

Von einem Augenblick auf den anderen spielten der Trichter und der Schacht keine Rolle mehr. Auf schwankendem Boden arbeiteten sich die Männer und Frauen zu den Gestürzten vor, richteten die Liegen auf und betteten die Nonggo hinein.

»Unser Schiff gerät langsam, aber sicher in Seenot.« Loura Gaikunths durchdringender Blick ruhte auf Perry Rhodan. »Ich befolge deinen Vorschlag. Wir schicken eine Sprengladung hinab.«

Rhodan senkte zustimmend den Kopf. Gleichzeitig lauschte er auf weitere Meldungen aus der Steuerzentrale. Sie blieben aus.

»Mir geht das merkwürdige Störungsfeld nicht aus dem Kopf, von dem Khanderan sprach«, sagte er. »Patt Nicholson und vier weitere Männer begleiten mich. Wir holen die Gruppe Khanderan da unten raus.«

In Sichtweite tauchte die Zielsektion auf, eine Anordnung von drei hintereinander liegenden Räumen. Die beiden vordersten beherbergten Maschinenanlagen. Dahinter lag der Durchgang zur STASY-Steuerzentrale. STASY stand für Stabilisator-Systeme. Der Eingang und die Verbindungstüren standen offen.

»Khanderan?« rief Perry.

Der Boden schwankte unter ihren Füßen. Rhodan stützte sich an der Wand ab und drang bis zur Zentrale vor. Seine Begleiter sicherten den Rückweg.

Der rechteckige Raum steckte voller Kontroll- und Datenhologramme. Dazwischen ragten säulenartig Diagramm- und Bildprojektionen auf. Teilweise davon verdeckt, arbeiteten zehn Männer an portablen Konsolen. Einer von ihnen entdeckte Perry und kam in watschelndem Gang zu ihm herüber.

Das mußte Gisolf Khanderan sein. Er war schätzungsweise 1,65 Meter groß, mit rundem Gesicht und dunklem Teint. Das pechschwarze Haar klebte dicht am Kopf und erinnerte an eine Folie, die er sich über den Kopf gespannt hatte. Der Körper des Mannes war untersetzt. Die akkurat gepflegten Hände besaßen bluessche Ausmaße. Sie bewegten sich ständig hin und her, als suchten sie etwas.

»Nanu, bist du etwa ...«, empfing er ihn und blinzelte. »Es könnte sein. Ja, ich denke, du bist Perry Rhodan. Komm herein.«

Der Unsterbliche folgte ihm und musterte die Darstellungen in den Hologrammen.

»Da gerät etwas außer Kontrolle«, stellte er nach einem Blick auf die Diagramme fest.

»Das kann man eigentlich nicht sagen. Wir hatten es von Anfang an ...« Khanderan seufzte, weil einer der Männer ihm einen bösen Blick zuwarf. »Das Problem existiert bereits seit Anfang an. Wir haben es voll im Griff. Was sage ich denn?«

Der Mikrotechniker fuhr sich mit der Hand über die Stirn und wischte nicht vorhandenen Schweiß weg. Er schluckte mehrfach.

»Es sind die Stabilisator-Systeme«, stieß er hervor. »Eine Art energetischer Überzieher. Hier.« Er deutete auf eine der Säulenprojektionen. »Das ist die Darstellung der Umgebung Teknons, von der Außenfläche bis zur Innenfläche, der gesamte Felsmantel mit seinen fünf Kilometern Dicke in einem Querschnitt.«

Rhodan musterte die Darstellung. Das filigrane Netzwerk aus roten Linien stellte das System der Gravitationsfelder dar. Um sie herum lag ein etwas groberes Muster aus dickeren Linien von grüner Farbe.

»Wir nennen es unter uns – na ja – Kondom-System.« Gisolf hustete verlegen, weil er erneut einen schiefen Blick auffing.

»Das STASY bildet sozusagen das Korsett für das Netz der Schwerkraftprojektoren, richtig?« fragte Rhodan.

»So ungefähr. Nein, natürlich ist das völlig korrekt. Die Nonggo haben es so angelegt – vermutlich. Wir gehen erst einmal davon aus, daß sie es waren.«

Ein hochgeschossener Kalkuttani mit Bürstenhaarschnitt und großen, traurigen Augen verließ seine Konsole und schob Khanderan zur Seite. Er stellte sich Rhodan als Prentiss vor.

»Es waren die Nonggo«, sagte er mit Nachdruck. »Wenigstens das wissen wir hundertprozentig. Das Stabilisator-System ermöglicht es, das Gravo-Netz in sich zu verschieben, einzelne Feldgrößen und Feldstärken zu ändern, ohne daß die Werte benachbarter Sektionen ebenfalls reguliert werden müssen. In Fällen wie diesem, wo Steuersysteme ausfallen oder nur noch falsche Werte und Befehle produzieren, ist das sehr hilfreich.«

Dennoch führte es nicht zum Erfolg. Der Grund ließ sich an einem anderen Hologramm ablesen. Die Steueranlagen des Stabilisator-Systems produzierten ähnliche Mengen Befehlsmüll wie die der Gravoprojektoren.

»Die Stabilisator-Systeme verfügen über eine integrierte Energieversorgung. Ja, das tun sie wohl«, murmelte Khanderan. »Irgendwie aber auch nicht. Jedenfalls kommen wir nicht an sie heran, um die Zufuhr zu drosseln oder zu erhöhen. Und da ist auch noch das seltsame Störungsfeld, das sich seit zehn Minuten bemerkbar macht.«

Die dreidimensionalen Kurvendiagramme fingen auf gespenstische Art und Weise an zu tanzen. Ein Blick auf die Energiewerte zeigte Perry Rhodan, daß diese sich nicht nennenswert änderten. Lediglich die Positionen der 5-D-Felder verschoben sich.

Khanderan deutete anklagend auf eines der Nonggo-Terminals mit seinem amorphen Hologramm.

»Dreitausend irrsinnige Befehlsfolgen in einer Sekunde allein in diesem Terminal«, sagte er mit ungewohnt ruhiger Stimme. Die Hände hatte er tief in den Taschen seiner Jacke vergraben. »Ständig werden es mehr. Wir befinden uns gerade in einer aufsteigenden Phase. Das Zeug schaukelt sich hoch. In sechseinhalb Stunden erreichen wir den nächsten Kulminationspunkt. Puh!«

Perry fand den Wissenschaftler sympathisch, gerade wegen der Unbeholfenheit, die er an den Tag legte. Khanderan machte er keinen Hehl daraus, wie es nach eineinhalb Jahren Sphärenrad in seinem Innern aussah.

»Ihr beobachtet diese Vorgänge seit über zwei Monaten und könnt am besten darüber Auskunft geben, wie es sich in den nächsten Tagen entwickelt«, sagte der Sechste Bote Thoregons.

»Schlimm, ganz schlimm«, prognostizierte der Mikrotechniker und deutete auf die Hologramme. »Da und da. Und hier erst, das Kurvendiagramm. Wäre das ein terranischer Bebenmesser, müßte Terra längst auseinandergebrochen sein. Ich liege da richtig, oder?«

»Völlig«, bestätigte Perry.

Es zeichnete sich ab, daß die Fehlerquoten deutlich über denen der vergangenen Phasen lagen. Der Synchronisationseffekt in den Nonggo-Netzen sank derzeit pro Tag um rund ein Prozent. Die Hochrechnung, wann er endgültig wegfiel, wollte Perry lieber nicht sehen.

»Dann wollen wir mal«, flüsterte er. Die Steuerzentrale lieferte ihm genau den Ansatzpunkt, den er brauchte.

Moo, Aktiv-Modus, dachte er.

Das silberne Relief auf der rechten Brustseite seines Anzugs verwandelte sich übergangslos in eine zehn Zentimeter große Buddha-Figur. Es löste sich von seinem Anzug und kletterte auf die Schulter.

Gisolf Khanderan stieß geräuschvoll die Luft aus. »Das ist phantastisch«, keuchte er. »Ich wollte es schon lange einmal mit eigenen Augen erleben!«

»Moo ist eine halb organische und halb robotische Vielzweck-Einheit. Sie entstammt den Werkstätten der Galornen, des zweiten Thoregon-Volkes. Moo wird auf meinen Gedankenbefehl hin eine exakte Lageanalyse vornehmen. Bitte stellt eure Arbeit an den Konsolen vorerst ein.«

Der Roboter benötigte exakt zwanzig Sekunden, bis er die Haupteinheit gefunden hatte. Er fuhr eines seiner exotischen Werkzeuge aus, eine Art Korkenzieher mit einem halben Dutzend elastischer Lamellen daran.

An der Nonggo-Konsole öffnete sich ein Teil der Verkleidung. Das Werkzeug verschwand darin.

Fassungslos verfolgten die Männer den Vorgang. Vergeblich hatten sie seit Monaten versucht, eine der Konsolen zu öffnen oder den Computer dazu zu bewegen, es für sie zu tun.

Der Pikosyn in der Halskrause des Galornenanzugs empfing erste Daten.

»Die Kommunikation zwischen den beiden fremden Systemen spielt sich im Geschwindigkeitsbereich von einer Millionstelsekunde ab«, erläuterte Rhodan. »Moo benutzt die winzigen Pausen zwischen den korrumpierten Daten- und Befehlsströmen, um mit dem Automaten zu kommunizieren.«

»Unsere Syntrons haben alles probiert, was physikalisch und technisch möglich ist«, murmelte Gisolf. »Nichts hat geholfen.«

Über Perrys Gesicht huschte ein verständnisvolles Lächeln. »Ihr habt es in der Anfangszeit versucht. Wenn ihr es jetzt tut, klappt es. Die damals vorhandenen Sicherheitsmechanismen funktionieren nicht mehr. Sie sind dem Datenchaos zum Opfer gefallen.«

Moo fand die Energiespeicher der STASY und übertrug die Daten in die Halskrause. Von dort leitete Rhodan sie an die Syntrons der Techniker weiter.

»Vier Stunden bleiben«, sagte der Unsterbliche nach einer Weile. »Kriegt ihr das Problem bis dahin in den Griff?«

Gisolf streckte ihm die hellen Handflächen entgegen. »Wir wissen es nicht. Eigentlich nein. Wir können nicht mehr tun als jetzt auch.«

»Dann treten wir zusammen den Rückzug an.«

Er erntete fassungsloses Staunen des Mikrotechnikers.

»So habe ich das nicht gemeint. Wir können durchaus einiges bewirken. Unser Auftrag ist nicht erloschen.«

»Er erlischt in dem Augenblick, da er undurchführbar wird«, sagte Prentiss. »Wann geht das in deinen Kopf?«

Moo lieferte weitere Daten. Er maß die Anzahl der Fehlermeldungen, die das Nonggo-System aufgrund der chaotischen Datenflüsse gab. Sie lagen bei hunderttausend pro Minute und nahmen in jeder Sekunde um etwa zwei Prozent zu. In Relation zu den Abweichungen in den Stabilisator-Systemen ergab sich ein Verhältnis von zehn zu eins, also eine Abweichung auf zehn Fehlermeldungen.

Eine Hochrechnung mußte nicht unbedingt mit der tatsächlichen Entwicklung übereinstimmen, aber sie spiegelte die Tendenz wider.

Bis zum Erreichen des Kulminationspunktes dauerte es noch maximal dreieinhalb Stunden.

Trotz seiner dunklen Hautfarbe war deutlich zu erkennen, daß Gisolf Khanderan erbleichte.

»Die Zeit – nein, sie reicht nicht. Aber wir wollen – dürfen nicht aufgeben. Wir bieten dem Schicksal die – die Stirn.«

Moo meldete, daß in einer Nachbaranlage Energiespeicher versagten. Die Abweichungen in den Stabilisator-Systemen vergrößerten sich. Eine Sektion aus Gravitationsfeldern brach zusammen und baute sich lediglich zu sechzig Prozent wieder auf. Als unmittelbare Folge durchliefen leichte Beben den Untergrund. Sie erreichten Teknon und führten dazu, daß sich der Einbruch im Boden der untersten Etage vergrößerte und alle Aggregate des betroffenen Areals in die Tiefe riß. Drunten wirkte die Fliehkraft und bremste die Trümmer ab. Die Maschinen verkanteten sich und blockierten den Trichter.

Auf den Ortern ließ sich das nicht erkennen. Moo entnahm es dem Datenchaos.

Perry Rhodan sah seine Vermutung bestätigt. Der winzige Buddha würde ihnen mit Sicherheit gute Dienste leisten.

Aber eines konnte auch er offensichtlich nicht, nämlich aktiv in die Nonggo-Netze eingreifen, die Millionen falschen Befehlsimpulse neutralisieren und Ruhe auf den Sphärenrädern schaffen. Ihm blieben Analyse und Prognose.

Alles andere hing vom Geschick der Männer und Frauen ab, die in den Anlagen der Nonggo gegen den Untergang kämpften.

Zwei Stunden höchstens.

Moos Hinweis führte den Männern die Sinnlosigkeit ihres Bemühens vor Augen. Egal, wie schnell sie arbeiteten, die Ereignisse überholten sie jedesmal. Nicht nur Rhodan fühlte sich wie ein Sprinter, der immer mehr Kraftreserven lockermachte und beständig schneller wurde. Dennoch überholten ihn die anderen Läufer ohne Zeichen von Erschöpfung, liefen ihm davon, überrundeten ihn, liefen wieder davon – ein Alptraum, den die Männer in der Steuerzentrale hellwach und unter starker nervlicher Anspannung erlebten.

Die Andruckabsorber Teknons versagten im Sekundentakt ihren Dienst. Erste Schläge einsetzender Fliehkraft kamen durch und produzierten ein Trommelfeuer aus der Tiefe. Der Boden schlingerte. In den Wänden knackte es. Irgendwo löste sich ein Aggregat aus seiner Verankerung und stürzte um.

»Ihr könnt nichts dagegen tun«, sagte Rhodan. »Keine eurer Maßnahmen bewirkt irgend etwas.«

Sie nahmen es mit hängenden Köpfen zur Kenntnis. Dennoch arbeiteten sie weiter.

Moo, dachte der Terraner. *Rechne hoch, wieviel Zeit uns wirklich bleibt.*

Der Abstand bis zum Kulminationspunkt schrumpfte beständig. Bei den zwei Stunden handelte es sich um den aktuellen Wert, der schon in der nächsten Minute nicht mehr stimmte.

Der Winzling stellte umfangreiche Berechnungen an, wog alle Eventualitäten ab und schickte das Ergebnis an den Pikosyn des Galornenanzugs.

Perry sah seine schlimmsten Befürchtungen bestätigt. Er versuchte, eine Funkverbindung zu Loura Gaikunth zu bekommen. Es klappte nicht. Die Störungen im Funkbereich nahmen proportional zu den übrigen Störungen zu.

Die Aussetzer der Andruckabsorber wurden länger. Die Wände wackelten so stark, daß das Material Geräusche von sich gab, als flatterten Segel im Wind.

»Ihr habt noch fünf Minuten bis zum Aufbruch«, sagte Rhodan.

Bis in den nächsten Schutzraum benötigten sie zehn Minuten, zur Oberfläche waren es fünfzehn. Die Zeit wurde knapp.

Ein weiteres Aggregat stürzte um. Der Boden bewegte sich ruckartig nach rechts und wieder zurück.

In Rhodans Magen machte sich ein flaues Gefühl bemerkbar. Er kannte das aus Tausenden von Einsätzen. Es trat immer dann auf, wenn die Andruckabsorber endgültig versagten.

»Haltet euch fest!« rief er.

Ein Schlag traf die STASY-Zentrale. Er riß die Männer von den Beinen.

Der Terraner rührte sich nicht vom Fleck. Seinen Ausweichreflex schluckte der Galornenanzug.

»Zentrale räumen«, ordnete Perry an. »Wir ziehen uns zunächst in die Medostation zurück.«

Diesmal verzichtete Khanderan auf Widerspruch. Im Gänsemarsch zogen die Männer ab. Der Unsterbliche bildete den Abschluß. Sein Blick fiel auf Moo, der immer noch an der Haupteinheit hing. Perry hatte den Roboter schon in allen Bereichen getestet und ausprobiert. In manchem Einsatz war er ihm ein wertvoller Helfer gewesen. Er glaubte alle seine Funktionen bis ins Detail zu kennen.

Dennoch kam ihm jetzt der Gedanke, daß das galornische Wunderwerk vielleicht über Qualitäten verfügte, die ihm bisher verborgen geblieben waren.

Moo, blockiere die Steuersysteme, dachte Perry.

Vielleicht war das die einzige Möglichkeit, die Katastrophe wenigstens für diesen Sektor des Sphärenrades abzuwenden oder einzudämmen. Einen Versuch war es allemal wert.

Der Winzling versuchte es, brachte jedoch nur ein paar Fehlermeldungen zustande.

Rhodan rief ihn zurück. Die Miniaturausgabe eines Buddhas – in Wirklichkeit handelte es sich um das verkleinerte Abbild einer Galornin – löste sich von der Haupteinheit, fuhr den korkenzieherähnlichen Stab mit den Lamellen ein und schwebte zu Rhodan. Er drehte sich in der Luft. Sein Rücken berührte die rechte Brust des Terraners und verwandelte sich in ein handliches Relief. Das Morphing nahm nicht einmal eine Sekunde in Anspruch. Die Augen des Beobachters konnten dem Vorgang kaum folgen.

Der Aktivatorträger folgte Khanderan hinaus. Draußen warteten Nicholson und die vier Männer, die Perry herbegleitet hatten.

»Ein verzerrter Funkspruch«, berichtete der Pilot der Space-Jet. »Wir haben ihn gerade aufgefangen. In der Medostation stimmt irgend etwas nicht.«

Loura Gaikunth kam ihnen auf halbem Weg entgegen. Zwei Dutzend Männer und Frauen begleiteten sie. Die Bürgermeisterin massierte ihre Magengegend und seufzte leise. »Da seid ihr endlich. Ich habe mir schon Sorgen gemacht.

Hätte ich nur genügend Tabletten mitgenommen. Es ist kaum auszuhalten.«

Perry Rhodans Gesicht verdüsterte sich.

»Was ist mit den Nonggo?«

»Sechs sind tot. Sie haben fast zum gleichen Zeitpunkt einen Hirninfarkt erlitten. Es kann aber auch der implantierte Chip explodiert sein. So genau konnten wir das bisher wegen der Blutgerinnsel nicht nachvollziehen. Die vierzehn Überlebenden haben wir vorsorglich in ein künstliches Koma versetzt. Hoffentlich hilft es.«

»Bringt sie in die Space-Jet.«

Patt Nicholson wollte Einspruch erheben, aber Perry brachte ihn mit einer Handbewegung zum Schweigen.

Sie konnten hier nichts mehr ausrichten. Nicht einmal Moo sah eine Chance.

Stumm machten sie sich an den Aufstieg. Jedem von ihnen war klar, was es bedeutete.

Der Aktivatorträger stutzte plötzlich. Er musterte seine Begleiter. Gisolf Khanderan fehlte. Der Mikrotechniker hatte sich von ihnen entfernt, ohne ein Wort zu sagen.

»Das ist doch ...« Rhodan wandte sich um und wollte den Korridor zurückgehen. In einer solchen Situation brachte er für Eigenmächtigkeiten kein Verständnis auf.

Übergangslos erwachte der Funkverkehr zum Leben.

»Station achtundsechzig unter Kontrolle«, hörten sie eine Frauenstimme. »Alle Funkkanäle sind offen. Loura, hier geschehen noch Zeichen und Wunder.«

Weitere Meldungen aus anderen Teilen Teknons trafen ein. Ein Drittel der Anlagen reagierte auf vernünftige Befehlseingaben. Die Millionen fehlerhaften Datenpakete versiegten nach und nach.

Das Phänomen schien in der Koynon-Area seinen Ursprung zu nehmen. Trump Whitewater meldete, daß sie nach der Explosion von drei Stationen erste Erfolge erzielten.

»Wir versuchen jetzt, die Nonggo-Systeme mit unseren transportablen Geräten zu überbrücken und möglichen Rückfällen vorzubeugen. Merkwürdig, unsere Techniker melden fremdartige Datenströme. Die könnten etwas mit der Veränderung zu tun haben.«

»Hier Gaikunth. Wir haben verstanden. Überlagert das Netz mit euren Steuerbefehlen. Wenn ihr den Eindruck habt, daß etwas die Syntrons beeinflussen will, schaltet ihr sie sofort ab.«

Sie starrte Rhodan an.

»Du bist also allein gekommen, ja?«

»Natürlich. Und mit dem, was gerade vor sich geht, habe ich ebensowenig zu tun wie du.«

Die Bürgermeisterin schaltete ihren Hypersender ein.

»An alle. Ich erbitte Positions- und Zustandsmeldungen. Je schneller wir die Daten austauschen, desto besser.«

Die beiden benachbarten Räder Grendiss und Bor meldeten sich als erste. Die anderen folgten. Der Austausch und die Auswertung der Daten vollzogen sich innerhalb von Sekunden.

Rhodans Pikosyn projizierte mehrere Hologramme. Im Zeitraffer zeigten sie die Bewegungen und Vorgänge auf den einzelnen Sphärenrädern. Von innersten Rad Zeun bis zum vorletzten Namig gab es nur wenige Unterschiede, vor allem in der Intensität und den Koordinaten der Störungen. Insgesamt reagierten die Räder einheitlich auf den Wust aus irrsinnigen Steuerbefehlen und verzweifelten Rücknahmeversuchen autarker Kontrolleinheiten.

Die Veränderungen zum Positiven erstreckten sich auf alle.

Loura Gaikunth rief Kalkutta-Nord. Die Schiffbrüchige Stadt schwieg. Ein Richtfunkversuch unter Einbeziehung der BALPIROL-SJ-3 im freien Raum scheiterte. In den Empfängern rauschte es. Auch mit Kenteullen kam keine Verbindung zustande.

Dafür meldete sich Gisolf aus der Steuerzentrale.

»Ich habe es gewußt. Hier stimmt etwas nicht«, keuchte er. »Die STASY spielen völlig verrückt. Da ist ein Licht im Hintergrund. Es ist grell und blendet mich. Bei Schiwa, das ist keine Eruption oder so etwas ...«

Ein Schrei folgte, dann herrschte Stille.

»Patt, schnell«, sagte Rhodan. »Zwei, drei Schirmprojektoren und ein paar Männer.«

So schnell, wie die Ruhepause auf dem Sphärenrad eingesetzt hatte, war sie wieder vorbei. Der Boden unter ihren Stiefeln bewegte sich nach allen Seiten, die Wände schwankten. Es vermittelte ihnen den Eindruck, als steckten sie im Bauch eines Schiffes bei hoher See.

Die Nahbereichsorter lieferten irrsinnige Werte über den Zustand der Umgebung. Zwischen der Medostation und ihrem Standort zeigten sie nichts mehr an. Die Funkverbindung war ebenfalls abgerissen.

Perry aktivierte den Hyperorter seines Anzugs. Er gaukelte ihm eine Raum-Zeit-Falte vor, die Teknon in zwei Teile spaltete. Energieemissionen stellte das Gerät nicht fest. Etwas schluckte sie, oder da war tatsächlich nichts mehr.

Die Gedanken des Terraners jagten sich. Er versuchte, sein Wissen mit der Umgebung und der Wahrnehmung derselben in Einklang zu bringen. Die Gravitationsprojektoren der Umgebung Teknons spielten offenbar völlig verrückt. Sie produzierten Nebeneffekte bis hinein in den extrem kurzwelligen Hyperbereich. Die Raum-Zeit-Falte stellte vermutlich nur den Anfang einer Reihe von tödlichen Erscheinungen dar.

Der heftigen Bewegung des Korridors folgte ein merkwürdiges Flüstern. Im ersten Augenblick ließ sich nicht feststellen, ob es tatsächlich vorhanden war oder sich lediglich im mentalen Bereich abspielte. Rhodan hob die Hand und blieb stehen.

»Hört ihr das auch?«

Sie bestätigten es. Nicholson legte ein Ohr an die Wand des Korridors. Das Metallplast verstärkte die Wahrnehmung des permanenten Geräusches. Es war in allen Wänden und dem Fußboden gleichermaßen vorhanden.

Der unsterbliche Terraner fror plötzlich. Der Gedanke, durch die Anlagen eines sich auflösenden Sphärenrades zu laufen, dem Tod geradewegs in die Arme, ließ in ihm Zweifel an der Richtigkeit seiner Entscheidung aufkommen.

Um sich selbst war Perry nicht bange. Sein Galornenanzug schützte ihn selbst vor Katastrophen. Die vier Männer in seiner Begleitung trugen jedoch schwere Kampfanzüge, und die reichten für gefährliche Einsätze unter Kampfbedingungen aus, nicht jedoch bei einem Weltuntergang.

Überschätzt du das Geschenk Kaif Chiriathas nicht ein wenig? fragte er sich.

Er war sich nicht sicher, ob sein Vertrauen in die galornische Technik im Ernstfall Bestand haben würde.

Weiter!

Er beschleunigte seine Schritte und hielt auf den Schacht zu, der sie in die Steuerzentrale der untersten Ebene brachte. Immer wieder versuchte er, eine Verbindung mit Khanderan herzustellen. Außer einem undeutlichen Rauschen war da nichts.

Das Flüstern irritierte ihn. Seine Konzentration ließ nach, und er führte es darauf zurück. Er bestimmte den Frequenzbereich und justierte sein Funkgerät darauf. Möglicherweise handelte es sich um eine Interferenz zwischen einem unbekannten Sender und der molekularen Struktur des nonggischen Metallplasts.

»Wer bist du?« fragte er ins Blaue hinein. »Willst du uns etwas mitteilen?«

Er erwartete nicht wirklich eine Antwort. Daß sie tatsächlich ausblieb, nahm er mit einem leichten Lächeln um die Lippen zur Kenntnis.

Niemand sprach jetzt noch ein Wort. In den Mienen seiner Begleiter las Perry eine einzige Botschaft.

Da stimmt etwas nicht.

Er führte eine präzise Ziel-Ortung mit Detailscans durch. Die beiden Maschinenräume des Zielsektors waren in Ordnung. In der STASY-Zentrale existierte eine diffuse Zone, die an eine Wolkenballung erinnerte. Sie ließ sich nicht eindeutig dem 3-D-Raum zuordnen, besaß aber auch keine einwandfreien 5-D-Strukturen.

Alles wies auf eine Einflußnahme durch eine weit überlegene Technik hin, wie sie unter anderem in den Kosmischen Fabriken zu finden war.

Am offenen Eingang des ersten Raumes hielt Rhodan an und lauschte. Drinnen war es totenstill. Selbst das typische Summen der Nonggo-Aggregate fehlte.

»Ihr bleibt hier«, entschied er und verwies auf seinen Anzug. »Wenn jemand mit heiler Haut da wieder herauskommt, dann bin ich es.«

Geduckt schlich er los, einen der Projektoren unter dem Arm. Er durchquerte die beiden Maschinenräume und näherte sich der Steuerzentrale. Die Tür war verschlossen. Dahinter existierte – rein ortungstechnisch – das Nichts.

Perry zögerte und warf einen kurzen Blick auf das Relief am rechten Brustteil seines Anzugs.

Erneut versetzte er Moo in den Aktiv-Modus. Das Gebilde löste sich von seinem Anzug und kletterte auf die Schulter.

»Öffne die Tür und speichere alles, was du erfassen kannst.«

Der Zehn-Zentimeter-Buddha schwebte davon. Wie überall im Lebensraum der Nonggo befand sich das Sensorfeld des Türöffners einen Meter und vierzig über dem Boden. Moo blieb dicht davor in der Luft hängen und drückte mit einem unsichtbaren Prallfeld gegen die dreifarbige Fläche. Einen Augenblick später glitt die Tür zur Seite.

Sie tat es nicht gleichmäßig und lautlos, sondern ruckelnd. Der Mechanismus gab ein schrilles Pfeifen von sich.

Perry stand schräg hinter Moo. Er kniff die Augen zusammen und versuchte, das grelle Licht im Innern der STASY-Zentrale zu durchdringen. Der Roboter schickte sich an, in den Raum hineinzuschweben, aber er rief ihn zurück.

Das grelle Licht – Gisolf Khanderan hatte es in seinem Funkspruch erwähnt. In Verbindung mit der Leere im Hyperorter ließ die Erscheinung keinen präzisen Schluß zu, weder auf den Verursacher noch auf die Wirkung.

Der Terraner sprach seine Beobachtungen in das Funkgerät und hoffte, daß seine Begleiter draußen wenigstens ein paar Fetzen davon mitbekamen. Die Energiewerte gaben Anlaß zu Befürchtungen. Wenn sich das Licht ausdehnte, war es ohne Probleme in der Lage, das Sphärenrad zu sprengen.

Perry glaubte eine Bewegung in der grellen Lichtflut zu entdecken. Vorsichtig aktivierte er das Traktor-Aggregat und schickte einen Zugstrahl in die Zentrale. Fünf Meter von der Tür entfernt, stieß er auf eine Masse von etwas über achtzig Kilopond. Das entsprach dem Durchschnittsgewicht eines Menschen.

Rhodan aktivierte den Zugstrahl. Vorsichtig und mit minimaler Geschwindigkeit holte er die Masse heran. Gegen das grelle Licht zeichnete sie sich zunächst nur undeutlich ab. Nach der Hälfte der Strecke ließ sich einigermaßen erkennen, daß es sich tatsächlich um einen Menschen handelte. Sekunden später hing die Gestalt vor ihm in der Luft und starrte ihn aus geweiteten Augen an.

»Ich ... ich ...«, murmelte sie. »Ich kann es nicht erklären. Es ist – ich weiß nicht. Etwas war da plötzlich, und es ...« Er brach ab und fügte wie aus der Pistole geschossen hinzu: »Es gehört nicht zu den Neuronen!«

Rhodan setzte ihn am Boden ab.

Nach einer Weile verlor das Licht von seiner schmerzhaften Helligkeit. Es dunkelte ab und verschwand schließlich ganz. Im selben Augenblick funktionierte auch der Hyperorter wieder.

»Die beobachteten hyperphysikalischen Phänomene ähneln denen, die es im Zusammenhang mit dem Mutanten Vincent Garron und seinen Hypersenken gab«, stellte der Syntron nach eingehender Auswertung fest. »Ein Zusammenhang mit den Maschinen der Nonggo ist ziemlich sicher auszuschließen.«

»Sag' ich doch«, murmelte Gisolf Khanderan. »Danke auch, daß du mich gerettet hast.«

Rhodan rief seine Begleiter herbei. Gemeinsam untersuchten sie den Raum, konnten jedoch nichts Ungewöhnliches entdecken. Nicht einmal eine Reststrahlung des beobachteten Vorgangs existierte.

Draußen im Korridor war das Flüstern der Wände verklungen. Alles wirkte wieder normal.

Gisolf sank zu Boden. Langsam schien er sich der Ungeheuerlichkeit dessen bewußt zu werden, was geschehen war. Rhodan brachte nichts aus ihm heraus außer der Tatsache, daß er plötzlich um sich herum dieses grelle Licht bemerkt hatte. Sein Körper war schwerelos geworden, und von diesem Augenblick an konnte er sich an nichts mehr erinnern. Erst den Traktorstrahl hatte er wieder wahrgenommen.

Der Unsterbliche schickte zwei Mann zu Loura Gaikunth, damit sie ihr Bericht erstatteten. Die Bürgermeisterin mußte eine Warnung an die dreitausend Kalkuttani auf der Außenseite des Sphärenrades schicken und die übrigen Räder informieren, falls das ging.

Er selbst, Nicholson und die beiden übrigen Männer blieben bei Gisolf. Die Lippen des Mikrotechnikers bewegten sich unaufhörlich. Was er sprach, ließ sich nicht erkennen. Vielleicht war es ein Gebet.

Rhodan respektierte das Tun des Mannes und zog sich mit den anderen in den Hintergrund der Steuerzentrale zurück.

Nach einer Weile sprang Gisolf auf und stürzte zu seinem transportablen Syntron.

»Das seltsame Störfeld, das ich anfangs bemerkte ...«, murmelte er. »Die Intensität war so stark, daß ich davon ausging, daß es unmittelbar aus Teknon kommt. Es kann aber auch in der Nähe sein ...«

Seine Finger huschten über die altmodische Sensorprojektion. Er rief die Aufzeichnungen auf und verglich die Daten miteinander. Dann legte er den Kopf in den Nacken und deutete anklagend zur Decke.

»Da oben irgendwo – an der Oberfläche. Es ist fremdartig.«

Rhodan stand bereits unter der Tür. Er legte den Zeigefinger auf die Lippen. Gleichzeitig ließ er den Pikosyn nach Mikrofeldern und Mikrospionen in ihrer Umgebung suchen. Das Ergebnis war negativ, aber der Terraner traute ihm nicht ganz. Er zog einen Stift und eine Folie aus der Tasche.

»Möglicherweise brauchen wir ein stärkeres Kaliber als das Bordgeschütz der Space-Jet. Wo kriegen wir sowas her?« schrieb er und hielt Patt Nicholson die Zeilen unter die Nase.

Nicholson nahm ihm die Utensilien aus der Hand und kritzelte etwas darunter.

»Oberhalb der Bahnebene des Kenteullen-Rades schwebt in hundert Millionen Kilometern Entfernung ein kleiner Asteroid. Darauf haben COASTER und BALPIROL zwei Transformbomben deponiert. Als ›Notgroschen‹ für uns.«

11.

Gegenwart:
Ins Netz der Nonggo

Das neuronale Netz der Nonggo besteht rein äußerlich aus vielen Millionen miteinander vernetzter Computer und läßt sich als simples Kommunikationssystem beschreiben. Die Wahrheit ist jedoch umfassender, gewaltiger.

Die Neurone stellen einen Bestandteil des Lebenssystems des vierten Thoregon-Volkes dar. Sie sind der innere, wichtigere Teil. Ohne die Sphärenräder könnten die Nonggo leben, nicht aber ohne ihre Neurone. Mikro-Neuron, Meso-Neuron und Makro-Neuron gehören zu ihnen wie ihr eigenes Denken. Es ist nicht übertrieben zu sagen, daß die Neurone Teil ihres Bewußtseins und ihrer Seele sind. Die Schäden in ihrem Denken können wir beseitigen, sobald wir das Chaos in den Griff kriegen. Wer aber heilt ihre Seelen und pflegt die Wunden, die ihnen in diesen Wochen und Monaten zugefügt wurden? Ebenfalls wir? Können wir Menschen aus der Schiffbrüchigen Stadt so etwas leisten?

Trini Madang am Abend des 8. Juli 1291 NGZ

»Nein, Sören. Ich will nicht, daß du das tust.«

»Warum nicht? Ich bin der älteste unter den Freunden des Meso-Neurons. Wenn mir etwas zustößt, ist es um mich nicht schade. Ich habe das Leben hinter mir. Ihr dagegen habt es alle noch vor euch.«

»Genau das ist es. Weil du der Erfahrenste unter uns bist, werde ich es nicht zulassen.«

Sören Bornegod schüttelte den Kopf. Sein weißes Haar

flatterte hin und her. Er ging tiefer in die Knie, um die unaufhörliche Bewegung des Bodens besser auszubalancieren.

»Ich bin der einzige unter uns, der Erfahrungen mit einem solchen System hat. Ich war als junger Mann jahrelang im Simusense gefangen. Und ich erinnere mich so gut daran, als sei es erst gestern gewesen. Dinge, mit denen das Bewußtsein derart intensiv gerungen und gekämpft hat, wird man nicht so schnell los. In den letzten Wochen sind sie deutlicher zurückgekehrt, als ich sie jemals zuvor empfunden habe. Weißt du, was das heißt?«

»Daß du ein alter Sturkopf bist, Sören.«

»Und daß ich es von allen am besten bewältigen kann. Verschließe nicht die Augen davor, Trini.«

Ein fürchterlicher Schlag erschütterte die Stadt. Der alte Mann klammerte sich am Eingang fest. Sein Arm zitterte, als er hinüber zur Kasahali Road deutete. In sechs Kilometern Entfernung hinter dem Platz des Himmlischen Auges stürzten reihenweise Häuser ein. Ohne Ausnahme handelte es sich um historische Bauten. Zwei Pagodentempel Schiwas und Wischnus waren darunter.

»Und verliere nicht zuviel Zeit mit Nachdenken.«

Die in sich zusammenfallenden Fassaden verschwanden hinter Staubwolken. Der Boden erbebte unter den Gewalten des Aufpralls.

Kalkutta, Stadt der Kali, dachte er, *der Göttin, die mit Schiwa den Tandava-Tanz der Zerstörung tanzt.*

So schnell der Untergrund es ihnen erlaubte, kehrten die beiden Kalkuttani in die relativ sicheren Kelleretagen zurück.

»Wann wärest du bereit?«

»Sofort.«

»Na gut. Unter einer Bedingung willige ich ein. Der Test wird auf eine Stunde begrenzt. Wird es dir vorher zuviel, nimmt der Syntron dich sofort aus dem Netz.«

Sie schämte sich, weil er auf ihre zitternden Hände sah. Der alte Mann berührte sie sanft an der Schulter.

»Wenn es aus irgendwelchen Gründen schiefgeht, werde ich es am besten von allen verkraften. Einer muß es tun, Trini. Oder willst du jetzt, unmittelbar an der Schwelle zum Erfolg, aufgeben? Einfach so?«

»Komm mit. Wir fangen an.«

Sosehr sie sich den Kopf zermarterte, es sprach alles für den Vorschlag des Alten. Warten durften sie nicht länger. Die Beben nahmen zu, weitere Phänomene würden nicht auf sich warten lassen. Wer konnte schon sagen, ob es morgen noch einen Sinn hatte anzufangen.

Sie bereiteten Sören Bornegod für die Operation vor. Er erhielt ein kreislaufstabilisierendes Mittel und entspannte sich auf einer klimatisierten Liege, die die Bewegungen des Untergrunds berechnete und ausglich. Minuten später injizierten sie ihm ein wenig Eigenblut mit dem Nano-Chip N-223 in die Halsvene.

Trini stellte sich hinter der Liege auf und sah ihm zu, wie er das winzige Echo im Hologramm seines Körpers beobachtete. Es wanderte mit dem Blutstrom aufwärts in den Kopf und drang zielsicher zum Stammhirn vor. Ein akustisches Signal des Syntrons zeigte an, daß es die Zielregion erreicht hatte.

Der Miniparatron schaltete sich ein. Er schirmte Bornegods Kopf gegen Einflüsse von außen ab. Beim Andocken durfte dem Chip kein Fehler unterlaufen.

Gemeinsam beobachteten sie, wie der N-223 mit seinen Millionen stachelähnlichen Zapfen am 38a in Position ging.

Unter den 56 Hirnkernen des menschlichen Stammhirns stellte die Nummer 38 eine Ausnahmeerscheinung dar. Sie verfügte über eine winzige, mikroskopische Ausstülpung, den sogenannten Boxler-Böttcher-Ultranukleus 38a. Er bildete das Zentrum der neuronalen Energieströme und damit gleichzeitig das anerkannte Zentrum des menschlichen Denkvermögens.

»Chip dockt an«, meldete der Steuersyntron. »Manöver erfolgreich, Quote hundert Prozent. N-223 ist einsatzbereit. Ich schalte den Paratron ab.«

»Phantastisch«, flüsterte Sören Bornegod. »Ich spüre rein gar nichts.«

»Gleich ist es soweit«, sagte Trini leise. »Dann bekommst du die ersten Informationen.«

Bornegod stöhnte zuerst, dann kicherte er.

»Drei Tage nach Montag kommt Donnerstag!« rief er.

Das war der Beweis! Ein blöder Spruch an sich, den Gisolf sich damals ausgedacht hatte. Aber er wirkte.

Trini klammerte sich an der Liege fest.

»Es ist eine Information aus dem Gehirnsimulator-Syntron, mit dem der Chip in Verbindung steht«, sagte sie laut. »Wie lautet die nächste Botschaft?«

Sören Bornegod schluckte.

»Zehn kleine Negerlein, die saßen einst beim Wein ...«

Die Aktivitätsdiagramme des N-223 schlugen aus. Übergangslos strömten Dutzende von Informationen in den Chip und von dort in das Bewußtsein des alten Mannes. Bornegod versuchte sie alle aufzuzählen, aber sein Mund war zu langsam. Er kam nicht mit und schwieg schließlich.

»Wahnsinn«, murmelte er. »Phantastisch. Ich erfahre innerhalb von Sekunden das gesamte Wissen über die Entstehungsgeschichte Kalkuttas, einschließlich der Berichte von Augenzeugen. He, was ist das? Was kommt da an? Das Logbuch Perry Rhodans über den Vorstoß nach Andromeda und den Kampf gegen die Meister der Insel. Wow! Und alles ist in meinem Kopf so klar, als hätte ich es mit eigenen Augen erlebt. Die Informationen und die Bilder sind absolut deutlich.«

Die folgende Animation bereitete ihm Probleme.

»Langsamer ablaufen lassen«, sagte Trini. Ein Mensch

war es nicht gewohnt, einen Film zu sehen, der nur in seinem Gehirn ablief und nicht vor den Augen. So etwas gab es nur im Traum, und da mußten sie darauf achten, daß das Gehirn die Informationen nicht automatisch als Traumsequenz interpretierte und im Unterbewußtsein ablegte, wo sie nichts zu suchen hatten.

Der Syntron wiederholte die Animation viermal und spielte sie jedesmal schneller ab, bis sich die Nervenbahnen an die Geschwindigkeit gewöhnt hatten.

»Informationen schneller als Echtzeit?« Sören wollte es kaum glauben. »Das ist doch hoffentlich nur ein rein subjektiver Eindruck.«

Trini Madang bestätigte es. »Du solltest jetzt die Augen schließen. Der Syntron bereitet den Kontakt zum Netz Fharen Loys vor. Oder willst du noch warten?«

»Ja, warten.«

Sie fütterten ihn mit weiteren Informationen. Er wußte nicht, daß der Datenfluß inzwischen die hundert Millionen Datensätze überschritten hatte. Sein Bewußtsein empfing lediglich die Daten, welche die Dämpfung durchließ.

»Du kontrollierst die Daten unbewußt«, sagte Trini nach einem kurzen Blick auf die Diagramme. »Wenn du Daten zu Terrania bekommst, willst du mehr davon wissen. Der Chip reagiert darauf und läßt alles zu Terrania durch, blockt in dieser Zeit andere Daten ab.«

Es war die wichtigste Erkenntnis überhaupt. Damit löste sich eines ihrer Probleme von allein. Der Chip erkannte an Hand neuronaler Reize, was er zu tun hatte. Damit arrivierte er zu einer Art mechanischem Gedankenleser oder Interpreten.

Trini warf einen Blick auf die Uhr. Sören hielt sich inzwischen eine Viertelstunde im Netz auf.

»Ich komme jetzt gut zurecht«, sagte der Alte. »Gebt mir mehr Informationen.«

Ein gewisses Suchtverhalten mußten sie in der Anfangszeit einkalkulieren. Der organische Wissensspeicher legte eine schier unersättliche Gier an den Tag.

»Verbindung zum Netz des Nonggo steht«, verkündete der Syntron.

Eine Graphik zeigte den SBS-Chip in Fharen Loy Meveds Gehirn, daneben das syntronische Netz, mit dem er in Verbindung stand, sowie eine Wolke drum herum. Sie symbolisierte die Allgegenwart der Neurone, insbesondere des Makro-Neurons. Gleichzeitig stellten die verwaschenen Konturen der Wolke das Informations- und Befehlschaos im Neuron dar. Es floß durch das Gehirn des Nonggo in sein Syntronnetz und von dort über eine weitere syntronische Anlage in den N-223-Chip im Gehirn von Sören Bornegod. Dort übernahm die Dämpfung sie und filterte alles aus, was das menschliche Gehirn überlastete.

»Müll«, kommentierte es der alte Mann. »Lauter hirnrissige Steuerbefehle. Das meiste übersetzt der Syntron zum Glück nicht ins Interkosmo. Vermutlich könnte ich den Schwachsinn nicht ertragen.«

»Laß die Informationen aus dem Makro-Neuron einfach auf dich wirken«, sagte Trini. »Egal, ob sie einen Sinn ergeben oder nicht. Wichtig ist nur, daß du dich an sie gewöhnst. Vielleicht dauert es Stunden oder Tage, bis du einen Sinn darin erkennst.«

Sie hoffte inständig, daß es schneller ging. Je mehr Wissen sie bei diesem Test über das Makro-Neuron des Kenteullen-Rades gewannen, desto schneller konnten sie bei ihrer Offensive korrigierend oder lenkend eingreifen. Die Syntrons des Gemeinschaftsprojekts hielten alles Wissen über die Programmsprachen und die Funktionsschemata der Neurone bereit, um entsprechende Schützenhilfe zu geben.

Die Entschlüsselung wichtiger Befehlswege im Netz des

Kenteullen-Rades lief seit dem Verschwinden der Kosmischen Fabrik und zeigte erste Ergebnisse.

Eine halbe Stunde verstrich. Sören identifizierte ähnliche und fast identische Befehlsfolgen in dem Wirrwarr, den der Chip in sein Gehirn einließ. Der Syntron übersetzte sie in menschliche Gedankengänge. Sören hatte keinerlei Probleme, die absolut logischen Befehlsfolgen eines solchen Systems zu verstehen.

Sicher spielte seine Erfahrung mit dem Simusense eine Rolle.

Trini beobachtete die Anzeigen seiner Körperwerte. Sie wiesen keine Abweichungen auf. Blutdruck und Herztätigkeit entsprachen denen eines im Bett liegenden und nachdenkenden Mannes von hundertfünfzig Jahren. Lediglich die Gehirntätigkeit nahm zu. Sie beschleunigte immer wieder und zeigte, daß das menschliche Gehirn im Normalzustand noch lange nicht an die Grenzen seiner Leistungsfähigkeit stieß. Im Gegenteil, es arbeitete eher im Leerlauf vor sich hin. Die Temperatur im Zentrum des Stammhirns stieg dabei nur minimal an, um zwei hundertstel Grad.

»Ich glaube, ich weiß jetzt, was da los ist«, sagte Sören nach einer Dreiviertelstunde. »Vereinfacht ausgedrückt, arbeitet das Makro-Neuron auf der Grundlage zweier Datenströme. Der eine ist der Befehlsstrom. Er ist nach Kategorien oder Hierarchien gegliedert. Daneben existiert der Informationsstrom. In ihm sind alle Daten gleichwertig, egal, aus welchem der beiden Ströme sie stammen. Befehlsstrom und Informationsstrom besitzen unzählige Schnittstellen, vermutlich Millionen oder Milliarden. Die Statistik wird leicht herausbekommen, wie viele falsche Eingaben erzeugt werden müssen, damit der gesamte Komplex durcheinandergerät.«

Trini erhöhte die Datenmenge, die in sein Gehirn strömte. Sören lachte belustigt.

»Im ersten Augenblick wird einem schwindelig wie bei einem Karussell, das man direkt anschaut.«

»Wie lange dauert es, bis der Schwindel vergeht?«

»Zwei, drei Sekunden. Ist die erste Viertelstunde vorüber?«

Im Netz verlor der Mensch sein Zeitgefühl, das wußte sie aus seinen Erzählungen über die Wirkung des Simusense. Auch aus der Hypnoschulung war der Effekt bekannt.

»Du bist jetzt fünfzig Minuten im Netz.«

»Oh.« Er schwieg eine Weile und sagte dann: »Mir kommt es vor, als sei der Kontakt eben erst erfolgt. Kann es sein, daß sich der gesamte Informationsfluß des Makro-Neurons im Kreis dreht?«

Der Syntron bestätigte seine Aussage. Das Makro-Neuron des Kenteullen-Rades lieferte Anzeichen dafür, daß der Datenfluß aller Steuerautomaten in eine Endlosschleife mündete. Ob dies die Zerstörung des Lebensraumes beschleunigte oder verzögerte, war nicht zu erkennen.

Vielleicht kannte Fharen Loy Meved die Antwort.

Trini warf einen Blick nach hinten. Der Nonggo lag reglos auf seiner Liege. Einen Terraner mit dieser graugelben Hautfarbe und den eingefallenen Wangen hätte sie für tot gehalten. Beim vierten Volk von Thoregon galten andere Maßstäbe.

Die Hände des Neuron-Spezialisten zuckten plötzlich. Sein Kopf fiel zur Seite. Das Flattern der Augenlider alarmierte Trini.

»Syntron ...«

Das schrille Pfeifen kam nicht aus dem Hintergrund, sondern von der Liege unmittelbar vor ihr.

»Netz abgehängt«, verstand sie den Automaten. Aus den Augenwinkeln nahm sie den Medorobot wahr, der Bornegod mehrere Infusionen verpaßte.

Ein lauter Schrei erfüllte das Hauptlabor. Der Nonggo

stieß ihn aus. Er fuhr empor, fiel zur Seite und wäre zu Boden gestürzt, wenn ihn nicht ein Prallfeld aufgefangen hätte.

Trini blickte gehetzt zwischen den beiden hin und her. Der Medorobot raste nach hinten und kümmerte sich um Fharen Loy Meved. Anschließend kehrte er sofort zurück.

»Der Nonggo hat einen Schock erlitten«, verkündete er. »Die Wiederbelebung des Terraners ist nicht möglich.«

Trini klammerte sich an die Liege des Alten. »Das kann nicht sein«, ächzte sie. »Syntron ...«

»Tut mir leid, Trini. Bei Bornegod ist für die Dauer von acht hundertstel Sekunden eine ungefähr tausendprozentige Überlastung des Gehirns eingetreten. Es führte sofort und unwiderruflich zum Hirntod.«

Der Chip ...

»Alle organischen Funktionen sind normal«, fuhr der Automat fort.

Die Neurologin starrte den Kopf des alten Mannes an. Ihre Knie gaben nach. Sie sank zu Boden und lehnte sich mit dem Rücken gegen die Wand. Das Schaukeln und Rütteln des Untergrunds – sie spürte es nicht.

»Der verfluchte Chip, was haben wir falsch gemacht?«

Die Antwort des Syntrons raubte ihr beinahe den Verstand.

»Der Chip ist in Ordnung.«

»Nein!« Es konnte nur am Chip liegen.

Sie sprang auf und wankte ans hintere Ende des Raumes. Fharen Loy Meved zuckte konvulsivisch.

»Weckt ihn. Schnell!«

Es gelang ihnen, den Nonggo so weit zu stabilisieren, daß er sprechen konnte.

»Trini«, kam es kaum hörbar über seine Lippen. »Es ist meine Schuld. Ich habe es zu spät bemerkt. Es kam von außen ...«

»Du meinst von ›draußen‹.«

Düstere Gedanken überschwemmten ihr Bewußtsein. Ein Eingriff von der Außenseite des Sphärenrades – es konnte nur eines bedeuten. Ja, sie war sicher, daß sie keine andere Erklärung erhalten würden. Wenn jemand in den Anlagen herumpfuschte und Dinge in Gang setzte, die er nicht kontrollieren konnte, dann *er*.

Das Schicksal bestimmte ihn zum ewigen Tölpel. Allein seine Anwesenheit reichte aus, daß die Welt unterging.

Traurigkeit befiel sie. In ihren Augen sammelte sich Feuchtigkeit.

Loura Gaikunth hätte ihn nie mit hinaus in die Anlagen nehmen dürfen.

»Gisolf Khanderan«, sagte sie mit brüchiger Stimme. »Wenn jemand schuld daran hat, dann er. Nicht du, Fharen Loy.«

Der Nonggo auf seinem Warmluftbett ächzte.

»Weitermachen. Chip – in Ordnung. Ist von außerhalb ...«

Er fiel in sich zusammen und verlor das Bewußtsein. Der Medoroboter verabreichte ihm eine Injektion, die seinen Kreislauf stabilisierte.

Trini Madang kehrte zu der Liege mit Sören Bornegod zurück. Langsam wich das Blut aus seinem Gesicht. Wächserne Blässe breitete sich über die ehrwürdigen Gesichtszüge aus. Irgendwie sah er ein wenig verwundert aus, als habe er im letzten Augenblick etwas erlebt, was keinem anderen Menschen je möglich war.

Schneller als gewohnt begann bei ihm die Zersetzung des Gehirns. Das Steuerzentrum des Körpers versiegte, und mit ihm stellten auch die übrigen Organe nach und nach ihre Funktionen ein. Eineinhalb Stunden dauerte es ungefähr, wenn die Automaten ihn nicht künstlich am Leben erhielten.

Sören Bornegod besaß keine Verwandten in Kalkutta-

Nord. Auf dem amerikanischen Kontinent Terras lebte ein Cousin mit seiner Nachkommenschaft, zu dem er keinen Kontakt hielt. Sein Zuhause und sein Leben waren Kalkutta-Nord.

»Es wäre nicht in seinem Sinne, wenn wir sein Leben künstlich verlängern«, wandte sie sich an die Männer und Frauen. »Wir werden ihm ein ehrendes Andenken bewahren.«

Sie blieb bei ihm, stumm und ebenso blaß. Als der Medoroboter den endgültigen Tod des Körpers meldete, trug Trini Madang ihr ehrgeiziges Projekt zu Grabe.

Die Nacht verbrachte sie in einem Zustand aus Dahindämmern und Wachsein. Tausend Fragen stellten sich ihr, auf die sie mindestens dreitausend Antworten wußte. Nur zu einer einzigen fiel ihr nichts ein.

Wieso wollte Fharen Loy Meved sie ermuntern weiterzumachen? Was steckte dahinter?

Immer wieder setzte sie sich von dem kleinen Ruheraum aus mit dem Hauptlabor in Verbindung. Der Nonggo lag noch immer im Schock-Koma, aus dem sie ihn höchstens mit starken Medikamenten holen konnten. Das Risiko einer Beeinträchtigung seiner Gesundheit wollte sie nicht eingehen. Es stand schlimm genug um ihn. Die Zahl der verstorbenen Nonggo belief sich inzwischen auf eine Viertelmillion. Jedes Erlöschen eines Bewußtseins stellte sich im Netz als Verlust eines nie stagnierenden, bewußtseinstragenden Informationspools dar. Der einzelne Nonggo litt darunter vermutlich ebenso wie unter der Trennung von den Neuronen.

Trini versuchte sich vorzustellen, wie es wäre, wenn sie von einem Augenblick auf den anderen völlig allein in Kalkutta-Nord lebte, ohne Kontakt zu anderen Menschen oder überhaupt anderen Lebewesen, umgeben von erstarrten Robotern und versiegenden Wasserleitungen, ohne Sinnesreizungen und Empfindungen, ohne Nahrung und sogar ohne die Stadt; einfach allein auf ein paar Felsentrümmern, die ins Dunkel des Alls hinausrasten.

So ähnlich oder noch schlimmer mußte es sein.

Daß es nie so weit kommen würde, dafür wollte sie ihren Beitrag leisten. Der Tod Sörens, er durfte nicht umsonst sein. Sie konnte es aber auch nicht zulassen, daß weitere Versuchspersonen ihr Leben opferten.

Es gab nur eine einzige Möglichkeit, die sie vielleicht weiterbrachte …

Sie entschloß sich, genau das zu tun. *Einen* Versuch wollte sie noch wagen.

Trini setzte sich mit Lentini in Verbindung. Mit der hereinbrechenden Morgendämmerung traf er ein. Wie schon einmal saßen sie sich im Foyer gegenüber. Das Schwanken des Untergrunds ließ seit einer halben Stunde nach, aber dafür nahm die Zahl der Beben zu. Schwere tektonische Verschiebungen erschütterten die Stadt in ihren Grundfesten und bedrohten die Labors in den Kelleretagen. Die Stärke der Beben überstieg den Wert 6 auf der nach oben offenen Richter-Skala. Ab Stärke 8 mußten sie mit dem Einsturz weiterer Häuser und Stadtteile rechnen. Wenn sich gleichzeitig auch das Kreiseln der Rotationsachse verstärkte und ungefähr dreißig Prozent der Materieverdichter und Gravofelder ausfielen, war das Ende gekommen.

Die Syntrons hatten vorab ausgerechnet, daß es dann nicht einmal eine halbe Stunde dauern würde, bis das Sphärenrad sich vollständig in seine Einzelteile auflöste.

Der Polizeichef brachte schlechte Nachrichten. Die Situation in mehreren Anlagen geriet außer Kontrolle. Kalkutta-Nord hatte mehrere abgehackte Funkbotschaften von der Außenseite aufgefangen. Etwas lief dort gewaltig schief, und sie mußten mit dem Schlimmsten rechnen.

»Es sieht aus, als hätten wir nur noch eine Chance, nämlich euer Projekt«, machte er ihr begreiflich. »Unter den gegebenen Umständen ist es völlig sinnlos, den Sperrgürtel um die Stadt weiterhin aufrechtzuerhalten. Ich habe gestern abend angeordnet, die Lafetten ins Zentrum zu schaffen.«

Trini lauschte seinen Worten nach, mit denen er alle seine Hoffnung in das gemeinsame Projekt der Kalkuttani und der Nonggo setzte. Einen Augenblick schwankte sie, ob sie ihm die Wahrheit sagen sollte. Sie entschied sich, daß es in dieser Situation falsch war, ihm diese wichtigen Informationen vorzuenthalten.

»Wir versuchen es ein zweites Mal«, wiegelte sie ab, als er auffahren wollte. »Du kannst dich ganz auf mich verlassen. Wir gehen ins Netz und kriegen die Lage in den Griff.«

»Beeilt euch. Es kann sein, daß das Sphärenrad schon in wenigen Stunden auseinanderfliegt.«

Er verabschiedete sich so schnell, wie er gekommen war. Es gab einen triftigen Grund dafür, sie sah es ihm an. Er wußte mehr, als er sagte.

Trini versuchte, selbst eine Verbindung mit Loura Gaikunth oder einer anderen Person auf der Außenseite des Kenteullen-Rades zustande zu bringen. Es gelang ihr nicht. Sie schaltete auf Dauersendung und hoffte, daß ihre Botschaft irgendwann durch Zufall ans Ziel gelangte.

»Einflüsse von außen haben zum Tod Sören Bornegods geführt«, lautete der Text der Botschaft. Sie fügte Einzelheiten über den Vorgang hinzu. »Die Ursache könnte bei euch liegen. Schaut euch ein bißchen gegenseitig auf die Finger, bevor wir hier alle draufgehen.«

Trini vermied es, ihren Verdacht gegen Gisolf persönlich zu richten. Sie wußte, wie sehr sie ihn damit getroffen hätte. Es gab keinen Beweis dafür, daß er tatsächlich etwas damit zu tun hatte. Wenn ihrer Meinung nach vieles dafür sprach, war das ein rein subjektives Empfinden.

Sie kehrte in das Hauptlabor zurück und setzte sich mit den knapp vierhundert Männern und Frauen des Projekts in Verbindung.

»Ich brauche zwanzig Freiwillige. Sie sollen vorerst nichts anderes tun als sich den Chip implantieren lassen. Sobald feststeht, daß alles in Ordnung ist und es keine Gefahr mehr gibt, folgen sie dem Lotsen ins Netz.«

Es dauerte nicht einmal zwei Minuten, bis sie die erhoffte Anzahl zusammenhatte. Keiner stellte eine Frage nach dem Lotsen. Sie wußten, daß nur sie selbst es sein konnte.

Nacheinander ließen sie sich den Chip in die Blutbahn spritzen und verfolgten seinen Weg ins Stammhirn.

Pen Stobbe meldete sich aus einem der Knoten des Upjhar-Netzes. »Trini, willst du es wirklich tun?« fragte er.

»Weißt du eine bessere Lösung? Als Neurologin bin ich geradezu prädestiniert.«

Er schwieg.

»Na also«, stellte sie fest. »Morgen ist es zu spät.«

Sie ahnte nicht, wie nahe sie der Wahrheit kam.

»Viel Glück von uns allen«, wünschte Pen. »Wir drücken dir die Daumen, wie wir sie Sören gedrückt haben.«

»Danke, Leute.«

Sie verfolgte auf dem Hologramm, wie der Nano-Chip andockte und der Syntron die kindischen Testsätze in ihr Bewußtsein schickte.

»Kontakt erfolgreich«, meldete der Automat.

»Gib mir Bescheid, sobald Fharen Loy sich so weit erholt hat, daß wir ihn wecken können.«

Plötzlich war dieses innere Unbehagen da. Es ließ sich nicht in Worte oder Gedanken fassen. Sie versuchte, es soweit wie möglich zur Seite zu drängen, aber es blieb. Ein paar Augenblicke lang glaubte sie ersticken zu müssen.

Aus dem Nichts tauchten in ihrem Bewußtsein Daten auf. Der Syntron fütterte den N-223 in ihrem Gehirn mit Informationen über Kenteullen und die Geschichte der Nonggo. In ausführlichen Details erlebte sie in Gestalt von Interkosmo-Informationen und Bildern, wie die Nonggo ihre Heimatwelt zerlegt und anschließend in Jahrhunderte andauernder Arbeit zwölf Sphärenräder daraus gemacht hatten. Der Umzug aus den Orbit-Urbanisationen auf das Ongg-Rad glich einer nicht enden wollenden Prozession. Anfangs wohnten zehnmal so viele Nonggo auf dem ersten Sphärenrad wie in heutiger Zeit. Erst später, als die nächsten Räder ihre Einweihung erlebten, sank die Bevölkerung auf ein erträgliches Maß.

Zweieinhalb Jahrtausende ließen sich die Bewohner des Teuller-Systems Zeit, bis mit dem Zeun-Rad das jüngste und technisch modernste Rad seine Funktion als Lebensraum der elften Nonggo-Familie aufnahm. Von diesem Zeitpunkt an galt das Gesetz aus Urzeiten, daß jeder Nonggo als dritten Namensteil den alten Familiennamen trug und damit auch seine Herkunft von dem betreffenden Rad dokumentierte.

»Es wird langweilig«, sagte Trini leise und mit geschlossenen Augen. »Wann schaltest du endlich die Verbindung zum Makro-Neuron?«

Die Antwort des Syntrons hörte sie als undeutliches Gemurmel. Gleichzeitig verschwand die Enge in ihrem Hals. Sie bildete sich ein, jetzt besser Luft zu bekommen.

Trinis Bewußtsein tauchte übergangslos in einen tiefen, dunklen Ozean ein. Zumindest war das der erste Eindruck, den die über sie hereinbrechende Informationsflut erzeugte. In weiter Ferne tauchten Lichtblitze in Regenbogenfarben auf, rasten mit Lichtgeschwindigkeit heran und blendeten sie. Hinter den Farben nahm ihr Bewußtsein undeutlich Bilder wahr. Anfangs ähnelten sie Bauwerken. Je näher sie kamen, desto stärker zerfaserten sie und verwandelten sich in surrealistische Kompositionen.

Trinis Bewußtsein spürte den Schmerz der Farben und schrie.

Jemand rüttelte sie unsanft an der Schulter. Es tat weh, oder sie bildete sich das zumindest ein.

»Du verkrampfst dich zu sehr!« brüllte ihr eine Stimme ins Ohr. »Der Medorobot gibt dir eine Spritze zur Entspannung.«

»Ja«, murmelte sie. »Natürlich.«

Vergeblich wartete sie darauf, daß eine Wirkung eintrat. Sie fühlte sich übergangslos allein gelassen, obwohl sie die Nähe anderer Menschen und die Wärme ihrer Liege spürte.

Sie versuchte, sich zu konzentrieren, aber in ihrem Kopf tobten gewaltige Kämpfe aus Farben und Informationen. Endlos lange dauerte es, bis sie verblaßten und einem wohltuenden Licht wichen.

»Deine Nerven sind zu überreizt«, sagte die Stimme neben ihr. Diesmal verstand sie die Worte klar und deutlich. »Du hättest dich besser ausruhen sollen.«

Gedanken an die Anfangszeit des Projekts lenkten sie ab. Damals hatten sie gemeinsam die Richtlinien für eine Benutzung des Netzes festgelegt, Fharen Loy Meved, Trini Madang und ein Beraterstab aus beiden Völkern. Zusätzlich hatten sie Aufzeichnungen über die Sensibilität der Nonggo beim Umgang mit den Menschen in einer Textbank von mehreren Gigabytes Umfang niedergelegt.

Seit jenem Zeitpunkt wußte Trini erst, welche Weisheit und charakterliche Größe dem Volk aus dem Teuller-System innewohnte. Sie begriff in letzter Konsequenz, warum die Nonggo nicht der Selbstvernichtung zum Opfer gefallen waren wie andere Völker in den Thoregon-Galaxien. Ein Vergleich zwischen den Nonggo und den Terranern ließ sie doch ziemlich nachdenklich werden.

Konzentriere dich. Du bist nicht zum Träumen ins Netz gegangen!

Sie gab sich einen Ruck und dachte an Sören, dessen Opfer nicht vergeblich sein durfte. Dem alten Mann war es teilweise gelungen, den Datenfluß mit seinen Gedanken zu steuern. Dahin mußte sie, wenn ihr Einsatz einen Sinn erhalten sollte.

Der Syntron unterstützte sie mit seinem Wissen über die Programmsprachen und die Funktionsschemata der Neurone. Er übersetzte die Datenflut in verständliche Begriffe, aber diese türmten sich immer höher vor ihr auf, ohne daß sie etwas dagegen tun konnte. Der Chip erkannte ihr Problem und drosselte den Datenfluß.

Trini hätte nie gedacht, daß dieser fürchterliche Datenmüll zu einer psychischen Belastung für sie werden könnte. In einer riesigen Welle aus sinnlosen und falschen Informationen brach er über sie herein und begrub sie unter sich.

Was die Syntrons ihr an Interkosmo-Daten lieferten, war nur die Spitze des Eisbergs. Ihr Kopf schien zu dröhnen, aber dabei handelte es sich um Einbildung. Eine innere akustische Wahrnehmung existierte nicht.

Wenn ich das länger mitmache, verliere ich den Verstand, sagte sie sich.

Egal, welche Daten sie sich herauspickte, kein einziges Paket ergab einen Sinn. Eine verrückte Superintelligenz mochte so etwas erzeugen oder eben die Gesamtheit aller Mikro-, Meso- und Makro-Neurone auf dem Kenteullen-Rad.

RÜCKMELDUNG STEUEREINHEIT-KANTINE 68-X-4388-77-UVZ AN STEUEREINHEIT 47-T2288-11-ACF-MATERIEVERDICHTER 12644: KÜHLSCHRANK ABSCHALTEN UND LICHT AUS. SPEICHER HOCHFAHREN. ENERGIE ABLEITEN. SELBSTVERNICHTUNG VORBEREITEN.

ANTWORT: VERSTANDEN. LEITE ABTAUVORGANG EIN. KEINE LICHTQUELLE LOKALISIERT. KÜHLSCHRANKDREHZAHL ZU HOCH. LÖSCHANLAGE AKTIVIERT. RESET.

Die Flut des Irrsinns ließ sie fast bewußtlos werden. Mühsam kämpfte sie um die Kontrolle ihrer Sinne. Bloß jetzt nicht die Orientierung verlieren. Wenn ihr das passierte, war es fast so schlimm wie der Tod.

Nach und nach gelang es ihr, wenigstens die optischen Eindrücke zu kanalisieren. Es reichte bei weitem nicht aus. Sie mußte mehr leisten, und das schneller.

Es kam ihr vor, als seien bereits Stunden oder Tage vergangen. Sören war die Zeit sehr kurz vorgekommen, ihr erging es genau umgekehrt. Aber der alte Mann war innerlich ruhig und ausgeglichen ins Netz gegangen. Bei ihr war das Gegenteil der Fall.

Sie gab sich einen Ruck und wischte ihre Gedanken zur Seite. Wenn ihr etwas weiterhalf, dann war es Konzentration. Sie benötigte eine Weile, bis es funktionierte.

Die Neurologin erinnerte sich an das, was Sören herausgefunden hatte. Das menschliche Gehirn war in der Lage, in Echtzeit ähnliche oder identische Befehlsfolgen zu identifizieren und in einen Zusammenhang zu bringen. Bis jetzt fiel es ihr schwer, angesichts der überwältigenden Schwierigkeiten einen Sinn zu sehen. Wo anfangen?

In der Flut der Informationen entdeckte sie schließlich die Rückmeldung der Kantinen-Steuereinheit an den Materieverdichter. Der Inhalt stimmte nicht mehr vollständig mit der früheren Version überein. Der Informationsaustausch zwischen den beiden Automaten stellte ein Musterbeispiel für die völlige Fehlleitung von Daten dar. Das gesamte Sphärenrad erstickte unter Millionen solcher Falschmeldungen.

Trini hoffte inständig, daß Materieverdichter keine Selbstzerstörungsanlage besaßen.

»Inzwischen bist du fünfzehn Minuten im Netz«, hörte sie den Syntron sagen. »Versuche, den Datenwust in seine beiden Datenströme zu trennen, Informationen und Befehle getrennt zu betrachten. Vielleicht hilft es dir weiter.«

Fünfzehn Minuten! Ihr kam es vor wie fünfzehn Tage.

»Ja«, krächzte sie und erschrak über diese Stimme. Es war nicht ihre eigene, sondern die eines Papageien.

»In wenigen Sekunden bekommst du wichtige Daten«, fuhr der Syntron fort. »Sechs Prozent der Befehlswege im Netz des Kenteullen-Rades sind entschlüsselt und stehen dir dann zur Verfügung. Gleichzeitig mit dir arbeiten alle Syntrons der Stadt und ihrer Einwohner daran, ein erstes Raster über die Funktionsweise des Chaos zu erstellen.«

Mehr als zweieinhalb Monate taten sie das inzwischen. Die Zahl der Syntrons, sofern sie unter den chaotischen Umständen einsatzbereit waren, lag bei knapp zehntausend. Die immer wieder bis in die Stadt durchbrechenden Störungen im UHF-Bereich setzten einen Großteil davon außer Gefecht. Auch die Energiespeicher und die Paratronprojektoren streikten. Stündlich rechneten die Kalkuttani mit dem erneuten Auftreten eines Dimensionsrisses, der ihre Existenz bedrohte.

Für eine schnelle Entwirrung von Milliarden operativer Befehle reichte die Zahl bei weitem nicht aus.

Das menschliche Gehirn ist der bessere Syntron, sagte Gisolf in dozierendem Tonfall zu ihr. Er wiederholte seine Worte vom neunten Juli des Vorjahres, ihrem Geburtstag. Sie lachte hysterisch. Er weilte nicht in der Nähe und war auch nicht in der Lage, einen syntronischen Kontakt zu ihr herzustellen. Ihr Unterbewußtsein spielte ihr einen Streich.

Die Stimme in ihrem Bewußtsein blieb und führte ihr vor Augen, in welchem bedauernswerten Zustand sich ihre Nerven befanden.

»Ich steige aus«, wollte sie rufen. In diesem Augenblick

trafen die Informationen des Syntrons ein. Sie enthielten konkrete Informationen über die Wege innerhalb des Netzes, unterteilt in Hauptstränge, Nebenstränge und Schnittstellen, jeweils klassifiziert nach Befehlsströmen und Informationsströmen. Insgesamt waren es ein paar Millionen, von denen Trini sich auf die wichtigsten stürzte.

Bekämpfe Feuer mit Feuer, sagte ein altes Sprichwort. Auf Waldbrände und ähnliches traf es zu. Im Umgang mit dem Nonggo-Netz fehlten die Erfahrungen.

Trini trug dem Syntron auf, eine statistische Berechnung darüber anzustellen, wie viele falsche Eingaben sie erzeugen mußte, damit der gesamte Komplex der verrückten Befehlsströme versiegte.

Sie stürzte sich auf die sechs Prozent Befehlswege und suchte nach wichtigen Hinweisen. Ihre Gedanken produzierten eine Reihe von Kennwörtern, darunter die der Teknon-Area, in der sie Loura Gaikunth und ihre Begleiter wußte. In ihrem Bewußtsein bauten sich Hinweise über Schnittstellen und Verbindungen auf.

Bloß nicht den Faden verlieren! schärfte sie sich ein. Sie konzentrierte sich auf die Koordinaten und folgte der Kette von Datensätzen bis ans Ziel.

Teknon antwortete! Die Area existierte noch. Die Automaten dort arbeiteten.

Trini nahm es erleichtert und mit einem leisen Gedanken an Gisolf Khanderan zur Kenntnis.

Behutsam fädelte sie sich in den Informationsstrom ein. Er wies erhebliche Störungen auf. Die Daten verteilten sich nicht gleichmäßig in die Neurone. Sie kamen stotternd, mal mit einer Million Terabytes, mal nur mit dreißig. Innerhalb eines Zwölfer-Zyklus rutschte der Wert einmal in den Gigabyte-Bereich ab.

Vergeblich hielt sie nach Befehlsströmen Ausschau. Es flossen nur Informationen, gerade so, als habe jemand alle

Steuerprogramme gelöscht und nur die Analysesysteme in Funktion belassen. Ihre Erleichterung wich dumpfer Betroffenheit. Sie nahm es als Beweis, daß in Teknon niemand mehr lebte und arbeitete. Die Vermutung, daß der tödliche Einfluß aus Teknon kam, der Sören Bornegod das Leben gekostet hatte, wurde für sie zur Gewißheit.

Die Angst, daß ihr Lebensgefährte durch seine Arbeit oder sein Verhalten zum Scheitern des Projekts beitrug, trieb Trini an. Hastig analysierte sie alle Informationen, die sie aus der Area erhielt. Sie schickte ein Testpaket hinüber, erlebte dessen Vernichtung durch hyperphysikalische Einflüsse und schaffte es im zweiten Anlauf.

Etwas saugte Energie aus dem Neuron. Sie merkte es an der schwächer werdenden Flußgeschwindigkeit. Der Datendurchsatz im Makro-Neuron sank ruckartig von Milliarden Informationseinheiten auf ein paar hunderttausend. Die Dämpfung des N-223 brauchte nur noch mit einem Tausendstel ihrer Kapazität zu arbeiten. Trini schickte einen Gedankenimpuls an den Syntron, die Dämpfung auf keinen Fall herunterzufahren.

War es dieses Phänomen gewesen, das Sören getötet hatte? Überforderte eine ruckartige Wiederkehr des gigantischen Datenflusses die Dämpfung und führte zu einer Überhitzung des Stammhirns?

Sie begriff übergangslos, daß sie in Lebensgefahr schwebte.

»Teknon arbeitet mit höchstens einem Zehntel ihrer eigentlichen Kapazität«, hörte sie den Syntron sagen. »Eine Ursache ist nicht erkennbar.«

Trinis Testpaket blieb ohne Antwort. Dafür entdeckte sie Datenströme von fremdartiger Struktur. Sie paßten nicht in das Muster dessen, was die Automaten in Kalkutta-Nord über Programme und Programmsprachen der Nonggo wußten.

Der Syntron gab Alarm. »Ich unterbreche den Kontakt

zum Makro-Neuron und fahre die Datenmenge herunter«, teilte er ihr mit.

»Nein, warte.«

Die fremden Daten verschwanden von einem Augenblick auf den anderen. Sie kehrten nicht zurück, und Trini schickte eine unkodierte Textbotschaft an die Teknon-Area.

»Hier Trini Madang. Meldet euch. Versucht, euch mit euren Syntrons in diese Datenverbindung einzuklinken und sie stabil zu halten.«

Ehe sie eine Antwort erhielt, drangen von überall her Informationen auf sie ein und trieben sie an den Rand des Wahnsinns.

12.

Historischer Exkurs 4: Die Teilung

Sie feierten Berende Travurbo Ongg entsprechend dem jahrzehntausendealten Ritus ihres Volkes. Die gesamte Regierung geleitete den Alterspräsidenten vom Glockenpalast hinüber zur Mitte des freien Geländes, an dessen anderem Ende die Gebäude des Nonggo-Museums aufragten.

Berende Travurbo Ongg bestieg sein Doppelrumpf-Schiff und gab den Befehl zum Start. Von der offenen Schleuse aus und nur durch einen dünnen Filmschirm vor dem gewaltigen Sog der Atmosphäre geschützt, erlebte er den Flug hinauf in den Orbit. Dort ging seine MEDECH-ATHER-KONDEIRON in eine Kreisbahn und wartete, bis Teuller hinter dem Horizont versank und die Nacht über diese Seite des Planeten hereinbrach.

Auf sein Kommando hin schaltete der Pilot des Schiffes die Projektion ein.

Ein gewaltiges Holorama entstand. Es reichte von den untersten Luftschichten Onggs bis herauf ins Nichts. Der tiefste Punkt der Projektion lag zwanzig Körperlängen über den Kuppeln des Glockenpalastes.

Mitten in der Projektion erschien die hundertfach vergrößerte Gestalt Berende Travurbo Onggs. Spätestens bei seinem Erscheinen hielten die Nonggo auf der Oberfläche den Atem an.

»Bürger dieser Welt, heute nacht beginnt eine neue Epoche in unserer Geschichte. Wir kehren zu den Wurzeln unserer Tradition und zu den Überlieferungen des weisen Thetustan-Salim-Zeun zurück, der uns einst in allen wichtigen

Dingen des Lebens unterwies. Seine Schriften zeichnen uns den Weg in die Zukunft vor. Volk von Ongg, unser Planet ist zu klein geworden. Nicht für unsere Körper, aber für unser Geistespotential. Die Zeit ist reif, einen weiteren Schritt in unserer Entwicklung zu tun. Wir vollziehen ihn nicht wie andere Völker, die zur Raumfahrt finden und sich in alle Winde zerstreuen. Nein, wir bleiben unserem alten roten Stern treu. Wir verehren die Heimat, doch wir gestalten sie neu.«

Er legte eine Pause ein und befeuchtete seinen spröde und rissig gewordenen Kopf mit Kühlungsgelee.

»Ihr seht das Rad über euch. Es reicht weit hinauf, ein verkleinertes Abbild, ein Modell. Das Original wird größer sein, und es wird als Vorbild für weitere Räder dienen. Zwölf werden es eines Tages sein, und sie werden uns durch das All tragen, der Bahn unseres Ursprungsplaneten folgend. Sie werden die Namen der elf ursprünglichen Familien tragen, die unsere Kultur entwickelten und am Beginn des Raumfahrtzeitalters in der großen Ongg-Sippe zusammenfanden. Jedes Zeitalter tut das, was richtig ist. Jetzt ist es so weit, daß unser Volk von der Planetenoberfläche aufbricht. Bisher hat Ongg uns behütet. In Zukunft werden es die Sphärenräder tun.«

Feierlich entrollte er das Pergament aus der Frühzeit und begann zu lesen.

»Ich rufe die Zeun und die Meved, die Kort, die Grendiss, die Ongg und Bor, ferner die Gieber, Nneu, Hermülen, Lantis und Namig. In dieser Reihenfolge werden sie den Rädern ihren Namen geben. Ganz zuletzt und am äußersten Rand unseres Sonnensystems wird schließlich das zwölfte Rad seine Bahn ziehen, das Sündenrad. Bürger unserer Welt, folgt nun meinem Ruf und kommt zu mir.«

Der alte Mann rollte das Pergament zusammen und ließ es zwischen den weiten Falten seines Umhangs verschwinden. Die mageren Hände krallten sich an den Rahmen der Schleuse. Weit lehnte er sich hinaus und spähte in die Tiefe.

Sie kamen. Erst waren es nur winzige helle Punkte vor dem nachtschwarzen Himmel. Sie verwandelten sich in leuchtende Balken und Kugeln. Hunderte zählte er, später Tausende. Während die MEDECH-ATHER-KONDEIRON der Nachtseite enteilte und über taghelles Gebiet flog, zählte der Steuerautomat bereits zwanzigtausend Einheiten; Einzelrumpf-Schiffe, Doppelrumpf-Schiffe, schlanke Pfeile und wuchtige Vieleckeinheiten.

Majestätisch stiegen sie in den Himmel über Ongg herauf und gruppierten sich in den vorgesehenen Umlaufbahnen zu elf großen Schalen. Als Teuller über dem Glockenpalast stand und die lokale Mittagsstunde anzeigte, hatten alle Bewohner Onggs mitsamt den Neuronen ihre Welt verlassen. Die Pulks ihrer Schiffe näherten sich den Orbit-Urbanisationen, in denen sie die nächsten Jahre und Jahrzehnte zubringen würden. Manche der Zwanzig-Rumpf-Stationen waren für ein Leben über Jahrhunderte und Jahrtausende eingerichtet. In ihnen würden Generationen kommen und gehen.

»Willkommen in der neuen Heimat«, rief Berende Travurbo Ongg ihnen entgegen. Als Hologramm war er in jedem Raum ihrer Schiffe zugegen. »Sie wird euch behüten und beschützen. Sie wird euch trösten und sich mit euch freuen. Und sie wird euch freudig ziehen lassen, sobald das Kunstwerk vollendet ist.«

Ein Gong verkündete den Start des Glockenpalasts. Das riesige Gebilde mit seinen Ausmaßen von achthundert mal sechshundert Metern erzitterte. Ein Dröhnen ließ den Kontinent erbeben. Auf den gezoomten Darstellungen der Hologramme verschwamm der Regierungssitz zu einem Klecks aus gelben, braunen und grauen Farben.

Im Zeitlupentempo hob der Glockenpalast ab. Zentimeter um Zentimeter schoben die gewaltigen Triebwerke ihn in die Höhe. Ihre Energien verdampften das Gestein bis in eine Tiefe von zweihundert Metern. Das mächtigste Bauwerk des Planeten Ongg besiegelte den Abschied eines ganzen Volkes.

Der Glockenpalast entfaltete Orkane in den tiefen Schichten der Atmosphäre. Sie zerstörten die Wälder des Kontinents und rissen Berge ein. Sie schoben die angrenzenden Ozeane über das Land und zerquetschten die letzten Bauwerke, die in den Himmel ragten. Die stolzen Türme der Coqillerie knickten wie dünne Baumstämme und versanken in den Fluten.

Drei Stunden benötigte der Regierungssitz, bis er die Lufthülle des Planeten durchquert hatte und an den Schiffpulks und Urbanisationen vorbei den freien Weltraum erreichte. Die Triebwerke spien noch immer ihre tödlichen Energien ins Nichts. Sie beschleunigten den Koloß über die Erste Kosmische Geschwindigkeit hinaus und bugsierten ihn weg von Ongg und Teuller ins All hinaus.

Zehn Stunden später leiteten sie das Bremsmanöver ein. Der Glockenpalast drehte sich um hundertachtzig Grad und paßte sich nahtlos in die Lücke ein, die ihm die Partitionsflotte gelassen hatte. Seine Ankunft und sein Einschwenken in eine reguläre Umlaufbahn um Teuller markierten den Beginn der zweiten Etappe.

Hunderttausend kleine, wendige Schiffe rasten dem Planeten entgegen. Ihre riesigen Energiewerke nahmen neunundneunzig Prozent des Volumens ein. Für die Besatzung und die Steueranlagen blieb lediglich ein Prozent.

Mit leuchtenden Augen verfolgte Berende Travurbo Ongg die Manöver der High-Tech-Flugzeuge. Sie verteilten sich gleichmäßig über dem Planeten und aktivierten ihre Superenergie-Kanonen. Hunderttausend nadelfeine Strahlen durchstachen die Atmosphäre und bohrten sich in die

Gesteinshülle des Planeten. Sie schufen Kanäle ins Magma und weiter hinab in die Kugelschale aus Gas.

Ongg schleuderte hunderttausend Fontänen empor. Manche reichten zwanzig Kilometer in die Atmosphäre hinauf. Der Planet verwandelte sich in ein gigantisches Feuerwerk. Die meisten der Kanäle gerieten außer Kontrolle. Die Öffnungen in der Kruste brachen und erweiterten sich, manche bis zu einem Durchmesser von mehreren Kilometern.

Noch einmal setzte sich der Alterspräsident mit seinem Volk in Verbindung.

»In diesen Augenblicken beginnt die neue Zeit und mit ihr die neue Zeitrechnung. Der Prozeß ist nicht mehr umkehrbar. Niemand kann oder will die Lücken schließen. Ongg, unsere geliebte Heimat, befreit sich vom Überdruck in ihrem Innern und wird nach und nach erkalten. Ihre Energien verpuffen jedoch nicht sinnlos. Die Energiewerke der Schiffe nehmen sie auf und speichern sie. Später, in Jahren oder Jahrtausenden, werden sie unserer neuen Heimat den Anstoß geben.«

Berende Travurbo Ongg war alt. Er wußte, daß er den Zeitpunkt nicht mehr erleben würde, an dem das erste Sphärenrad auf seiner Umlaufbahn entlangrollte. Er wollte nur noch sehen, wie alles anfing, wie sie die Materie aus dem Planeten lösten und mit ihr hinter Ongg zurückblieben, um in einer Entfernung von ein paar Millionen Kilometern auf derselben Umlaufbahn die neue Heimat zu bauen. Vor seinem geistigen Auge entstand sie schon in diesem Augenblick, fügten riesige Maschinenanlagen die Gesteinsbrocken Onggs zu einem neuen, phantastischen Gebilde zusammen, von der vereinten Kraft aller nonggischen Wissenschaftler im Lauf der letzten Jahrhunderte entworfen.

Das Ongg-Rad entstand und fing an, sich zu drehen. Drinnen im Sonnensystem, nicht weit von Ongg, würden sie anschließend das zweite Sphärenrad bauen, Grendiss. Danach das dritte in Richtung Peripherie des Sonnensystems, Bor, und so weiter. Irgendwann in der Zukunft schloß sich der Kreis, existierten alle Räder entsprechend der Anzahl der ursprünglichen Familienclans und in der Reihenfolge von Teuller aus, wie Berende Travurbo Ongg sie vorgelesen hatte.

Der Planet mit seinen Fontänen verschwamm vor seinen Augen. Eine plötzliche Schwäche zwang den Alterspräsidenten zu Boden. Er kroch an den Rand der Schleuse und berührte mit den Fingern den Filmschirm.

»Lebt wohl«, röchelte er. »Die Zukunft steht euch offen. Doch seid vorsichtig beim Herauslösen des Pilzdomes.«

Er nahm einen letzten Atemzug, warf nochmals einen Blick hinaus in die Unendlichkeit mit dem feuerspeienden Planeten am unteren Rand des Sichtfeldes und klammerte sich mit den knöchernen Fingern am Schleusenrand fest.

»Es ist ...«, brachte er hervor. Der Rest des Satzes verwehte im Wind. Seine Augen brachen, sein Herz stand still.

Mit Berende Travurbo Ongg endete das Planeten-Zeitalter der Nonggo.

13.

Gegenwart: Gegner aus dem Nichts

Fremdeinwirkung von außen – schlimmer konnte es wirklich nicht kommen. Es relativierte die Erfolgsmeldungen aus den verschiedenen Stationen. Möglicherweise täuschte etwas die Syntrons über den tatsächlichen Zustand der Anlagen hinweg.

Der Angriff auf Gisolf Khanderan war gezielt erfolgt. Dahinter steckten auf keinen Fall die Neurone.

Ein Gegner von außen also. Als erstes kam die Kosmische Fabrik in Frage. Wenn es Parr Fiorano darauf ankam, die Sphärenräder und ihre Bewohner zu vernichten, wozu kümmerte er sich dann um eine einzelne Person in einer Steueranlage?

Je länger Perry darüber nachdachte, desto unwahrscheinlicher erschien es ihm.

Wer aber dann? Das energetische Chaos im Teuller-System erstreckte sich bis in den Hyperbereich hinein und konnte in Gorhoon nicht unbemerkt bleiben. Wenn nach Wochen der Katastrophe jemand aufkreuzte und daraus seinen Vorteil zu ziehen versuchte, stellte das nichts Ungewöhnliches dar.

Die Gefahr für die Sphärenräder und ihre Bewohner wuchs damit beträchtlich. Selbst wenn es ihnen gelang, die Computer der Nonggo unter Kontrolle zu bekommen, schafften sie es nicht, die Eingriffe von außen abzuwehren. Die fremde Technik war zu überlegen.

Ein direkter Angriff im All kam nicht in Frage, da sich kein Gegner lokalisieren ließ.

Die Kalkuttani verfügten zudem nur über zwei flugtaugliche Space-Jets. Die Nonggo-Raumschiffe waren beschädigt oder zerstört. Mit ihren Meso-Neuronen erwiesen sie sich unter den gegebenen Umständen als tödliche Fallen für jeden, der sie in Bewegung setzte.

Die Gruppe unter Rhodans Führung erreichte den Ausstiegsschacht. Erste Felsbrocken fielen herab. Die Männer warteten, bis das Bombardement nachließ.

Perry kletterte voraus. Der Schacht mündete ebenerdig. Rechts entdeckte er in Sichtweite den Monolithen, dessen Eingang Nicholson und er benutzt hatten. Ein Stück der Space-Jet ragte dahinter hervor.

Im Funkäther rauschte und prasselte es. Rhodan schaltete den Hyperfunk ein. Es zerriß beinahe das in den Hufeisenkragen integrierte Gerät. Die Automatik annullierte die Eingabe blitzartig.

Die Umgebung schüttelte sich, als wolle sie ein lästiges Insekt abwerfen.

Der Aktivatorträger teilte seine Begleiter in zwei Gruppen auf. Nicholson führte die eine an, er selbst die zweite. Die Umgebung der Space-Jet ließen sie vorerst unbeachtet und wandten sich in die Richtung, in die sich das Rad drehte.

Weit gefächert, mit Abständen von fünfzig Metern zueinander, balancierten sie im Laufschritt über die Oberfläche. Hoch über ihnen rasten Blitze von einem Horizont zum anderen. Donnergrollen zeugte von gewaltigen Explosionen. Die Luft bebte und übertrug die Vibrationen auf die Schutzanzüge und die Körper. An mehreren Stellen flammte der Himmel in feurigem Rot auf, das erst nach Minuten erlosch.

Der Boden unter ihren Füßen wogte stärker. Links von ihnen entstand in einiger Entfernung eine Beule im Untergrund. Erst bildete sie einen kleinen Hügel, vergleichbar mit einem einfachen Kuppelzelt. Sekunden später wuchs sie zu einem Ballon von annähernd hundert Metern Durchmesser an.

Ein Blick zurück zeigte Perry, daß sich nicht weit hinter dem Schacht eine zweite Beule bildete. Teuller stand unmittelbar am linken Horizont. Der rote Stern driftete in Zeitlupe nach unten, wieder zurück und über seine ursprüngliche Position hinaus nach oben. Perry hatte übergangslos das Gefühl, auf winzigen Stahlkugeln zu laufen. Bei jedem Schritt rutschte der Boden unter seinen Stiefeln zur Seite.

Khanderan fuhr herum.

»Es ist die Rotationsachse. Das Rad eiert. Die Synchronisation der Automaten läßt nach. Was sage ich – sie ist völlig weg. Das ist das Ende.«

Bei Planeten zählte der Vorgang zu den physikalischen Gegebenheiten. Terras Achse zum Beispiel brauchte für eine vollständige Kreisbewegung sechsundzwanzigtausend Jahre. Beim Kenteullen-Rad vollzog sich der Vorgang innerhalb weniger Minuten. Ohne die Materieverdichter und die Stabilisator-Systeme wäre das Rad schon jetzt auseinandergebrochen.

Der Unsterbliche wurde den Eindruck nicht los, daß auch diese Bewegung nicht auf die Fehlfunktionen der Nonggo-Anlagen zurückzuführen war, sondern auf einen Eingriff von außen.

Das Rumoren unter ihren Füßen nahm zu. Gleichzeitig verstärkte sich die Seitwärtsbewegung des Bodens. Die Männer bemühten sich, das Gleichgewicht zu halten. Sie verkleinerten ihre Schritte und balancierten mit den Armen.

Das Sphärenrad geriet in eine permanente Taumelbewegung. Rhodans Pikosyn vermaß den Horizont und errechnete die Aberration des künstlichen Gebildes.

In Sichtweite entstanden weitere Beulen in der Oberfläche. Sie platzten nicht, es entwich kein Gas. Es handelte sich um Aussetzer in den Feldsystemen. Überall dort, wo sich der

Boden wölbte, drang die Fliehkraft ungehindert durch und drückte den Gesteinsmantel nach außen.

Irgendwann konnte die komprimierte Materie dem Druck nicht mehr standhalten. Dann würden die Beulen explodieren und die Gesteinsbrocken in alle Himmelsrichtungen schleudern. Spätestens dann wollte Perry auf keinen Fall mehr in der Nähe sein.

Khanderan blieb plötzlich stehen. Er rollte mit den Augen. Hier oben im rötlichen Dämmerlicht über dem Sphärenrad sah es gespenstisch aus.

»Da ist etwas«, stieß er hervor. »Habt ihr es auch auf der Ortung?«

Rhodan bestätigte.

»Von euch aus gesehen liegt es links«, klang Nicholsons Stimme auf. »Es muß ziemlich flach sein. Sonst wäre es optisch zu erkennen.«

Der Pikosyn im Kragen des Galornenanzugs widersprach. Er ortete die Metallkonzentration auf der rechten Seite und ungefähr dort, wo Nicholsons Gruppe sich entlangbewegte.

»Patt, zieht euch zurück. Es bewegt sich.«

»Dasselbe wollte ich eben dir zurufen«, antwortete der Space-Jet-Pilot. Er hielt sich an Rhodans Anweisung und ging mit seinen Männern rückwärts.

Rhodan blieb stehen und ging in die Hocke. Anschließend bewegte er sich seitwärts. Auf diese Weise führte er eine Ortung mit drei Bodenkoordinaten und einer Luftkoordinate durch. Die Position des georteten Gegenstandes änderte sich jedesmal.

Der Unsterbliche rief seine Begleiter nun ebenfalls zurück. Was immer sich dort vorn aufhielt, stellte eine Bedrohung dar. Die Leichtigkeit, mit der es in die Abläufe der nonggischen High-Tech eingriff, erinnerte Perry an die Technik der Kosmokraten.

Keine hundert Meter entfernt beulte sich das Sphärenrad

erneut aus und bildete einen Buckel von mindestens fünfzig Metern Höhe. Er versperrte ihnen den Blick auf das Areal, in dem sie den Gegenstand vermuteten.

Rhodans Blick wanderte hinauf zum Himmel über dem Sphärenrad. Die energetischen Gewitter behielten ihre Intensität bei. Blitze in allen Regenbogenfarben zuckten hin und her. Noch hielt der Schmiegschirm im großen und ganzen. Der Pikosyn ermittelte eine einzige, nahezu mikroskopisch kleine Stelle über dem taumelnden Rad, aus dem Spuren der Luft ins Weltall entwichen.

Die Öffnung besaß nur einen Zehntelmillimeter Durchmesser und war kreisrund. Der Gedanke, die verrückten Steuersysteme des Rades könnten sie erzeugt haben, erschien dem Unsterblichen absurd. Er zog eine senkrechte Linie von der Öffnung hinab zum Boden. Die Stelle lag exakt in der Mitte zwischen allen bisherigen Ortungen.

Rhodan blies zum Rückzug. Die Männer trafen sich auf halbem Weg zwischen den beiden Gruppen. Wieder diente Nicholsons Folie der lautlosen Kommunikation und machte die Runde.

Ich habe den Phantomsender lokalisiert, schrieb Rhodan auf. *Wir ändern daher unser Vorgehen. Patt, du ziehst dich mit deinen Männern zum Schacht bei der Space-Jet zurück. Möglicherweise steht uns ein Ausflug bevor, bei dem wir eine Transformbombe benötigen. Die Nonggo sollen solange in Teknon warten.*

Nicholsons Gruppe zog ab. Rhodan gab seinen Begleitern Zeichen, sich eng um ihn zu scharen. Im Schneckentempo setzten sie sich in Bewegung. Er führte sie einen Zickzackkurs quer über das Areal, an der Beule vorbei und wieder zurück. Auf diese Weise näherten sie sich unauffällig der Stelle unter der Schirmöffnung.

Die Ortung des Pikosyns ergab nichts Auffälliges. Es fand keine Kommunikation zwischen dem Weltall und der Oberfläche des Kenteullen-Rades statt. Dennoch mußte da irgend etwas sein, sonst hätte es dieser exakt berechneten Strukturlücke nicht bedurft.

Der Abstand betrug inzwischen weniger als fünfzig Meter. Der Pikosyn behielt die winzige Öffnung im Schirm in der Ortung und bestrich gleichzeitig die Oberfläche des Sphärenrades mit Taststrahlen. Bei dreißig Metern Distanz zur Position des vermuteten Objekts bildete Perry sich ein, eine huschende Bewegung zu erkennen. Die Position des Strukturlücke verlagerte sich von ihnen weg und bestätigte seinen Eindruck.

Er führte seine Gruppe seitwärts. Diesmal tat sich nichts. Bei der zweiten Annäherung wich das Ding wieder aus. Sie setzten ihren Zickzackmarsch fort und erreichten die Stelle, wo sie das Gebilde zuerst ausgemacht hatten.

Die Staubschicht des Bodens wies eine Vertiefung auf. Ihr Durchmesser betrug nicht ganz drei Meter. Eine Schleifspur verriet die Richtung, in der sich das Gebilde entfernt hatte. Die Ränder der Spur besaßen Aufschüttungen und Unterbrechungen, als stammten sie von den Gliedmaßen eines Tieres.

Rhodan brach die Suche ab.

»Wir laufen uns die Sohlen durch«, sagte er. »Das hat keinen Wert. Wenn hier etwas war, ist es längst über alle Berge.«

Sie marschierten zum Monolithen. Bis auf den Aktivatorträger, Patt Nicholson und Gisolf Khanderan kehrten die Männer in die Teknon-Anlage zurück.

»Ich nehme alles zurück, was ich über meine Bereitschaft sagte, das Beiboot zu fliegen«, meinte Patt, als sie den Diskus erreichten. Sie kletterten an Bord und ließen sich in die Sessel sinken.

»Ihr könnt mich nicht zufällig nach Kalkutta-Nord bringen?« fragte Gisolf Khanderan. »Trini braucht mich. Ich habe sie im Stich gelassen, als ich Loura auf die Außenseite gefolgt bin.«

»Trini Madang?« fragte Perry. »Die Chefin des Netz-Projekts?«

»Du kennst sie?«

»Persönlich nicht, aber Lentini hat mich über sie und ihr Vorhaben informiert.«

»Es gibt immer noch keinen Kontakt zur Innenseite des Rades«, knurrte Nicholson. »Vergiß es also. Wir sehen zu, daß wir hier wegkommen. Wie soll ich mich gegenüber dem fremden Ding verhalten, Perry? Höflich oder unhöflich?«

»Höflich, Patt. Was immer es ist, wir lassen ihm den Vortritt.«

Nicholson öffnete eine winzige Klappe in der Außenhaut der Space-Jet. Er schleuste eine Mikro-Spionsonde aus, die sich an die Außenhaut des Fahrzeugs heftete. Äußerlich wies sie alle Eigenheiten eines gewöhnlichen Sandkorns auf. In ihrem Innern existierten verschiedene Quarzspeicher sowie ein paar Nano-Maschinchen siganesischer Bauart.

Der Pilot holte die Anker ein und schaltete die Feldtriebwerke auf Minimalschub. Der Diskus hob sich fünf Meter in die Höhe und driftete über das Sphärenrad. Er überquerte den Monolithen und erreichte kurz darauf das Zielgebiet.

Rhodan verriet seinen Begleitern noch immer nicht, wie er den Standort des Gebildes lokalisierte. Patt Nicholson störte es nicht, aber Gisolf Khanderan konnte seine Neugier kaum zügeln. Unruhig rutschte er in seinem Sessel hin und her.

Der Unsterbliche machte dem Piloten Handzeichen. *Höher. Geradeaus.*

Gleich mußte es im Blickfeld auftauchen.

Die winzige Öffnung im Schmiegschirm wanderte. Undeutlich zeichnete sich am Boden die Schleifspur ab.

Schneller! Halte darauf zu.

Die Space-Jet stieg ein Stück nach oben, beschleunigte und hielt auf einen Punkt am Ende der sich bewegenden Schleifspur zu. Sie aktivierte mehrere Scheinwerfer und markierte das Areal. Nicholson fluchte plötzlich. Ein Dutzend Warnlampen leuchteten auf. Er schaltete um auf Handsteuerung, fing den ausbrechenden Diskus ab und lenkte ihn in die ursprüngliche Richtung. Die Warnlampen erloschen. Der fremde Zugriff von außen wiederholte sich nicht.

Schneller! bedeutete Rhodan ihm. *Treib es vor dir her!*

Die Lücke im Schirm wanderte hastiger und änderte die Richtung. Nicholson schickte den Mikrospion auf den Weg und ließ sich ein wenig zurückfallen.

Zwei Grad nach rechts, bedeutete Perry dem Piloten. *Da!*

Etwas huschte über den Boden und brach zur Seite aus. Sie sahen nur einen undeutlichen Schemen, der durch den Staub raste.

Nicholson beschleunigte weiter und überwand die »Fluchtdistanz« zu dem Ding. Es verließ den Schutz des Bodenstaubs und raste in den Himmel hinauf.

Einen flüchtigen Moment lang erkannten sie Konturen. Es handelte sich um ein flaches Oval von ungefähr zehn Metern Länge und einer Breite von vier Metern. Links und rechts ragten ein halbes Dutzend Zacken aus dem schmalen Rand. In der Mitte der Fläche wölbte sich eine Art Kissen empor. Es wankte und schwankte unter dem Andruck der Beschleunigung.

Für die zwei Kilometer bis zum Schmiegschirm benötigte es nicht einmal dreißig Sekunden. Als die Space-Jet oben ankam, existierte die Strukturlücke längst nicht mehr. Der Diskus durchdrang das semimaterielle Gebilde und beschleunigte anschließend mit Höchstwerten.

»Entfernung fünfzigtausend Kilometer«, sagte Nicholson. Etwas wie Triumph lag in seiner Stimme. Er deutete zum

Display auf der rechten Seite des Steuerterminals. »Es hat sich unseren Spion eingefangen.«

Deutlich zeichnete sich der winzige Lichtpunkt auf der altertümlichen Radardarstellung ab.

»Kurs BALPIROL-SJ-3«, sagte Rhodan. »Sie soll uns die Bomben entgegenbringen.«

Patt Nicholson holte die beiden Mini-Transformbomben mit einem Traktorstrahl an Bord. Es handelte sich um Spezialmodelle mit angeflanschtem Zeitzünder. Die beiden Space-Jets besaßen keine Transformkanonen, um die Bomben abzuschießen.

Inzwischen raste das rochenartige Gebilde auf der Höhe des siebten Sphärenrades dahin. Sein Kurs führte zum Rand des Teuller-Systems. Rhodan rechnete insgeheim damit, daß es in den Hyperraum wechselte und auf Nimmerwiedersehen verschwand. Es tat ihm den Gefallen nicht und blieb im Unterlichtbereich. Seine Geschwindigkeit lag jedoch dicht unter der 80-Prozent-Marke der Lichtgeschwindigkeit.

Nicholson schwenkte seinen Sessel herum und sah Rhodan an.

»Wir müssen es vor der Bahn des zehnten Rades erwischen, also bevor wir gegen die Barriere knallen. Im Augenblick ist der Hyperbereich ziemlich ruhig. Ich empfehle eine Metagravetappe.«

»Einverstanden. Wir legen uns dem Ding in den Weg und fliegen ihm voran.«

Bisher hatte es keinerlei Kursänderung durchgeführt. Es sah aus, als hinge es an einer unsichtbaren Schnur.

»Noch was, Patt. Wir sehen zu, daß wir wegkommen, sobald die Bomben in Position sind.«

»Klar, Perry.«

Rhodan wandte sich Gisolf Khanderan zu. Der Mikrotechniker saß kreidebleich in seinem Sessel. Seine Lippen bebten. Auf seiner Stirn bildeten sich dicke Schweißperlen. Der Atem des Mannes ging unregelmäßig. Als er Perrys Blick auf sich spürte, zuckte er zusammen.

»Es drängt in mein Bewußtsein«, murmelte er. »Es ist grell und schmerzhaft. Ich halte es kaum aus. Glaubt mir, ich kann nichts dafür.«

Rhodan ging zur Medobox und entnahm ihr ein Injektionspflaster. Er zog die Folie ab und preßte es Khanderan in den Nacken. Sekunden später entspannte sich der Körper des Kalkuttani.

»Danke«, seufzte Gisolf. »Mein Unterbewußtsein gibt Details dessen frei, was ich innerhalb der grellen Lichtflut gesehen habe. Perry, ich war drin. In diesem Ding da draußen am Rand des Sonnensystems. Das grelle Licht, es muß eine Art Transmitter gewesen sein.«

»Erinnerst du dich an Einzelheiten?«

»Nein. – Ja. – Vielleicht. Es kommt langsam an die Oberfläche. Da ist ein permanentes Flüstern um mich herum. Ich sehe Plattformen mit seltsamen Gefäßen. Sie sind mit einer hellgrünen Flüssigkeit gefüllt. Darin schweben unterschiedliche Lebewesen. Ich erkenne einen Nonggo. Und einen Menschen. Der Mensch bin ich, Perry. Aber das kann nicht sein. Denn ich stehe gleichzeitig auf einer Balustrade, umgeben von schlanken Maschinen. Sie bombardieren meinen Körper mit Strahlung. Sie scannen mich durch und durch. Je weiter sie in ihrer Tätigkeit fortschreiten, desto vollkommener wird mein Körper in dem Gefäß.«

Khanderan schlug die Hände vors Gesicht und schluchzte.

»Ich kann mich nicht erinnern, was sonst noch geschah. Das grelle Licht umfaßte mich wieder, und du zogst mich aus der STASY-Zentrale heraus.«

»Deine Hinweise sind ziemlich aufschlußreich, Gisolf. Ich denke, du erweist uns einen großen Dienst.«

Perry kommunizierte mit dem Pikosyn seines Anzugs. Wer immer der Unbekannte war, er manipulierte nicht nur mit den Sphärenrädern, sondern auch mit Lebewesen. Und nicht nur im Teuller-System.

Er scannte fremde Lebewesen und fertigte Matrizen an, aus denen sich in Sekundenschnelle perfekte Doubletten erstellen ließen. Das Prinzip ähnelte den Multiduplikatoren der Meister der Insel. Die Technik stammte vermutlich aus einem Bereich des Universums, den die Menschen bisher nicht kennengelernt hatten.

Patt Nicholson meldete, daß die Metagravetappe beendet war. Die Space-Jet fing verstümmelte Notrufe vom sechsten und siebten Sphärenrad auf. Dort entwickelten sich die Störungen in fast identischer Weise wie auf dem Kenteullen-Rad. Die künstlichen Lebensräume fingen an zu schwanken. Anlagen meldeten Erfolge, die nicht vorhanden waren. Ein paar kluge Köpfe unter den Einsatzkommandos aus Kalkutta-Nord stellten ziemlich schnell fest, daß etwas nicht stimmte.

Der Gedanke, daß sich auf jedem der Räder so ein Rochen-Ding aufhielt und die Anlagen manipulierte, drängte sich auf.

»Wir sind jetzt sechs Lichtminuten vor dem Ding«, fuhr der Pilot fort. »Es ändert seinen Kurs noch immer nicht. Übertriebenes Sicherheitsdenken scheint nicht zu seinem Programm zu gehören. Hat es wohl nicht nötig.«

Aus den aufgefangenen Funksprüchen wußten sie, daß es eine Reihe weiterer Manipulationen durch den Unbekannten gab, die eindeutig auf die Vernichtung der Sphärenräder und ihrer Bewohner hinzielten. Rhodan hatte in einem solchen Fall keinerlei Hemmungen, mit aller Härte zurückzuschlagen.

Einen Versuch war es zumindest wert.

»Abstand liegt bei vier Lichtminuten«, fuhr der Pilot fort.

»Achtung, Bomben sind ausgeschleust und bereit zur Kopplung. Ich passe unsere Geschwindigkeit an.«

»Der Zünder soll sich einschalten, sobald das Zielobjekt sichtbar wird«, trug Perry ihm auf. »Von da an dürfen nicht mehr als fünf Minuten bis zur Explosion vergehen.«

»Geht klar.«

Die Zelle des Diskusschiffes fing an zu dröhnen. Der Syntron gab erste Alarmmeldungen aus, weil die Beschleunigung sich den kritischen Bereichen näherte. Bei achtzig Prozent Lichtgeschwindigkeit und höher machten sich die Masseprobleme bereits deutlich bemerkbar. Die Feldtriebwerke der Space-Jet arbeiteten mit einer Belastung von hundertdreißig Prozent. Sie katapultierten den Diskus vorwärts. Achtundsiebzig Prozent Lichtgeschwindigkeit schafften sie, danach war Schluß.

Nicholson klinkte die beiden Transformbomben aus. Sie flogen exakt in der Bahn des seltsamen Pioniers. Die Space-Jet wich zur Seite aus und verlangsamte.

Knapp achtzig Sekunden später raste das Ding heran. Der Diskus hielt sich außerhalb von dessen Fluchtdistanz. Der Steuersyntron koordinierte die Bewegungen der drei kleinen Objekte. Winzige Düsen an den angeflanschten Zeitzündern steuerten die Bomben und brachten sie in die richtige Lage.

Das rochenähnliche Gebilde raste einen halben Meter unter ihnen vorbei. Die Bomben sanken blitzschnell abwärts und verankerten sich mit Hilfe von zwei Klebepunkten.

Das Ding ließ nicht erkennen, ob es die beiden Gegenstände oder die Erhöhung der eigenen Masse wahrnahm. Stur setzte es seinen Weg fort. An den elf Sphärenrädern und dem Sündenrad vorbei strebte es seinem Ziel entgegen.

Die Space-Jet folgte mit sich vergrößerndem Abstand.

Perry Rhodan kümmerte sich um Khanderan. Der Mikrotechniker war in seinem Sessel zusammengesunken.

»Es ist alles meine Schuld«, jammerte er. »Wäre ich nicht in die STASY-Zentrale zurückgekehrt, müßten wir jetzt nicht um die Sphärenräder bangen.«

»Falsch, Gisolf. Wäre dir das Störungsfeld nicht aufgefallen, würden wir jetzt noch erfolglos nach den Ursachen der Eingriffe suchen.«

Patt Nicholson räusperte sich. »Achtung, es wird langsamer.«

An Hand der Werte für die negative Beschleunigung ermittelten sie den ungefähren Zielpunkt des Gegenstands. Aber sosehr die Ortung sich auch Mühe gab, dort existierte nichts. Die Rendezvous-Zone war leer. Zumindest in diesen Augenblicken. Zwanzig Sekunden später änderte sich das Ortungsbild.

»Temporale Anomalie im Zielgebiet«, stieß Nicholson hervor. »Da ist irgend etwas, das ähnlich wie ein ATG-Feld funktioniert.«

Vom Antitemporalen Gezeitenfeld, wie es bei Tsunami-Pärchen zum Einsatz kam, unterschied sich der aktuelle Vorgang durch das beinahe vollständige Fehler von Begleiterscheinungen und Streustrahlungen.

Mitten im Dunkel des Alls öffnete sich eine zweihundert Meter durchmessende Tür. Sie existierte nicht materiell. Aus dem Nichts tauchte ein fremartiges Gebilde in den Normalraum ein.

»Die Ortung zeigt nur Zeitanomalien, keine Raum-Phänomene«, flüsterte Patt Nicholson. »Der Vorgang spielt sich ohne Zeitverlust ab. Nullzeit-Schirm ist der beste Ausdruck für diesen Schutzmechanismus.«

Das Gebilde erinnerte an eine Kreuzung aus Nonggo-Stadt und Posbi-Fragmentraumer. Gleißende Energievorhänge wanderten durch die Zwischenräume und über die

Ausbuchtungen. Die Sonde oder wie man es nennen mochte, bremste noch immer ab. Die Distanz betrug etwas über zweitausend Kilometer.

Perry Rhodan hielt den Atem an.

Nichts geschah. Kein Waffensystem reagierte. Die Sonde bremste weiter herunter und verringerte den Abstand auf unter hundert Kilometer. Minuten später waren es fünf Kilometer. Das Ding kam für wenige Augenblicke zum Stillstand.

Eine simpler optischer Scan reichte jetzt aus, um die blinden Passagiere auf dem zurückkehrenden Gegenstand zu erkennen. Da machte das Zielobjekt gewissermaßen seine Tür zu, das Gebilde verschwand zusammen mit dem Rochen aus diesem Raum-Zeit-Kontinuum.

Jetzt! dachte Perry. *Jetzt muß es sich entscheiden.*

»Vom Öffnen der Tür bis zur Ankunft zwischen den Aufbauten sind dreieinhalb Minuten vergangen«, stellte Nicholson fest. »Uns bleiben noch knapp eineinhalb Minuten, um uns in Sicherheit zu bringen.«

»Kurzetappe«, nickte Rhodan. Er fuhr herum und fing Gisolf Khanderan auf. Der Kalkuttani kippte bewußtlos aus seinem Sessel.

14.

Gegenwart:
Das Ende vor Augen

Die Nonggo starben. In den letzten Augenblicken ihres Lebens entließen sie ihr gesamtes Wissen und das kodierte psychische Potential in die Neurone. Die meisten Informationen flossen in das Makro-Neuron, die meisten Eindrücke ihrer Persönlichkeit in das Mikro-Neuron ihrer Familie. Im Meso-Neuron hielten sich private und allgemeine Daten ungefähr die Waage.

Trini Madang begriff viel zu spät, was sie da eigentlich erlebte. Erst dachte sie an eine Kontaktaufnahme. Jedesmal, wenn sie antwortete, waren die Ausgangskoordinaten der Daten erloschen, die Informationen ausgehaucht in einem schnell versiegenden Strom. Hunderte und Tausende in wenigen Augenblicken.

Die Neurologin litt mit ihnen. Sie versuchte Trost zu spenden. Jedesmal, wenn sie von sich aus eine Information dort hinschickte und vor einem nicht mehr existierenden Netzknoten stand, entdeckte sie die Spur eines sich rasend schnell zurückziehenden Informationspools. Die Restelemente der Datenpakete wiesen dieselbe fremdartige Struktur auf, die sie schon zuvor entdeckt hatte.

»Jemand bringt die Nonggo um!« schrie sie. »Wir müssen etwas dagegen tun!«

Der Syntron widersprach ihr nicht.

»Es handelt sich um einen fremdartigen Einfluß«, stellte er fest. Diesmal nahm sie seine Stimme wieder wahr, als sei das Akustikfeld sehr weit entfernt. »Bisher läßt sich weder die Struktur noch die Herkunft ermitteln. Sicher ist nur, daß es keine Datenstrukturen bekannter Systeme sind.«

Es steckte im Netz, also irgendwo auf den Sphärenrädern oder vielleicht sogar in Kalkutta-Nord.

Plötzlich wurde ihr klar, Fharen Loy Meved hatte nicht von »draußen« gesprochen, sondern von »außerhalb«. Er hatte nicht die Außenseite des Sphärenrades gemeint, sondern einen Ort irgendwo im Teuller-System oder an dessen Rand.

»Lentini soll alles tun, um die beiden Space-Jets zu informieren. Sie sollen den Raum abtasten, bis sie etwas gefunden haben.«

»Alles Nötige wird veranlaßt«, lautete die Antwort.

Trini spürte, daß es das ausschlaggebende Moment war, die Unbekannte in ihrer Rechnung, die alle ihre Bemühungen zum Scheitern bringen konnte. Selbst wenn ihre eigenen Aussichten auf eine Rettung der Räder in den nächsten Stunden und Tagen stiegen, blieben am Ende nur die Trümmer und der Triumph des Chaos.

Du verfluchter Kosmokratendiener! dachte sie.

Der N-223-Chip übermittelte ihrem Stammhirn die Information, daß der Syntron die Verbindung mit der Teknon-Area vorübergehend unterbrochen hatte. Damit besaß sie keine Möglichkeit mehr, mit Gisolf, Loura Gaikunth oder einem der Automaten in Verbindung zu treten.

Auf eine generelle Trennung vom Makro-Neuron verzichtete er auch dieses Mal, weil Trini sich dagegen wehrte. Jetzt, da sie eine Chance sah, Kontakt mit den Technikern irgendwo im Makro-Neuron herzustellen, wollte sie nicht einfach aufgeben. Sie war es Sören und auch Gisolf schuldig, den sie grundlos verdächtigt hatte.

»Lieg still«, vernahm sie wieder den Syntron. »Schone dich für die Belastungen, die dich erwarten.«

Belastungen! Der Automat hatte keine Ahnung, wozu sie fähig war.

Wieder entdeckte sie die verwehenden Spuren von Nonggo und erlebte das Erlöschen ihrer Knoten mit.

Haltet aus! rief sie ihnen zu. *Wir kommen!*

Für die meisten war es zu spät. Sie empfingen nicht einmal mehr ihre Botschaft. Einige wenige reagierten und versuchten, den Ursprung des ungewöhnlichen Zuspruchs zu ergründen.

Trini entdeckte die Verbindungswege zu ihren Knoten und übermittelte ihnen Trost und Mut zum Aushalten. Sie identifizierte den Knoten Hemdad Kherf Zeun und kurz darauf Abhanal Morwon Gieber.

Nicht verzweifeln. Nicht aufgeben. Bleibt am Leben. Wir helfen euch. Sagt mir, wo ihr wohnt. Menschen werden kommen und euch ernähren!

Diesmal entdeckte sie keine fremden Spuren im Neuron.

Hemdad Kherf Zeun erlosch mit einem Seufzen. Abhanal Morwon Gieber grübelte und versuchte, einen klaren Gedanken zu fassen.

Trini ließ dem Nonggo Informationen über Kenteullen und das älteste Sphärenrad zukommen.

Harre aus. Dein Körper ist noch nicht am Ende!

Ein knappes Signal kehrte zurück, vielleicht ein Zeichen, daß der Nonggo sie verstanden hatte. Sekunden später folgten mehrere Datenpakete aus seinem Mikro-Neuron. Trini war sich nicht sicher, ob Abhanal Morwon Gieber als Absender in Frage kam oder es sich um eine der üblichen Fehlleitungen handelte. Der Inhalt ergab keinen Sinn, obwohl es sich um einen Text in Nod handelte.

Trini erkannte, daß der Knoten schwächer wurde.

Bleib bei mir, dachte sie intensiv. *Erzähle mir, was sich auf Gieber alles tut!*

Sie intensivierte ihre gedankliche Energie und ignorierte die Warnung des Syntrons, die er ihr über den N-223 zukommen ließ. Anschließend schickte sie dem Nonggo Bilder über Kalkutta-Nord aus der Zeit vor dem Beginn der Katastrophe. Gleichzeitig versuchte sie, ein wenig von ihrer Energie auf den Sterbenden zu übertragen.

»Trini«, meldete sich der Syntron eindringlich. »Diese Art von Energieübertragung ist nicht vorgesehen. Die Gefahr ist größer als der Nutzen.«

Während sie versuchte, darüber nachzudenken, setzte der Sog ein.

Vor Überraschung hielt sie sowohl die Luft als auch ihre Gedanken an. Körperlich spürte sie nichts, aber dennoch empfand sie es so, als würde jemand sie an den Armen fassen und an sich ziehen. Anfangs genoß sie die Wärme. Dann stieg Panik in ihr hoch, daß sich ihr Bewußtsein aus dem Körper lösen könnte. Sie klammerte sich an und versuchte, dem Sog zu widerstehen.

Es gelang, ohne daß ihre Verbindung zu dem Nonggo auf Gieber darunter litt. Im Gegenteil. Übergangslos stand ihr eine bisher unbekannte Übertragungsqualität zur Verfügung – und brach unter den intensiven Eindrücken des Sterbens zusammen. Sie verwischten zu einem Haufen aus durcheinanderwirbelnden Informationen und – erloschen schlagartig.

Abhanal Morwon Gieber war tot.

Ihre Gedanken schluchzten. Die Mitteilung des Syntrons nahm sie erst beim dritten Mal wahr.

»Du hast eine Grenze überschritten. Das Makro-Neuron des Kenteullen-Rades hat dir einen eigenen Netzknoten zugeteilt beziehungsweise dein Bewußtsein in seinen Speichern als Knoten eingetragen.«

»Was?« Sie schrie es so laut, daß sie ihre eigene Stimme hörte und vor dem Gekrächze erschrak.

»Du bist jetzt ein untergeordneter Netzknoten des Makro-Neurons.«

Weggewischt war ein Teil der Traurigkeit in ihrem Innern.

Der winzige Funke Hoffnung flammte auf und fand Nahrung, stabilisierte sich in Gestalt einer kleinen, aber beständig lodernden Flamme.

»Wißt ihr, was das heißt?« rief sie laut. »Irgendwo muß noch eine Steuereinheit existieren, die normal funktioniert!«

Oder versuchte etwas, ihr Bewußtsein aus dem Körper zu reißen?

Vorsichtig lauschte sie in das Makro-Neuron hinein und suchte nach Anzeichen eines Eingriffs von außen.

Da war nichts. Was auch immer in die Neurone eingedrungen war, wiederholte seinen Angriff nicht. Vielleicht lauerte es irgendwo im Hintergrund, wartete nur darauf, bis sie alle im Netz waren, und schlug dann mit voller Kraft zu.

Der Syntron akzeptierte ihre Ansicht.

»Über das Mikro-Neuron von Fharen Loy Meved treffen keine Informationen über weitere Angriffe ein«, antwortete er.

»Gut. Dann schalte eine Verbindung zum Großen Saal. Ich lade alle Freiwilligen ein, mich zu besuchen.«

»Es ist zu gefährlich. Du solltest warten, bis der Nonggo erwacht.«

Aus dem riesigen Wust chaotischer Datenströme drängte ein klitzekleines Informationspotential in den N-223 und ihr Bewußtsein.

»Ich schlafe, aber dennoch höre ich euch«, lautete die Information. »Fharen Loy Meved wacht über euch. Ihr braucht keine Angst zu haben.«

Fharen Loy, das Genie. Trini jubelte. Nicht umsonst galt er unter seinen Artgenossen als Neuron-Künstler. Wie er es schaffte, seinen Geist aus dem Koma zu lösen und über das Makro-Neuron Kontakt mit ihnen aufzunehmen, würde vermutlich immer sein Geheimnis bleiben.

»Da hörst du es«, sagte sie. »Verliere keine Zeit!«

Der Syntron gab nach. Er stellte Trini in den Großen Saal durch.

»Es ist soweit«, sagte sie. »Kommt zu mir. Scheut euch nicht, Zutritt zu dieser fremden Welt zu nehmen. Ich bin da und passe auf euch auf.«

Der Syntron folgte auch ihrem Verlangen, die Verbindung mit der Teknon-Area wiederherzustellen. Die Datenströme von dort und aus den übrigen Anlagen des Kenteullen-Rades nahmen immer verworrenere Formen an. Daß die Steueranlagen angesichts des milliardenfachen Datenmülls überhaupt noch arbeiteten und nicht längst ihre Funktionen eingestellt hatten, zeugte von der hohen Qualität nonggischer Technik.

Es konnte das Chaos und den endgültigen Zusammenbruch nicht verhindern, aber doch hinauszögern.

Mehrere Areas verbreiteten Klartextmeldungen in Interkosmo. Bis sie Trini erreichten, waren sie derart korrumpiert und mit Steuerbefehlen durchsetzt, daß sie einen Großteil nicht verstand. Selbst unter Aufbietung aller Analysefähigkeiten der Syntrons kam kein brauchbares Ergebnis zustande.

Dafür lieferte der Syntron Informationen aus der Stadt und ihrer Umgebung. An mehreren hundert Stellen brach der Boden ein. Die Stabilisator-Systeme und die Materieverdichter des Sphärenrades versagten, und es sprangen keine Ersatzsysteme mehr ein. Die Fliehkraft drückte das gelockerte Gestein nach außen. Kanäle mit fehlender Materieverdichtung bildeten sich. Sobald diese bis auf die Außenseite durchdrangen, bildeten sie dort vermutlich Beulen oder Eruptionskrater. Ein paar hundert bildeten noch keine Gefahr, sofern sie sich einigermaßen gleichmäßig über das Rad verteilten. Wenn sie in einer einzigen Region entstanden wie in diesem Fall zwischen Kalkutta-Nord und Kenteullen, dann drohte das Rad auf seiner gesamten Breite durchzubrechen.

Trini versuchte, die Anlagen zu kontaktieren. Sie schickte Botschaften nach Koynon, Teknon, Arknon, Pernon, T-Rakker, W-Zenker und K-Fricker. Verzweifelt wartete sie auf Antwort.

Statt dessen informierte sie der Syntron über den Fortgang der Zerstörungen. Mehrere Anlagen auf der Außenseite des Kenteullen-Rades waren explodiert. In einer kurzen Phase der relativen Ruhe hatten die Hyperorter der Stadt auf Bor und Hermülen gewaltige Eruptionen festgestellt. Lantis rotierte inzwischen fast doppelt so schnell wie normal.

Die Wahrscheinlichkeit, daß bei Lantis die Neurone einwirkten, war ziemlich gering. Vielmehr sah es nach einem gezielten Fremdeingriff aus.

Trini dachte flüchtig an Rhodan, der sich irgendwo »draußen« bei Loura Gaikunth und Gisolf aufhielt. Vielleicht wirkte die Anwesenheit eines Unsterblichen mit seiner Ritteraura und der Ausstrahlung eines Boten von Thoregon abschreckend auf den Angreifer.

Wieder kontaktierte sie Teknon.

Loura, Gisolf, meldet euch endlich!

Klartextmeldungen überlagerten kurzzeitig die chaotischen Datenströme. Informationen über plötzlich wieder funktionierende Anlagen wechselten sich mit Widerrufen der Automaten ab. Das Aufblitzen sinnvoller Datenübermittlung endete so abrupt, wie es begonnen hatte. Die riesige Woge aus Datenmüll baute sich wieder auf und überschwemmte das Makro-Neuron.

Trini hatte immer größere Mühe, Befehlsströme und Informationsströme auseinanderzuhalten. Sie vermengten sich immer stärker zu einem einheitlichen Müllhaufen. Milliarden unbrauchbarer Signale und Befehle überfluteten die Steuersysteme und schaukelten sie langsam, aber sicher zum endgültigen Kollaps auf.

Teknon, melde dich endlich! schickte sie einen intensiven Gedanken los.

Wer spricht da?

Trini stöhnte auf. Der Kontakt kam überraschend. Die Frage aus dem Netz war gut zu verstehen. Der Urheber stammte nach Angaben des Syntrons nicht vom Kenteullen-Rad.

Trini Madang aus Kalkutta-Nord. Wer bist du?

Die Projekt-Chefin? Ich verneige mich in Ehrfurcht.

Wer bist du?

Down Kempesch Kort.

Der Vierte Bote. Sie suchten ihn seit zweieinhalb Monaten.

Wo steckst du? Können wir dir helfen?

Wohl nicht. Ich liege in einer winzigen Raumkapsel und fliege irgendwo zwischen Namig und Lantis. Meine Vorräte sind seit längerem aufgebraucht, die Atemluft geht zu Ende. Mir kann niemand mehr helfen.

Wir schicken dir ein Schiff.

Es gibt keine Schiffe hier. Vergiß mich, ich bin nicht wichtig. Rettet die Sphärenräder.

Was müssen wir tun? Wo sollen wir anfangen?

Es traf keine Antwort mehr ein. Der Kontakt zum Vierten Boten war abgebrochen.

Down Kempesch Kort! dachte sie nochmals intensiv, aber wieder vergeblich.

Solange er sich im Teuller-System aufhielt, konnten sie ihn retten. Trini informierte den Syntron und trug ihm auf, so bald wie möglich die beiden Space-Jets zu informieren.

»Ich bin es, Lentini«, hörte sie eine Stimme wie von fern. »Trini, wir können nicht länger verantworten, was ihr tut. Die Beben werden stärker. Die Randzonen der Stadt sind bereits unpassierbar. Wir brauchen alle Energiekapazitäten, um die Stadt für ihre Reise fertigzumachen.«

»Gib uns ein paar Stunden. Bitte!«

»Ich kann es nicht versprechen, aber ich tue mein möglichstes.«

Sie seufzte erleichtert. Als sie Lentini zum ersten Mal begegnet war, hatte sie nicht geglaubt, daß dieser Mann zur wichtigsten Stütze von Kalkutta-Nord werden könnte.

Schwungvolle, begeisterte Gedanken drängten in Trinis Bewußtsein. Fharen Loy Meved konnte das auf keinen Fall sein. Sie lauschte den Schwingungen und Modulationen nach sowie der Stimmung, die sich in ihnen ausdrückte. Beinahe hätte sie den zurückhaltenden, etwas introvertierten Mann nicht wiedererkannt.

Hallo, Trini. Ich empfange deine Gedanken klar und deutlich.

Hernaño. Du bist im Netz!

Nach und nach trafen sie ein. Trini kam es vor, als dauerte es Stunden, aber in Wirklichkeit waren es Minuten. Erst zählte sie die zwanzig Freiwilligen, dann wurden es immer mehr. Vierhundert Männer und Frauen wagten den ersten Ausflug ins Netz der Nonggo.

Trini konnte ihr Glück nicht fassen. *Willkommen, Freunde!* dachte sie.

Ihre Zuversicht wuchs. Sie stellte ihnen ihr Wissen und ihre Erkenntnisse über das Makro-Neuron und das Netz zur Verfügung.

Als die Zahl der Kalkuttani im Netz die Marke tausend erreichte und weiter zunahm, war sie sicher, daß sie es schaffen würden. Wenn sie die Sphärenräder retteten, überlebten die Nonggo und auch sie selbst in ihrer Schiffbrüchigen Stadt.

Trini nahm sie nacheinander an der Hand. Gemeinsam erkundeten sie in dem endlosen Irrgarten aus Datenmüll

Wege zu den Hauptsträngen und den mit ihnen verknüpften Anlagen. Sie ignorierten das Chaos und steckten selbst nach dem hundertsten Fehlversuch nicht auf. Menschliche Gehirne konnten siebzig Prozent zusätzliche Kapazität entwickeln und ihre organischen Speichersektoren für Echtzeit-Abläufe einsetzen.

Die Zahl der Menschen im Netz stieg auf fünftausend. Überall in den Räumen und Hallen der Schaltzentralen des Upjhar-Netzes lagen Hunderte, denen Roboter den Chip injizierten. Die Anlagen Karabanis produzierten im Eiltempo und unter erschwerten Umständen. Von Hernaño Mauritz erfuhr Trini, daß etwa achtzig Prozent der Chips wegen hyperdimensionalen Einflüssen Schäden aufwiesen und vernichtet werden mußten. Der Ausstoß nahm ab.

Zwanzigtausend Menschen im Netz hatte die Neurologin als Minimum genannt. Diese Kapazität benötigten sie laut Fharen Loy Meved, um die wichtigsten Steueranlagen des Kenteullen-Rades in den Griff zu bekommen. Daß sie sie erreichten, rückte plötzlich in weite Ferne.

Das Sphärenrad wogte auf und ab. Sie alle spürten es. Der Boden unter ihnen bot keinen Halt mehr. Sie rutschten quer durch die Labors und Hallen, stürzten übereinander oder prallten gegen Wände. Ein paar von ihnen zogen sich Prellungen zu, ein anderer erlitt einen schweren Wirbelbruch. Der Syntron schaltete den Kontakt zum Chip des Verletzten ab und nahm ihn zur Notversorgung aus dem Netz.

Informationen der Syntrons trafen ein. Es handelte sich um Hinweise, welche Hauptstränge des Makro-Neurons im Nichts endeten. Dreißig Prozent der Nonggo-Steuersysteme existierten nicht mehr. Die mit ihnen verknüpften Anlagen schalteten sich ab, sofern die Sicherheitseinrichtungen funktionierten. Oder sie explodierten und vernichteten sich mitsamt ihrer Umgebung.

In allen Fällen fielen übergangslos Materieverdichter,

Stabilisator-Systeme, Schwerkraftprojektoren, Schirmfelder des Schmiegschirms und andere Einrichtungen aus. Die Stabilität des Sphärenrades nahm schnell ab und näherte sich dem Gefahrenbereich.

Die Unterschiede zwischen Befehlsströmen und Informationsströmen verwischten sich. Der Datenfluß im Makro-Neuron mündete langsam, aber sicher in einer Art Endlosschleife. Wenn sie nicht dagegen ankamen, trat in Kürze der absolute Daten-GAU ein. Die Asynchronität der Datenabläufe überstieg bereits die Achtzig-Prozent-Marke.

Konzentriert euch auf die Hauptstränge, die im Nichts enden, teilte Trini den »Freunden des Meso-Neurons« im Netz mit. *Leitet alle Daten hinein, die ihr erwischt. Blockiert Stränge, wo ihr könnt.*

Die Zahl der Menschen im Netz erreichte achttausend. Es waren noch immer nicht genug.

»Wir kommen so nicht vorwärts«, hörte Trini sich sagen. »Wir brauchen mehr Chips. Gibt es denn keine andere ...«

Der Syntron meldete, daß Karabani weitere fünfhundert Stück lieferte. Die nächste Serie mußte komplett vernichtet werden, da sie unter extrem starken 5-D-Einflüssen entstanden war und bereits beim Materialtest Fehler zeigte.

Sechshundert Netz-Besucher verfügten inzwischen über einen eigenen Netzknoten, kurz darauf waren es fünfzehnhundert.

Die Unterschiede zwischen Befehlsströmen und Informationsströmen existierten inzwischen so gut wie nicht mehr. Sie überlagerten sich gegenseitig und verwandelten das Makro-Neuron langsam, aber sicher in eine einzige Endlosschleife. Es war illusorisch, jetzt noch an eine kontrollierte Kanalisierung des Datenchaos zu denken. Was ihnen blieb, war die Eindämmung. Sie mußten die Steuersysteme an den Hauptsträngen finden und versuchen, von dort aus die Nebenstränge und die Millionen Schnittstellen abzuschalten.

Die Zahl der Kalkuttani im Netz betrug inzwischen knapp zehntausend. Mehr konnten es an diesem Tag nicht mehr werden.

Trini entdeckte plötzlich eine Information, die sie elektrisierte.

Kontakt zu Teknon. Dort antwortete ein Rechner.

Sie fädelte sich hastig in den Datenstrom ein und schickte eine Botschaft an den Rechner.

Rettet Down Kempesch Kort. Er fliegt in einer kleinen Kapsel zwischen Lantis und Namig und steht kurz vor dem Ersticken. Beeilt euch.

Auch das noch, lautete die Antwort. *Wo in aller Welt kommt diese Information plötzlich her?*

Aus Kalkutta-Nord!

Der Empfänger schaltete um auf Funk, aber erhielt natürlich keine Antwort.

Hier ist Trini Madang. Gib mir das Feedback über deinen Rechner, wies sie ihn an.

Trini, hier ist Loura. Wie machst du das?

Wir sind im Netz, Loura.

Zu spät. Hier geht alles vor die Hunde. Noch halten wir die Stellung, aber wir müssen bald verschwinden. Teufel, Matoto rennt los. Jetzt wird es aber Zeit!

Trini spürte es im selben Augenblick. Aus den Hauptsträngen der Neuronischen Allmacht griffen übergangslos fremdartige Datenströme auf das Makro-Neuron des Kenteullen-Rades über. Ein mentaler Schrei erklang, und sie hörte die hektischen Gedanken Fharen Loy Meveds.

Ich schirme euch ab, bis ihr draußen seid. Verlaßt das Netz.

Nein. Wir bleiben drin. Was immer es ist, es kriegt uns nicht klein. Wir sind zu viele.

Sie stemmte sich mit aller Macht ihres Bewußtseins gegen die fremden Einflüsse. Andere Kalkuttani zogen sich hastig zurück und flohen in die äußere Welt.

Trini erkannte zu spät, daß Fharen Loy Meved recht behielt. Der fremde Einfluß war stärker als sie alle. Und er drängte von den elf anderen Sphärenrädern in die Systeme des ältesten Rades.

Und übernahm sie. Plötzlich existierten dort, wo soeben noch ein Chaos aus Datenströmen geflossen war, keine Verbindungen mehr. Das Makro-Neuron schrumpfte auf achtzig und dann auf sechzig Prozent.

Es war aussichtslos.

Alle raus aus dem Netz, dachte Trini. Sie selbst wollte bis zum Schluß warten.

Ein greller, alles verzehrender Lichtblitz löschte übergangslos das gesamte Makro-Neuron aus. Die Verbindungen zu den übrigen Sphärenrädern verschwanden in grellvioletten Rissen.

Trini spürte wieder einen Sog in sich. Aber diesmal war er gewaltiger und ließ ihr keine Alternative. Sie wollte sich wehren, aber er riß sie mit sich davon.

Fharen Loy! schrien ihre Gedanken. *Hilf mir!*

In den Augenblicken des Erlöschens klammerte sich ihr Bewußtsein an den letzten Anker, den es gab. Ein Rauschen entstand in ihrem Kopf. Stechender Schmerz raste durch ihr Gehirn und ließ sie taub werden. Ein riesiges dunkles Loch verschlang sie.

Ich verliere das Bewußtsein!

Die Antwort aus dem Nichts gehörte nicht mehr zu ihrem realen Kosmos.

Keine Angst, lautete sie. *Es ist nur eine kurzzeitige Erscheinung.*

Wieder raste ihr ein gleißender Lichtstrom entgegen. Erneut spürte sie körperlichen Schmerz – und trieb im nächsten Augenblick wie auf einer ruhigen Wasseroberfläche dahin.

Wie ist das nur möglich? empfing sie erneut einen Gedanken. Sie war sicher, daß er von Fharen Loy stammte.

Verunsichert nahm sie die Informationen auf, die durch die Dämpfung in ihr Bewußtsein drangen. Das Makro-Neuron existierte noch. Auch die Verbindungen zu den anderen Sphärenrädern waren vorhanden. Das Datenchaos aus Milliarden Fehlern befand sich auf einem Tiefststand. Alle Automaten des Netzes waren heruntergefahren und neu gestartet worden. Ein globaler Reset, ausgelöst durch die gewaltige Energieladung?

Das ist unglaublich, erhielt sie die Textinformation aus einem Computer. *Wenn Trini das erfährt, glaubt sie mir kein Wort. Hinter dem Nullzeitschirm läuft die Zeit anders ab. Die Bomben sind mit sechs Stunden Verzögerung hochgegangen.*

Trini wußte nichts von Bomben und hatte auch keine Ahnung, was ein Nullzeitschirm war. Aber sie erkannte, daß die Information aus der Teknon-Area kam.

Gisolf? schrien ihre Gedanken.

Trini, du lebst! Schiwa sei Dank. Ich bin ja so froh. Hab keine Angst, ich bin bald bei dir.

Gisolf, kannst du in Teknon irgendwelche Rechner kontrollieren?

Es dauerte eine Weile, bis er antwortete.

Himmel, der Datenmüll liegt nur bei zehn Prozent, allerdings mit steigender Tendenz. Das ist unsere Chance. Jetzt können wir handeln. Und ihr auch. Beeilt euch. Und herzlichen Glückwunsch zum Geburtstag.

Sie fand keine Zeit, ihm zu antworten und ihm zu danken.

»Lentini!« schrie sie, so laut sie konnte. »Zehntausend weitere Kalkuttani ins Netz. Beeile dich! Die nächsten Stunden entscheiden über unsere Zukunft!«

15.

Zukunft: Auf dem Riff

12. Juli 1291 NGZ

Gemeinsam beobachteten sie die Landung der beiden Diskusse.

Lentini stand ganz links außen. Seine Uniform hing nach den Strapazen der letzten Tage wie ein Sack an seinem Körper. Er ignorierte es ebenso wie die roten Krusten auf den Armen und am Hals. Mit der Hand beschattete er seine Augen und musterte den Himmel.

Das energetische Chaos ließ nach. Etwas über zwanzigtausend Kalkuttani arbeiteten im Netz und vollbrachten, wozu die Nonggo aus eigener Kraft nicht in der Lage waren. Sie beseitigten den langsam wieder ansteigenden Datenmüll und ersetzten ihn mit Hilfe ihrer Syntrons durch einfache Programme. Diese Produkte der terranischen High-Tech arbeiteten zwar vergleichsweise gemächlich, aber zuverlässig. Sie sorgten für eine Minimalsteuerung der Anlagen bis zu dem Zeitpunkt, an dem die Nonggo in der Lage waren, ihre eigenen Programme zu erneuern.

Die Sphärenräder schaukelten noch immer. Es würde ein paar Wochen dauern, bis sich die Bewegung von selbst egalisierte.

Trini Madang spürte den sanften Druck der kleinen Kinderhand an ihrem Arm und warf dem Mädchen einen liebevollen Blick zu.

»Mama! Papa! Da!« sagte Jacqueline mit leuchtenden Augen und deutete auf die zu Boden sinkenden Fahrzeuge.

Der Polizeichef setzte sich mit seltsam steifen Schritten in Bewegung. Aber er ging nicht auf die Space-Jets zu, sondern kam herüber zu Trini.

»Wir haben uns einiges zu erzählen«, meinte er und grinste. »Aber erst einmal möchte ich dir und deinen Leuten gratulieren. Natürlich auch den Nonggo und dem Gemeinschaftsprojekt, ohne das es keine Rettung für Kalkutta-Nord und die Sphärenräder gegeben hätte. Wozu Wissenschaft und Neugier manchmal gut sind .«

»Danke, Lentini. In ein paar Tagen haben wir alles im Griff. Dann werden auch die Nonggo wieder auf den Beinen sein und sich selbst ernähren können. Und wir machen uns ans Aufräumen unserer schönen Stadt. Danach finden wir bestimmt irgendwann Zeit, alles Revue passieren zu lassen, was wir in diesen zweieinhalb Monaten erlebt haben.«

Jacqueline riß sich plötzlich los und rannte auf die gelandeten Diskusse zu. Darunter tauchten die ersten Gestalten auf.

»Mama, Papa!« rief die Kleine und stürmte auf einen blonden Hünen und eine junge Frau mit langem hellblondem Haar zu.

Trini widmete ihnen einen flüchtigen Blick. Ihre Augen suchten nach bekannten Gesichtern und entdeckten sie ganz zuletzt.

Loura Gaikunth, Perry Rhodan und Gisolf. Zwischen sich führten sie Down Kempesch Kort, den Vierten Boten von Thoregon.

Die Neurologin setzte sich ebenfalls in Bewegung und ging auf Gisolf zu. Sie ließ sich die Erleichterung nicht anmerken, die sie über seine gesunde Rückkehr verspürte.

Gisolf benahm sich wie immer. Er legte die Arme um sie und drückte sie an sich, daß ihr beinahe die Luft ausging.

»Ich habe mir solche Sorgen um dich gemacht«, sagte er erstaunlich leise.

»Ich mir auch um dich.«

»Hat das Zeit bis später?« fragte Loura Gaikunth. »Es wartet verdammt viel Arbeit auf uns.« Sie drückte Rhodan die Hand. »Danke für alles, Perry. Ohne dich hätten wir es nicht geschafft.«

Zu Trinis Verwunderung schüttelte der Unsterbliche den Kopf.

»Ich habe ein paar Anweisungen gegeben, mehr nicht. Der eigentliche Held steht da!«

Er deutete auf Gisolf Khanderan. Trini sperrte Mund und Augen auf.

»Er ist in den Anlagen Teknons auf die Spuren eines Eingriffs von außen gestoßen. Ohne seine Aufmerksamkeit wären wir nie darauf gekommen, daß eine fremde Existenzform über das Schicksal der Lebewesen auf den Sphärenrädern bestimmen will.«

»Du?« stieß Trini hervor. »Du hast kein Wort davon erwähnt.«

Er schaute zu Boden, wölbte die Lippen nach außen und zuckte mit den Schultern. »Ich war froh, daß ich ein Lebenszeichen von dir auf dem Bildschirm hatte. Was zählen da irgendwelche Verdienste?«

Er merkte nicht einmal, wie verliebt sie ihn ansah.

Loura Gaikunth deutete hinüber nach Kenteullen. Dort zeichnete sich der Schatten eines Fahrzeugs ab. Es hielt auf die beiden Diskusse zu. Jemand kam, den Vierten Boten abzuholen.

Down Kempesch Kort war sehr geschwächt. Aber er konnte laufen, und sein Verstand funktionierte uneingeschränkt.

Als Neuron-Autarker hatte er keine Probleme, sich mit den aktuellen Gegebenheiten abzufinden. Sein einziger

Wunsch war, so schnell wie möglich nach Kenteullen zu kommen und seinem Volk beizustehen.

Der Abschied zwischen den beiden Thoregon-Boten gestaltete sich kurz. Rhodan wußte die Zukunft der Nonggo und der Kalkuttani in besten Händen und wollte so schnell wie möglich nach Terra zurückkehren.

Loura Gaikunth und das Empfangskomitee begleiteten ihn ins Zentrum der Stadt bis zum Pilzdom. Die Zeltstadt wirkte aufgeräumt und irgendwie feierlich herausgeputzt. Der Eindruck täuschte. Es lag am Kinderspielzeug, das überall an den Zelten hing.

»Wir wissen nicht genau, was es war«, sagte der Unsterbliche beim Abschied. »Eine Mischung aus robotischen und organischen Bestandteilen – vielleicht eine höhere Intelligenz. Was die Explosion der beiden Transformbomben nicht vernichtet hat, wurde Opfer der Desintegratoren der beiden Space-Jets. Es ist wohl erst der Anfang. Ich habe mit Down Kempesch Kort bereits darüber gesprochen, daß jedes Thoregon-Volk mit Übergriffen auf seine Heimat rechnen muß. Die Superintelligenzen haben ein Machtvakuum hinterlassen, für das sich nicht nur eine einzige fremde Macht interessieren wird, sondern viele. Höchste Vorsicht ist geboten.«

Sie begleiteten ihn bis zum Pilzdom. Während er durch die Wandung verschwand und über die Brücke nach Terra zurückkehrte, kletterte Loura Gaikunth auf ein Podium und projizierte ein Akustikfeld hoch über die Stadt.

»Bürgerinnen und Bürger von Kalkutta-Nord, Kinder und Erwachsene, Gesunde und Verletzte. In diesen Monaten höchster Gefahr, an dieser Schwelle des Untergangs habt ihr bewiesen, daß ihr nicht nur Einwohner dieser Häuser und Nutznießer ihrer Einrichtungen seid. Ihr habt gezeigt, daß ihr eine Mannschaft seid, eine Crew, die unsere

Schiffbrüchige Stadt in der Zeit des Sturms gelenkt und keine Anstrengung gescheut hat, damit sie den sicheren Hafen erreicht.

Kalkuttani, in diesen zweieinhalb Monaten habt ihr eure Reifeprüfung in fremden Gewässern bestanden. Ihr habt das Riff erhalten und eure Stadt gerettet. Kalkutta-Nord ist durch euer Zutun zum festen Bestandteil des Kenteullen-Rades geworden. Sie wird ihr Riff vielleicht nie mehr verlassen. Denn, Freunde, wir alle haben es gespürt, daß wir hier eine Aufgabe haben. Nicht nur in den letzten elf Wochen, auch in Zukunft. Und jetzt laßt uns an die Arbeit gehen.«

Trini zog Gisolf mit sich fort zu den Gläsernen Türmen. Sie las es in seinem Gesicht, daß sie ihn nicht erst groß fragen mußte.

Ein Medoroboter injizierte ihm den Chip, und eine halbe Stunde später trat er seine Reise ins Netz an. Trini erwartete ihn bereits.

Der Syntron machte ihn mit dem aktuellen Wissen über die Neurone vertraut, und er wollte mit tausend Wenn und Aber loslegen, wie es seine Art war. Der Syntron hatte etwas dagegen und machte ihm das via Netz und N-223-Chip begreiflich.

Da will dir jemand eine Mitteilung machen.

Er rätselte, worum es ging.

Du unverbesserlicher Problempapst, dachte Trini. *Ich habe es längst gemerkt, daß du nicht anders kannst. Ich werde dich auch nie mehr deswegen kritisieren, mein Liebster.*

Er reagierte, wie sie es nicht anders erwartete.

Äh, ja, aber, was ist, wenn ...

Ich liebe dich, Gisolf. Das weißt du. Aber etwas anderes weißt du noch nicht. Wenn wir wieder aus dem Netz kommen, hat der Syntron ein Stück Folie für uns vorbereitet: einen Ehevertrag!

Es verschlug ihm die Sprache und die Gedanken.

Trini, stammelte er nach einer Weile. *Trini – hurra! Endlich!*

Die Schar der menschlichen Bewußtseine im Netz gratulierte synchron. Und ganz aus der Nähe drangen auch Worte in Nod in ihre Gedanken:

»Teuller möge euch ewig Licht spenden«, wünschte Fharen Loy Meved.

ENDE